Franziska Erhard

MEERESFLAUSEN

DAS BUCH

Noch einmal verrückt sein und ein Abenteuer erleben. Noch einmal fühlen, wie das Herz zu tanzen beginnt und das Meer den Takt dazu vorgibt.

Sich noch einmal jung und wild fühlen und eine aufregende Sommerliebe am Meer erleben, das wäre es. Zumindest theoretisch. Praktisch gäbe sich Anna schon damit zufrieden, einen entspannten Urlaub zu verleben und anderen Herzen dabei zuzusehen, wie sie aus dem Takt geraten. Zum Beispiel dem ihrer Teenagertochter.

Doch anstatt sich pubertätsgerecht zu verlieben, freundet sich Leni mit einem gleichaltrigen Mädel an. Und die bringt einen unerwarteten Bonus mit: den alleinstehenden Vater, der sich zu einem zuverlässigen Zeitvertreiber für Anna entwickelt. Bald schon ist es ihr Herz, das sich Flausen hingibt und von einer Urlaubsliebe träumt. Denn Daniel hätte alles, was ein Kerl braucht – außer dem Interesse an Liebeleien jeder Art …

DIE AUTORIN

Franziska Erhard schreibt seit 2015 Liebesromane und romantische Komödien. Ihre Geschichten bezauberten seither unzählige Leserinnen und stürmten immer wieder die Bestsellerlisten. Fesselnd, klug, mit Humor und Augenzwinkern, aber auch stets mit einem tieferen Hintergrund, entführt sie in Welten, die lange nachklingen. Nicht umsonst lautet ihr Motto: »Geschichten, wie sie das Leben schreibt. Nur romantischer. Und schöner.«

Meeres FLAUSEN

FRANZISKA ERHARD

1. Auflage Mai 2023

Korrektorat: Doris Eichhorn-Zeller / www.perfekte-texte-coburg.de
Cover/Umschlaggestaltung: Buchgewand / www.buch-gewand.de

Ich freue mich über jede Rückmeldung.
Schreibt an franziska.erhard@gmx.de
Oder besucht mich auf Facebook:
Franziska.Erhard.Autorin

KAPITEL 1

»Wow! Na, hier kann man es doch aushalten, oder?« Ich sah mich nach meiner Tochter Leni um, die hinter mir in das kleine Mobile Home getreten war und ebenfalls neugierig den Blick schweifen ließ. »Das sieht toll aus, nicht?«

»Ganz nice.« Leni betrachtete die himmelblauen Gardinen an den Fenstertüren, die ebenso pastellig blaue Eckcouch, die kleine Küchenecke in einer hellen Holzoptik, den Boden, der zwar aus Kunststoff war, aber beinahe wie echte sandfarbene Holzdielen aussah.

»Scheint ganz neu renoviert zu sein. Welches ist wohl dein Zimmer? Links oder rechts?«

Leni zuckte mit der Achsel und öffnete aufs Geratewohl die ihr näherliegende linke Tür.

»Ich vermute mal, das ist meins.«

Ich trat neben sie und spähte in den Raum. Winzig, ohne Frage, aber durchaus hübsch. Zwei schmale Betten standen links und rechts an den Wänden, dazwischen war ein Durchgang, der kaum Platz für ein paar Beine bot. Am Fenster hingen auch hier hellblaue Vorhänge und die Wand zierte ein bezauberndes Bild mit Strandmotiv. Keine albernen Kinderbilder, wie ich aufatmend feststellte, obwohl das hier eindeutig das Kinderzimmer war. Ein schmaler offener Schrank schmiegte sich eng an die Türöffnung und an der hinteren Wand, über den Betten, waren Regale angebracht.

»Ich finde es superschön«, bekräftigte ich noch einmal.

»Aber winzige Betten.«

»Wir können sie zusammenschieben. Dann ist es sogar größer als deines zu Hause.«

»Mal sehen. Vielleicht.«

Ich lächelte. Ich kannte meine Tochter und ihre Vorliebe, die Klamotten herumliegen zu lassen. Das zweite Bett würde vermutlich innerhalb weniger Stunden zum ausgelagerten Kleiderschrank werden und bis zum Ende des Urlaubs einen stetig wachsenden Klamottenberg beherbergen.

»Dann muss das mein Zimmer sein.« Ich deutete auf die Tür an der anderen Seite des kleinen Wohncontainers. Ich ging hinüber und schob sie neugierig auf. Auch dieser Raum verschwendete keinen Platz. Er war kaum größer als das Bett. Links und rechts waren winzige Konsolen montiert, die als Nachttisch dienten und die auf der einen Seite an der Wand anstießen, auf der anderen das Bett touchierten. Ein schmaler Schrank, die üblichen Regale über dem Bett, und dann war bereits alles ausgereizt, was es an Platz gab. Aber auch hier war das vorherrschende Thema Strand und Meer, was sich in den Farben und dem Bild an der Wand zeigte. Es war wirklich hübsch und vor allem war es ausreichend für uns beide.

»Hier ist das Klo.« Leni hatte eine weitere Tür geöffnet.

»Dann muss dort das Bad sein.« Ich schritt zur letzten Tür, der neben dem Kühlschrank. »Oh, wow. Wie wunderschön.«

»Jupp«, bestätigte meine Tochter, die sich neben mich gequetscht hatte.

»Und überraschend geräumig, zumindest für die Verhältnisse.«

»Findest du? Eigentlich ist es hier schon recht klein, oder? Vor allem das Wohnzimmer.«

»Nun ja, es ist kein Palast. Aber für uns beide reicht das doch locker. Viel weniger Fläche, die man sauber halten muss.« Ich zwinkerte ihr zu.

Leni nickte und ließ noch einmal ihren Blick durch den Container wandern. Plötzlich sah sie nicht mehr aufgeregt aus, sondern ein wenig verloren, so als suche sie etwas, was sie nicht finden konnte. Ich trat zu ihr und legte einen Arm um ihre Schulter.

»Wie sieht es aus? Wir machen uns an die Arbeit, räumen das Gepäck aus dem Auto, richten uns häuslich ein und dann können wir vor dem Essen noch in den Pool springen.«

»Eigentlich habe ich keine Lust auf den Pool.« Leni saß auf dem Bett, die Beine untergeschlagen, das Handy in der Hand.

Entgegen meinen Befürchtungen hatte sie das zweite nicht direkt für die Klamotten benutzt, sondern ihre Sachen in das Regal geräumt, brav die Bettwäsche aufgezogen und mir dabei geholfen, alles in das Häuschen zu schleppen. Dann hatte sie sich in ihr Zimmer verzogen, während ich die Lebensmittel in der Miniküche verstaute und meine Sachen auf einem der beiden Badregale anordnete. Ich brauchte das, dass ich zuerst für alles einen Platz fand, mich einrichtete, die Koffer und Klappboxen ausräumte. Ich wollte mich hier, wenn auch nur für zwei Wochen, heimisch fühlen, nicht ständig irgendwo herumkramen, wenn ich etwas brauchte, oder über Taschen stolpern, die auf der winzigen Fläche nur im Weg herumstanden. Nun war das Häuschen unseres, zumindest für die nächsten Tage. Und nun konnte auch ich entspannen und durchatmen. Der erste Schritt war geschafft. Wir beide waren hier, jetzt würden wir uns erholen und hoffentlich eine gute Zeit haben.

»Komm schon. Es ist so heiß und ich bin total fertig von der Fahrt und verschwitzt vom Auspacken. Eine Runde schwimmen wäre jetzt toll.«

»Du kannst doch alleine gehen. Ich bleib hier, wenn es dir nichts ausmacht.« Leni lächelte zögernd und ich nickte nach einem kurzen Moment.

Vermutlich hatte sie recht. Daran musste ich mich wirklich erst gewöhnen. Es alleine machen. Eigentlich hatte ich gedacht, dass ich das in den letzten Monaten gelernt hatte, aber hier war es anders. Hier waren plötzlich die Erinnerungen daran, es eben nicht alleine zu machen, wieder sehr viel präsenter. Nun gut, auch das konnte man in den Griff bekommen und am besten fing ich gleich damit an.

»Dann verschwinde ich. Ich werde nicht lange weg sein. Und wenn du Lust hast, holen wir uns später eine Pizza. Zur Feier des ersten Urlaubstages.«

»Klar. Viel Spaß. Aber gib mir doch vorher bitte den Zugangscode für das Internet.«

Ich reichte ihr die Quittung, die ich in weiser Voraussicht direkt beim Einchecken gekauft hatte. Vermutlich sollte ich stolz auf sie sein, weil sie erst jetzt danach fragte.

Dann schnappte ich mir ein Handtuch und schlüpfte in meine Flipflops. Mehr würde ich nicht brauchen. Meinen Tankini hatte ich bereits an und das leichte Strandkleidchen ebenfalls. Ich hatte einen kritischen Blick in den schmalen Spiegel geworfen und mir einen Moment überlegt, ob ich nicht doch auf ein Maxikleid zurückgreifen sollte. Dieses Ding hier verhehlte nämlich nicht, dass meine Beine nicht nur zu stämmig und von Cellulitis überzogen waren, sondern zusätzlich auch einige unschöne Besenreiser hatten. Dann sah ich mir fest in die Augen und strich entschlossen meine braunen kinnlangen Haare hinter die Ohren. Und wenn schon, dachte ich. Es gibt hier niemanden, den das interessiert.

Ich trat hinaus in die warme Luft, stand einen Moment in der Sonne, schloss die Augen und atmete tief den

Geruch des Meeres ein, das nur wenige Meter entfernt war. Wir würden uns ein paar schöne Tage machen, schwor ich mir. Auch wenn die Umstände anders waren als ursprünglich geplant, würden wir uns davon nicht runterziehen lassen. Diese Tage waren zu kostbar, um sich wegen Dingen zu grämen, die man nicht ändern konnte.

»Wahnsinn! Ich hatte fast vergessen, wie schön das hier ist.«

Ein paar Runden im Pool und eine Pizza später standen wir endlich am Strand. Pünktlich zur magischen Stunde, der Zeit des Tages, wenn die Sonne bereits untergeht, das Licht golden und warm ist und der Himmel in den sanftesten Farben leuchtet. Das Meer ist für mich immer wunderschön, ein ganz besonderer Ort, an dem ich wirklich durchatmen und zur Ruhe kommen kann. Seltsam, aber ein Blick auf das Wasser genügte, um nahezu jeden Kummer zu vergessen, die Sorgen beiseitezuschieben und zu spüren, wie schön das Leben ist. Wie schön unser Planet ist.

»Der erste Blick auf das Meer ist jedes Mal wie ein Wunder, was?«

»Schon.« Leni rührte sich nicht, sondern hielt ihre Augen fest auf die glitzernden Wellen gerichtet.

»Alles klar?«, fragte ich.

»Hm.«

Meine Tochter ließ ihre Finger knacken. Eine Angewohnheit, die mich wahnsinnig machte und meiner Meinung nach nicht gesund sein konnte. Sie jedoch schien darin eine seltsame Art des Trostes zu finden und tat es immer dann, wenn sie sich unwohl fühlte, wenn sie unsicher war oder sich langweilte. Oder wenn sie mich ärgern wollte. Ich entschied nach einem kurzen Blick, dass es aktuell eher Trost als Provokation war, und unterdrückte ein Seufzen. Auch wenn das ein sehr seltener Augenblick war, hatte ich in diesem Moment das Gefühl, ziemlich genau zu wissen, was in ihrem Teenagerkopf gerade vor sich ging.

»Ist schon irgendwie komisch, oder?«, fragte Leni prompt mit nachdenklicher Stimme. »Nur wir beide.«

»Durchaus«, gab ich zu. »Himmel, da merkt man, wie alt man plötzlich ist.« Ich konzentrierte mich mit Absicht auf die eine Hälfte der Wahrheit, die Leni gerade angesprochen hatte, und versuchte dem Gespräch etwas Leichtigkeit zu geben. »Und ich muss gestehen, dass ich mich mächtig zurückhalten muss, um nicht ständig bei Louis anzurufen und zu fragen, ob alles okay ist.«

»Ist es. Ich habe eben mit ihm getextet.«

»Ja?«

»Hm. Hab ihm ein kleines Video geschickt. Einen Rundgang durch das Haus. Er findet es ziemlich cool.«

Ich lächelte. Louis, mein Sohn, hatte dieses Jahr sein Abitur gemacht. Er war im Frühjahr achtzehn geworden und hatte beschlossen, dass er sich jetzt ein Jahr Pause gönnen würde, ehe er an der Uni anfangen wollte. Aktuell jobbte er als Briefzusteller, weil er dann im nächsten Jahr ein paar Monate durch die Welt reisen wollte. Ein Gedanke, der mich gleichzeitig freute und ängstigte. Ich freute mich, dass er die Welt entdecken wollte, dass er Erinnerungen schaffen würde, dass er einfach lebte. Aber es war überraschend schwer, loszulassen, zu vertrauen, dass er es alleine hinbekam. Als er mir völlig entspannt mitgeteilt hatte, dass er dieses Jahr nicht mehr mit in den Urlaub fahren würde, sondern arbeiten wollte, hatte ich genickt und ebenfalls einen Spruch losgelassen, dass er mir damit recht deutlich sagte, wie die Zeit verging. Da sehnte man es ewig herbei, dass es so war, dass die Kinder erwachsen wurden, selbstständig, man wieder mehr Zeit für sich hatte, und dann tat man sich so schwer damit. Aber vielleicht waren es einfach ein paar Änderungen zu viel gewesen in den letzten Monaten. Mein Leben hatte sich in mehr als einer Hinsicht verändert. Dies war nämlich nicht nur der erste Urlaub ohne meinen Sohn, sondern zudem der erste ohne meinen Mann. Weil der im Gegensatz zu Louis beschlossen hatte, die Familie ganz zu verlassen. Ich wusste, dass Leni auch das durch den Kopf ging, aber dieser erste Abend am Meer war zu kostbar, um ihn mit Gedanken an Martin zu verderben.

»Lass uns ein Foto machen und es Louis schicken«, schlug ich vor und war froh, dass mir meine Stimme gehorchte und sich leicht und glücklich anhörte. »Damit er weiß, was er hier verpasst.«

Kapitel 2

Obwohl ich mir keinen Wecker gestellt hatte, war ich am nächsten Morgen früh wach. Ich lag einen Moment da und genoss es, dass ich heute rein gar nichts tun musste – bis mich die Natur zwang, doch aufzustehen. Da ich schon mal aus dem Bett war, trat ich zur Glastür und zog den Vorhang zur Seite. Ein strahlend schöner Morgen erwartete mich und plötzlich wollte ich nicht mehr zurück ins Bett. Stattdessen zog ich mir wieder mein extra für den Urlaub gekauftes kurzes Kleidchen über und schlenderte zum kleinen Supermarkt vorne neben der Rezeption, um ein ofenfrisches, noch heißes Baguette und zwei ebenso heiße, verlockend duftende Croissants zu besorgen. Dann kochte ich mir eine Tasse Kaffee und setzte mich damit auf unsere Terrasse. Ich rückte den Stuhl in die Sonne und legte die Beine hoch, während ich zufrieden meinen Koffeinpegel auf Stand brachte. Schon jetzt war es richtig warm, aber im Gegensatz zu daheim machte mir die Hitze hier weniger aus. Nun gut, zu Hause würde ich auch nicht so ein kurzes Kleidchen anhaben, sondern deutlich mehr Stoff am Leib tragen. Hier jedoch, so hatte ich beschlossen, wollte ich nicht ständig in wadenlangen Röcken oder Hosen unterwegs sein. Und außerdem: Was machten schon ein paar Cellulitisdellen und unschöne Adern? Ich war gesund und ich hatte es trotz allem nicht allzu schlecht getroffen. Und ich war wirklich hier, auch wieder trotz allem. Ich nahm einen Schluck Kaffee und sah mich zufrieden um. Wie schön es hier war! Und wie schön es war, dass ich heute nichts anderes tun musste, als ans Meer zu gehen, herumzuliegen und faul zu sein. Wann hatte ich zum letzten Mal einfach nichts getan? Es gab immer etwas, das erledigt werden wollte. Und wenn es nichts gab, dann wurde ich unruhig, weil ich dachte, dass ich etwas vergessen hatte. Das war schon so gewesen, seit ich denken konnte. Ich war noch nie besonders gut darin, nichts zu tun. Es lag auch nicht wirklich in meiner Art, dazu war ich nämlich viel zu quasselig und voller Ideen, was ich tun könnte. Nur im Urlaub gelang es mir, mal runterzuschalten, und ich hatte fest vor, dass es auch dieses Mal so sein würde. Die einzige Konstante, die ich von früheren Urlauben her aufrechterhalten konnte. Ich runzelte kurz die Stirn, als meine Erinnerungen in Bahnen abrutschten, auf die ich gerade gar keine Lust hatte. Auf gar keinen Fall würde ich diese kostbare Zeit mit »was wäre wenn« und »schade, dass es so und nicht anders ist« verschwenden. Schließlich sagten immer alle, dass man an neuen Herausforderungen und Erfahrungen wachse.

Gestern Abend hatte es mich einige Mühe gekostet, nicht wie Leni in eine melancholische Stimmung zu geraten. Wir hatten bewusst entschieden, dass wir zu zweit fahren würden, und ich hatte meiner Tochter versprochen, dass sie einen tollen Urlaub verleben würde. Knapp sechzehn, dachte ich und musste lächeln. Das perfekte Alter für einen tollen Urlaub.

Meine Gedanken wanderten zurück zu der Zeit, als ich in ihrem Alter gewesen war. Oh ja, ich hatte damals einen perfekten Urlaub gehabt. Auch wir waren am Mittelmeer gewesen, einige Kilometer weiter südlich. Der Campingplatz war nicht ganz so schön gewesen wie dieser und anstatt ein Mobile Home anzumieten, waren wir wie immer mit dem alten, geliebten Wohnwagen meiner Eltern unterwegs. Ich hatte in jenem Jahr zum ersten Mal in einem kleinen Zelt vor diesem Wohnwagen geschlafen, weil ich in meinem reifen Alter keine Lust mehr gehabt hatte, mit meinen Eltern in dieser engen Blechbüchse zu nächtigen. Es war nicht viel mehr als eine braun-beige Hundehütte gewesen, in die ich hineinkriechen musste und bereits mit dem Kopf an dem Zeltdach anstieß, wenn ich nur saß – und ich war noch nie besonders groß gewesen. Umziehen konnte ich mich nur im Liegen und die Luftmatratze musste spätestens alle drei Tage neu aufgepustet werden, wenn ich nicht auf dem harten Boden schlafen wollte. Außer mir passte gerade noch die Reisetasche hinein, aber ich hatte es geliebt. Himmel, heutzutage würde mein Rücken das keine zwei Nächte mehr mitmachen, fuhr es mir durch den Kopf. Wenn ich aufs Klo wollte, musste ich mir eine Rolle Papier unter den Arm klemmen und damit zum Waschhaus gehen. Um warm zu duschen, musste man Münzen einwerfen, erinnerte ich mich. Aber all das war eben so, niemand störte sich wirklich daran. Wichtig war nur gewesen, dass auf diesem Platz jede Menge Jugendliche mit ihren Eltern urlaubten. Nach zwei Tagen hatte ich Anschluss an eine Gruppe gefunden und wir hatten nicht nur gemeinsam am Pool oder am Meer herumgelegen, sondern uns auch abends getroffen, um dann lässig auf den Bänken am Fußballplatz zu sitzen. Zumindest wir Mädels. Die Jungs kickten, bis es zu dunkel war, dann kamen sie zu uns herübergeschlendert, mit nass geschwitzten Haaren und einem zufriedenen Ausdruck im Gesicht. Und einer dieser Jungs war Torsten gewesen. Schon siebzehn, groß aufgeschossen, mit schlaksigen Beinen und süßen braunen Locken. Ich stand vom ersten Tag auf ihn und ich fieberte den Momenten entgegen, wenn er mich anlächelte.

»Anna«, sagte er dann und grinste unverschämt niedlich. »Und, wie war dein Tag?«

Seltsamerweise blieben wir tagsüber immer unter uns. Die Mädchen hingen gemeinsam ab, die Jungs alberten miteinander herum und es gab höchstens mal ein »Hi«, wenn man sich vor die Füße lief. Die Gruppen wurden immer wieder neu gemischt, wenn jemand abreiste oder ein Neuer angekommen war. Jeder, der wollte, konnte dazustoßen, man musste nur abends mal einen Abstecher zum Sportplatz unternehmen und diese eine Hürde überwinden, dann zu den Bänken zu schlendern und Hallo zu sagen. Mir fiel das nicht schwer, ich war schon immer recht kommunikativ und konnte auf Leute zugehen. Ich hatte die Mädels zwar sicherheitshalber einen Tag lang beobachtet und dabei festgestellt, dass sie wirklich nett rüberkamen und nicht zur Kategorie »Zicken, die sich für was Besseres halten« gehörten. Womit ich beinahe recht hatte – bei einer so willkürlich zusammengewürfelten Truppe sind natürlich die unterschiedlichsten Charaktere anzutreffen und auch bei uns gab es welche, die ich mehr mochte als andere. Aber ganz besonders mochte ich Torsten.

Wir verbrachten viele Stunden damit, zu reden. Wenn das Spiel erst einmal vorbei war und wir einfach nur dasaßen, am Rande des dunklen Spielfeldes oder aber auch unten am Meer, dann richteten wir es immer so ein, dass wir miteinander quatschten. Am Ende der ersten Woche griff er dabei zum ersten Mal nach meiner Hand. Herrje, ich weiß noch, dass ich fast einen Herzinfarkt bekam, als ich seine Finger nach meinen tasten spürte. Er hielt sie den ganzen restlichen Abend fest, unbemerkt von den anderen. Als wir aufstanden, um heimzugehen, entzog ich sie ihm und wir schlenderten nebeneinander her, ohne dass er sie wieder ergriff.

Am nächsten Abend saß ich aufgeregt neben ihm und wartete, dass er wieder nach meiner Hand greifen würde. Seine lag zwar sehr günstig im Sand, so nahe, dass ich sie beinahe spüren konnte, aber sie blieb, wo sie war. Schließlich wagte ich etwas, was mir sehr verwegen vorkam: Ich streckte die Finger aus. Gerade weit genug, dass ich seine berühren konnte. Einen Moment verharrten wir so, dann umschloss er meine Hand.

Leider blieben Torsten und seine Familie nur noch drei Tage. Und leider war mit dem Ausstrecken meiner Finger mein ganzer Mut aufgebraucht. Die nächsten beiden Abende verschwendeten wir damit, Händchen zu halten und uns anzuhimmeln. Tagsüber warf ich ihm sehnsüchtige Blicke zu, tat aber vor den anderen cool und entspannt. Mein Herz klopfte und konnte es nicht erwarten, bis die Dämmerung wieder hereinbrechen würde und Torstens Finger meine umfingen, sie streichelten. Sich seine Schulter an meine lehnte, wenn wir nebeneinandersaßen. Ich sehnte mich nach mehr, dachte aber, dass er das doch initiieren sollte. Und dass er das nicht tat, verunsicherte mich.

Den letzten Abend verbrachten wir wieder in der großen Runde am Meer, als er einen Spaziergang vorschlug. Wir schlenderten Hand in Hand ein Stück von den anderen weg. Als wir außer Sichtweite waren, blieb Torsten stehen. Er sah mich an und endlich fanden seine Finger andere Körperteile als meine Hände. Er strich mir über das Gesicht, den Hals, den Nacken. Mein Herz begann vor Glück zu beben, als er mich endlich in seine Arme zog. Im Hintergrund hörten wir leises Lachen und die Musik aus dem Kassettenrekorder. Und dann, als gerade mein Lieblingslied begann, küsste Torsten mich. Es war mein erster Kuss und er war wunderschön. Die Musik verschmolz mit dem Rauschen des Meeres und der salzigen Luft dieser warmen Sommernacht. Und mit seinen Lippen, die meine sanft liebkosten. Und dann nach und nach mehr forderten, frecher wurden, aufregender und einnehmend. Im Gegensatz zu mir schien Torsten schon Erfahrungen auf diesem Gebiet zu haben und ich war nur zu gewillt, von ihm zu lernen. In meinem Körper begann ein aufregender Cocktail zu brodeln. Es gab so vieles zu entdecken und wir hatten nur noch so wenig Zeit. Ich war verliebt und glücklich und todtraurig, weil Torsten morgen heimfuhr. Und vor allem war ich sehr bereit, endlich herauszufinden, ob all die Dinge, von denen meine Freundinnen seit einiger Zeit so schwärmten, wirklich den Ärger wert waren, den man riskierte, wenn es herauskam. Irgendwann hatten wir den Strand verlassen und uns in stiller Übereinkunft auf den Weg zu meinem Platz gemacht. Wie ich versprochen hatte, lag der Wohnwagen im Dunkeln. Ich wusste, dass meine Eltern wie jeden Abend früh schlafen gegangen waren. Und mein Zelt, klein und gemütlich und verlockend, stand ein wenig abseits und erwartete uns in seiner aufregenden Verschwiegenheit.

Als ich am nächsten Morgen aufwachte und auf die Uhr sah, war es fast Mittag. Torsten saß bereits im Auto und war auf dem Heimweg. Ich verbrachte den restlichen Urlaub damit, mich nach ihm zu sehnen, aber es war ein überraschend gutes Gefühl. Es war dieses Gefühl, geliebt zu werden, ausgesucht worden zu sein unter all diesen Mädchen hier, die teilweise schöner, dünner, witziger oder schlagfertiger waren als ich. Es war das Gefühl der ersten Liebe und des ersten Herzschmerzes.

Ich muss gestehen, dass der Herzschmerz, als wir wieder zu Hause waren, recht bald abklang. Aber das Gefühl der Sommerliebe blieb und dafür war ich dankbar. Verrückt, dass ich ausgerechnet jetzt wieder an Torsten gedacht hatte. Und noch verrückter, dass mein Herz sich nach so vielen Jahren davon beeindrucken ließ und einen kleinen unerwarteten Hüpfer machte. Und am verrücktesten war, dass da plötzlich dieser Wunsch aufflammte, so etwas noch einmal erleben zu dürfen – und es dann besser zu machen.

KAPITEL 3

»Morgen, Mam.«

Ich fuhr aus meinen Erinnerungen hoch und sah zu Leni, die verschlafen in der Tür stand und in die Sonne blinzelte. Das Kind hatte sich in den letzten Monaten angewöhnt, mich »Mam« zu nennen. Vermutlich sagte sie »Mum«, aber ich hatte beschlossen, es als Abkürzung des deutschen Wortes »Mama« anzusehen. Denn wenn es wirklich wichtig war oder sie in echten Schwierigkeiten steckte, zum Beispiel, wenn sie einer Spinne gegenüberstand, die sich in ihrem Zimmer breitgemacht hatte, dann hängte sie das fehlende »a« dran. Und dann wusste ich, dass es jetzt wirklich dringlich war. Und sie wusste mittlerweile, dass sie in diesen Augenblicken besser nicht mit englischen Ausdrücken um sich werfen sollte und ich sehr viel schneller war, wenn sie statt »Spider« einfach »Spinne« schrie. Weil ich dann sofort begriff, was ihr Leben bedrohte, und nicht erst diese Verzögerung entstand, die mein Gehirn brauchte, um zu verstehen, was sie von mir wollte.

Das war ebenfalls eine Angewohnheit, die beide Kinder hatten und die mich manchmal fast in den Wahnsinn trieb. Sie hatten einen Hang, unsere Gespräche mit massenhaft englischen Vokabeln zu durchmischen oder gar ganz in dieser Sprache zu kommunizieren. Ich weigerte mich standhaft, da mitzumachen oder das dauerhaft durchgehen zu lassen. Mal davon abgesehen, dass mein Schulenglisch sehr eingerostet war und ich mich nie so sicher und selbstverständlich darin bewegt hatte, fehlte mir zudem der Wortschatz und was die Grammatik anging, war ich eine absolute Niete. Was mir die beiden natürlich ständig aufs Brot schmieren mussten. Ich berief mich dann auf die Tatsache, dass wir zum Glück in einer Welt lebten, in der es so clevere Tools wie einen Translator gab, und sie im Umgang mit mir ansonsten eben auf ihre Muttersprache zurückgreifen sollten, wenn sie wollten, dass die Botschaft ankam. Was anscheinend deutlich schwieriger war, als ich in meiner Naivität dachte. Ich war total geschockt gewesen, als ich zum ersten Mal mitbekam, wie Leni am Tisch irgendein englisches Wort benutzte, ihren großen Bruder ansah und ernsthaft fragte: »Wie sagt man dazu auf Deutsch?«

Okay, es war ein recht spezielles Wort gewesen, das etwas beschrieb, was mit dem Internet und damit zusammenhängend mit dem Umgang von »Content« zu tun hatte, aber trotzdem. Ich liebte die deutsche Sprache, ihre Vielseitigkeit, ihre Möglichkeiten, genau das passende Wort zu finden, und war doch einigermaßen entsetzt, dass so etwas an meinem Esstisch passierte. Und das, obwohl ich wusste, dass sowohl sie als auch ihr Bruder sich ihre Lieblingsserien in der Originalsprache ansahen und ich erst vor Kurzem zufällig mitbekommen hatte, dass sie mit ihrer besten Freundin in den Videochats englisch sprach. Auf meine Frage, weshalb, zuckte sie nur nachlässig mit den Schultern. Es sei halt einfacher, meinte sie, sich über Content in der Sprache zu unterhalten, in der man ihn auch ansah. Das Gute daran war, dass ich beim letzten Elternabend erfahren hatte, dass manche Kinder in der Klasse dem Lernziel weit voraus seien, dass sie sich unglaublich sicher und frei verständigen würden – und dass der Fachlehrer doch überrascht gewesen sei herauszubekommen, dass besagte Kinder diese Fähigkeiten nicht etwa von einem Nachhilfelehrer erlangt hätten, sondern ganz profan von Netflix.

»Guten Morgen, Leni. Frühstück?«

Sie nickte und blinzelte noch einmal. Ich stand auf, um Butter und Marmelade zu holen und mir einen weiteren Kaffee zu kochen. Leni deckte den Tisch und bemerkte zufrieden, dass ich heute Morgen auch schon ein Glas ihrer französischen Lieblingsschokocreme gekauft hatte, die es nur hier gab und auf die sie sich beinahe so sehr freute wie auf das Meer. Obwohl sie in dem kleinen, vom Campingplatz betriebenen Supermarkt doppelt so teuer war als in einem der großen Supermarchés, hatte ich nicht lange überlegt, ob ich sie mitnehmen sollte. Auch wenn dieser Urlaub in so vielen Belangen anders war als alle vorangegangenen, gab es doch Dinge, die sich nicht ändern sollten.

Was sich ebenfalls nicht änderte, waren die Stimmungsschwankungen meiner Tochter. Nach dem Frühstück hatten wir uns auf den Weg zum Strand gemacht. Der Campingplatz grenzte direkt an das Meer und so mussten wir unsere Sachen nicht weit schleppen. Wir bauten einen Schlenker zur Autowaschstation ein, an der es auch eine Druckluftpistole gab, um Lenis Riesenschwimmreifen aufzublasen. In den vergangenen Jahren waren sie und ihr Bruder mit diesen Dingern stundenlang im Meer gewesen, hatten sich darin herumtreiben lassen, sich an den windigeren Tagen auf den Wellen vergnügt. Nun jedoch lag er unbeachtet neben ihr im Sand, während Leni auf das glitzernde Wasser starrte. Auf meine Frage, weshalb das so war – schließlich hatte sie es früher kaum abwarten können, sich ins Nass zu stürzen – bekam ich mitgeteilt, dass der Hauptspaß darin bestanden habe, dies nicht alleine zu machen.

»Bin ich niemand?«, fragte ich scherzhaft zurück.

»Mit jemandem in meinem Alter macht es mehr Spaß.«

»Du lernst bestimmt jemanden kennen. Hier gibt es zum Beispiel einen Treff für Teenager. Da könntest du …«

»Das ist nicht so mein Ding.« Lenis Gesicht wurde verschlossen.

Ich unterdrückte eine Antwort. Ich kannte sie schließlich gut genug. Sie war nicht der Typ, der locker auf Fremde zuging und mit ihnen eine Unterhaltung begann. Und zwingen ließ sie sich schon gar nicht.

Sie zog ihr Smartphone hervor und begann zu tippen. Ich griff nach meinem Buch und beschloss, dieses Thema erst einmal ruhen zu lassen. Auch für mich war dieser Urlaub eine neue Erfahrung und einsamer, als ich mir das vorgestellt oder gewünscht hatte. Denn eigentlich sollte jetzt auch meine beste Freundin Nanni mit ihrer Familie hier sein. Seit wir Kinder hatten, waren wir immer zusammen in Urlaub gewesen. Anfangs hatten wir jedes Jahr einen neuen Ort bereist, doch seit einigen Jahren fuhren wir immer auf diesem Campingplatz. Ganz entspannt, jeder mit seinem eigenen kleinen Häuschen, jeder in einer anderen Ecke des Platzes und vor allem ohne Druck, ständig zusammenglucken zu müssen. Aber wir hatten uns am Pool oder am Meer getroffen, hatten abends Spiele gemacht, geplaudert und jede Menge Wein getrunken. Und vor allem hatten Nanni und ich hier wieder einmal Gelegenheit, uns häufiger zu sehen. Obwohl uns nur gute zwanzig Kilometer trennten, seit sie mit ihrem Mann Stefan ein günstiges Baugrundstück erworben hatte und aus unserem Heimatort weggezogen war, sahen wir uns nämlich viel zu selten. Früher konnten wir einfach auf dem Heimweg vom Einkaufen oder der Arbeit schnell bei der anderen auf einen Kaffee hereinschneien, nun jedoch taten wir das kaum einmal. Dumm, sagten wir übereinstimmend, aber blöderweise lagen unsere jeweiligen Arbeitsstellen auch noch in der entgegengesetzten Richtung und dadurch wurde die Strecke dann noch mal weiter. Und deshalb hatten wir stattdessen auf Telefonate zurückgegriffen. Die Freundschaft hielt das aus, weil wir uns zu wichtig waren. Wir hatten beide unser Leben mit Freundinnen direkt im Ort, doch mein Lieblingsmensch war und blieb Nanni. Sie war die Erste, die mir in den Sinn kam, wenn ich etwas auf dem Herzen hatte, egal ob Gutes oder Schlechtes. Und sie war diejenige, die alles von mir wusste. Wie oft hatten wir gelacht und gesagt, dass wir uns schon deshalb niemals entfreunden konnten, weil die andere schlicht zu viel wusste. Aber in Wahrheit passten wir einfach perfekt zueinander. Wir hatten denselben Humor und mit niemandem konnte ich so lachen wie mit Nanni.

Dieses Jahr hatte ich mich noch mehr darauf gefreut, dass wir gemeinsam Urlaub machten. Schließlich war ich mit Leni alleine und da war der Gedanke tröstlich gewesen, dass sie hier sein würde.

»Gar keine Frage, wir fahren wieder dahin«, hatte Nanni beschlossen und mich kämpferisch angesehen. »Wir fahren jedes Jahr dorthin, und das werden wir uns von diesem untreuen Mistkerl nicht nehmen lassen. Du brauchst ihn nicht, um dich zu amüsieren. Ich habe bereits gebucht, also machst du das jetzt auch, ehe es nichts mehr gibt.«

Ich hatte nur kurz überlegt und dann getan, was sie verlangte, dankbar dafür, dass sie wie immer an meiner Seite war und mir in dieser neuen Situation Halt gab. Doch das Schicksal wollte mich dieses Jahr anscheinend ganz besonders gründlich prüfen und entschied, dass ich diesen ersten Urlaub alleine wirklich alleine machen sollte. Leider, denn meine Angst davor und die Traurigkeit darüber, diese Tage nicht mit Nanni als Unterstützung verleben zu können, waren das eine. Das andere war der Grund, weshalb Nanni nicht mitfuhr. Ihr Mann Stefan hatte zum Jahresbeginn seinen Job verloren und, wie es schien, seinen Elan gleich mit. Nanni war unglaublich verständnisvoll und erzählte besorgt, wie ausgelaugt und fertig er in den letzten Monaten gewesen war. Und trotz all der klaglos geleisteten Überstunden, trotz seines Einsatzes war er am Ende entlassen worden, was nun kräftig an ihm zehrte. Sie verstand, dass er aktuell nicht in der Lage war, sich neu zu orientieren, und gestand ihm Zeit zu, um sich erst einmal zu erholen. Nur mussten natürlich dennoch die Rechnungen bezahlt werden und von ihrem Halbtagsjob als PTA konnte Nanni das nicht stemmen. Deshalb hatte sie sich nach einer neuen Stelle umgesehen. Sie hatte schon seit Längerem immer mal wieder in den Raum geworfen, dass sie so langsam die Stundenzahl aufstocken wolle, schließlich war ihre Tochter beinahe erwachsen. In ihrer Apotheke war das leider nicht möglich und da sie gerne dort arbeitete, scheute sie sich vor einem Wechsel. Doch nun hatte das Schicksal ihr einen Tritt in den Allerwertesten verpasst, gestand sie am Telefon und gleichzeitig hatte sie ein Riesenglück, weil sie im Nachbarort einen Job angeboten bekommen hatte. Nur fiel ihre Probezeit leider genau in den Zeitraum, in dem wir unseren Urlaub gebucht hatten, und natürlich würde sie nicht freinehmen können.

»Ganz unter uns, es wäre gerade auch schwer zu stemmen. Besonders, nachdem ausgerechnet jetzt das Auto kaputtgehen musste. Es tut mir so leid, Anna, aber ich habe storniert und zum Glück deckt die Reiserücktrittsversicherung unseren Fall ab.«

Ich muss gestehen, dass ich einen Moment ernsthaft in Versuchung geriet, ebenfalls zu stornieren. Schließlich deckte die Versicherung nicht nur einen Jobverlust und Stornierungen aufgrund von Urlaubssperren ab, sondern auch das Nichtantreten einer Reise, weil man seit der Buchung überraschend geschieden worden war. Oder zumindest fast geschieden, ganz sicher aber aussortiert und abserviert. Ich hatte die veränderte Situation mit Leni besprochen, die das gar nicht gut aufnahm.

»Und? Fahren wir dann woanders hin?«, hatte sie gefragt. »Wäre es dort anders? Wenn du stornierst, dann bleiben wir doch ganz zu Hause.«

Da war was dran. Ich hatte nachdenklich die Lippen geschürzt und Leni hatte zum vernichtenden Schlag ausgeholt.

»Und Papa wird denken, dass wir das alleine nicht hinbekommen.«

Und damit war es entschieden. Ich würde Martin bestimmt nicht in dem Glauben lassen, dass ich ohne ihn nicht in Urlaub fahren konnte. Und nach dem vergangenen Jahr hatte ich mir eine Auszeit ganz sicher verdient. Und überhaupt, ich war jetzt eine glückliche, starke, alleinstehende Frau und natürlich konnte ich alleine verreisen.

KAPITEL 4

»Mir ist langweilig«, maulte Leni und sah sich am Strand um.

»Sollen wir ins Wasser gehen?«, fragte ich.

»Ne, keine Lust.«

»Wollen wir einen kleinen Strandspaziergang machen? Muscheln suchen?«

Leni schüttelte den Kopf und starrte hinaus aufs Wasser. Ich konnte mir denken, weshalb. Gemeinsame Spaziergänge und Muscheln suchen waren immer Martins Sache gewesen. Entschlossen klappte ich meinen Reader zu und stand auf.

»Wir gehen ins Wasser. Na los, komm schon. Wer zuerst bis zu den Schultern drin ist.«

Sie kniff kurz die Augen zusammen, dann sprang sie hoch. »Du sicher nicht. Ich kenn dich doch, Mam.«

Lachend setzte ich mich in Bewegung. »Du hast die alte Mam gekannt. Warte nur ab, dieses Jahr bin ich schneller als du.«

Es war klar, dass dies nur hohle Worte waren. Dieses Mädchen hatte schon seit jeher eine ganz besondere Beziehung zu Wasser gehabt und schien sich von solchen Dingen wie Kälte nicht beeindrucken zu lassen. Vor einem guten Jahr hatte sie beschlossen, jede Dusche mit einem kalten Guss zu beschließen, weil das »gut für die Haut und das Bindegewebe« sei. Himmel, in dem Alter hatte ich so was noch nicht gewusst und selbst in meinem jetzigen war mir eine kalte Dusche ein zu hoher Preis, um meine Cellulite in den Griff zu bekommen. Obwohl die es mittlerweile wert wäre, ernsthaft bekämpft zu werden, das stand außer Frage. Ich sollte mir ein Beispiel an ihr nehmen, dachte ich noch, als ich das Wasser erreichte und beherzt die ersten Schritte hineintat.

»Shit!«

Leni lachte. »Kalt?«, fragte sie mit einem süßen Lächeln.

»Nein, scheißkalt. Shit!« Ich zog die Luft ein und automatisch auch den Bauch, als mich eine Welle in Höhe der Körpermitte erwischte.

Leni lachte schon wieder.

»Das ist doch nicht kalt. Voll angenehm.« Sie breitete die Arme aus und ließ sich bis zum Kinn ins Wasser sinken.

Ich schüttelte den Kopf.

»Komm schon, mach endlich.«

»Ja. Sofort. Bei drei«, gab ich zurück. Es nützte ja nichts, da musste man durch. Ich wusste, dass es danach angenehm sein und auch mir Spaß bereiten würde, denn ihre Liebe zum Wasser hatte Leni eigentlich von mir. In ihrem Alter hatte ich mich ebenfalls furchtlos ins Meer gestürzt – und mich hinterher ebenso furchtlos in die pralle Sonne gelegt. Tja, einen richtigen Sonnenbrand pro Urlaub hatte ich mir damals immer zugezogen. Zum Glück war meine Tochter in dieser Hinsicht schlauer als ich.

»Drei«, rief das Mädel eben.

Ich holte tief Luft und ließ mich in die Knie sinken, bis mir das Wasser bis zum Kinn stand.

»Shit. Shit, Shit, Shit!«, fluchte ich und war stolz, dass ich mir zumindest das F-Wort verkniffen hatte.

»Und? Ist doch gar nicht kalt, oder?« Leni grinste und tauchte ab, um kurz darauf in der Mitte ihres Schwimmreifens wieder aufzutauchen. Sie schob die Beine über den

Rand, ließ sich bequem nach hinten sinken und lag einen Moment ganz ruhig und zufrieden da.

»Schiebst du mich ein wenig herum?«, bat sie dann.

Ich nickte. »Klar. Los geht's.«

»Ich würde ja schon gerne jemanden kennenlernen. Aber ich gehe zu keinem Treffen. Du weißt, dass ich das nicht mag.«

Wie immer hatte das Wasser Leni gutgetan. Wir hatten ein paar Späßchen gemacht, während sie lässig auf ihrem Reifen lag und ich mich an den Haltegriffen festhielt und mit den Beinen paddelte, um uns gemächlich über die Wellen zu schieben. Die Sonne strahlte von einem blauen Himmel auf uns herab und jetzt, wo ich mich akklimatisiert hatte und zudem ein wenig in Bewegung blieb, war es richtig angenehm im Wasser. Irgendwann entstand eine kleine Pause und danach war Leni ernster geworden, aber auch sehr viel zugänglicher als üblich.

»Das ist eigentlich eine supertolle Chance. Überleg doch mal: Du kannst hier alles ausprobieren, was du dich zu Hause nicht traust. Du kannst einfach hingehen und jemanden ansprechen. Und wenn die Person blöd ist, dann kannst du es abhaken. Du wirst sie nie wieder sehen.« Torsten blitzte in meinen Gedanken auf. Was hätte ich verpasst, wenn ich damals zu scheu gewesen wäre. »Echt jetzt, Leni, das ist doch perfekt. Du kannst hier üben, auf andere zuzugehen. Das ist nicht schwer. Man sagt einfach Hallo und wartet ab, was passiert.«

»Nein, Mam.« Leni seufzte, war aber glücklicherweise nicht sauer oder schon wieder in Abwehrhaltung. »Das hier ist auch nichts anderes als daheim.«

»Aber hier sind Leute, die du nach diesem Urlaub nie mehr sehen wirst. Es ist also egal, was die von dir denken. Es sind nur zwei Wochen, dann ist es aus und vorbei, so oder so.«

»Das stimmt nicht. Die Leute sind dann zwar vielleicht weg, aber mein Gehirn nehme ich mit nach Hause. Und das vergisst nichts. Selbst wenn ich die nie mehr sehe, werde ich mich ewig daran erinnern.«

Ich seufzte leise. Mein Mädchen, das sich immer zu viele Gedanken machte. Ich konnte diesem Argument nichts entgegensetzen. Natürlich war es nicht so einfach. Auch ich trug so manche Erinnerung beharrlich mit mir herum, die ich nur zu gerne vergessen hätte.

»Du hast natürlich recht. Aber weißt du, vermutlich wären es schöne Erinnerungen, die du mitnimmst. Ich habe viel öfter erlebt, dass aus einem ersten Schritt eine tolle Freundschaft wurde, als dass ich verletzt worden wäre.« Das war weit häufiger erst dann passiert, wenn ich eigentlich dachte, dass man sich kannte und vertrauen konnte.

»Ich bin nicht du, Mam.«

»Ich weiß.« Ich lächelte ihr zu. »Und jetzt raus aus dem Ding. Ich will testen, ob der auch mich trägt.«

Als wir eine Stunde später endlich aus dem Wasser gingen, war Leni bester Laune. Sie hatte sich halb tot gelacht über meine Bemühungen, mich irgendwie mit diesem Schwimmreifen zu arrangieren und mich annähernd so elegant wie sie darauf zu drapieren. Schließlich hatten wir uns einfach beide an ihm festgeklammert und paddelten gemächlich hin und her. Ich lauschte ihren Geschichten von der Schule, von Freunden und darüber, was sie und ihre beste Freundin sich für die Zukunft erträumten. Ich verkniff es mir, ihre Idee, direkt nach der Schule auszuziehen und eine WG zu gründen, allzu sachlich zu kommentieren und nachzufragen, ob es dazu bereits ein Finanzkonzept gab. Außerdem war ich im Moment noch damit beschäftigt, mich mit Louis' Abnabelungsprozess anzufreunden, und wollte nicht darüber nachdenken, dass auch Leni über kurz oder lang ein eigenes Leben haben würde. Und ich dann alleine zurückbleiben würde. Als man mir damals Louis in den Arm gelegt hatte und ich zum allerersten Mal in sein wunderschönes, geliebtes Gesicht blickte, da hatte Martin seinen Arm um mich geschlungen und dem Kleinen sanft einen Kuss auf die Stirn gegeben. Und ich hatte geschluckt und gedacht: Jetzt hast du eine Familie. Jetzt wirst du nie mehr alleine sein. Nun ja, auch darüber wollte ich gerade nicht weiter nachdenken.

»Der sieht ganz nett aus, oder?«

Lenis leise Stimme durchbrach meine Gedanken. Ich folgte ihrem Blick und sah in einiger Entfernung einen Jungen im Sand sitzen, inmitten einer braun gebrannten Familie. Er war recht hager und hatte eine bunt schillernde Sonnenbrille auf der Nase. Sein Look erinnerte mich ein wenig an die Poster dieser K-Pop-Sänger, die eine Zeitlang Lenis Zimmer geziert hatten.

»Hm«, machte ich unbestimmt.

Leni holte ihre eigene Sonnenbrille aus der Strandtasche und sah dann wieder hinüber. Französische Gesprächsfetzen wehten zu uns.

»Sprich ihn doch an.«

Entrüstet schüttelte sie den Kopf. »Bestimmt nicht. Zudem ist er Franzose.«

»Er lernt sicherlich auch Englisch in der Schule. Und überhaupt, was hast du zu verlieren? Wenn er Franzose ist, dann reist er bestimmt bald ab. Deren Schulferien enden am Wochenende.«

»Dann brauche ich ihn ja auch nicht mehr anzusprechen«, meinte sie knapp.

Ich zuckte die Schulter und ließ meinen Blick unauffällig über den Strand wandern. Der Junge war nicht der einzige in Lenis Alter. Es waren etliche Teenager zu sehen. Viele davon mit ihren Familien, mit Geschwistern, mit denen sie sich unterhielten oder herumalberten. Auch der K-Pop-Junge hatte eine jüngere Schwester, mit der er nun eine Sandburg baute, während seine Eltern sich in der Sonne aalten.

»Ich vermisse Louis«, bemerkte Leni. »Er nervt zwar meistens, aber wenigstens ist man nicht alleine.«

»Hey! Bin ich niemand?«

»Doch. Aber halt alt«, gab sie gnadenlos zurück und kramte wieder in der Strandtasche. Dann zog sie ihr Handy heraus und begann flink zu tippen. »Cool. Wenigstens ist Lilly online.«

Ich angelte ebenfalls nach der Tasche und holte meinen Reader heraus. Wenn sich Leni nun mit ihrer besten Freundin unterhielt, dann war sie vermutlich eine Weile beschäftigt.

KAPITEL 5

»Der Platz ist toll, wie immer. Im Schwimmbad haben sie seit letztem Jahr eine neue Terrasse angelegt, mit Holzdielen, ziemlich cool. Und das Wetter ist traumhaft«, berichtete ich an diesem Abend meiner Freundin Nanni.

Die seufzte. »Ich wäre jetzt auch gerne dort.«

»Und ich hätte dich gerne hier. Euch alle. Es ist schon ein wenig einsam«, gab ich zu.

Nanni schwieg.

»Leni beklagt sich ständig, dass sie sich langweilt.«

»Sag ihr, sie soll einfach mal zum Sportplatz gehen. Da hängen doch immer Jugendliche ab.«

»Das habe ich bereits getan. Sie möchte nicht. Du kennst sie doch. Sie war schon immer scheu und die letzten Jahre haben das nicht gerade verbessert.«

Einen Augenblick dachten wir beide zurück an die Zeiten, die unser aller Leben so auf den Kopf gestellt hatten. Pandemie, Schulschließungen, Kontaktverbote. Leni war in diesen Jahren eindeutig noch zurückhaltender geworden.

»Das ist ein Problem, das viele kennen«, sagte Nanni schließlich. »Für uns Erwachsene war es schon schlimm, aber die Kids hat es in einer Zeit erwischt, in der sie eigentlich beginnen sollten, sich zu treffen und auszugehen.«

»Hm«, machte ich und rutschte in eine bequemere Position.

»Wo ist sie denn jetzt? Leni, meine ich?«

»Sie duscht. Das kann dauern. Sie hat mehr Beautyroutinen als ich.«

Nanni lachte. »Weil wir keine Zeit mehr haben für solche Dinge. Dann macht das doch. Macht zusammen ein Wellnessprogramm. Setzt euch mit Masken vor eure Hütte und malt euch jeden Tag die Nägel neu an.«

Ich lachte ebenfalls. »Wir wären bald das Tagesthema, wenn wir mit ihren geliebten schwarzen Porenreinigungsmasken hier herumsitzen würden.«

»Na und? Kennt dich doch keiner.«

Ich dachte an unser Gespräch von heute Nachmittag, als ich Leni geraten hatte, einfach mal spontan auf andere zuzugehen.

»Wenn ich einen Wunsch frei hätte, dann wäre es, dass sich Leni hier zum ersten Mal richtig verliebt. Dass irgendein Kerl mutiger ist als sie und sie einfach anspricht und die beiden ein paar schöne Tage verleben. Und ich ebenfalls, weil sie glücklich wäre und ich mich nicht so anstrengen muss, um sie bei Laune zu halten.«

»Oder du wünschst dir, dass du dich verliebst und eine tolle Zeit hast. Dich könnte auch einer ansprechen.«

»Klar. Als ob.«

»Weshalb denn nicht?«

»Weil du den Platz hier kennst. Irgendwie scheint es nur happy Familys zu geben.«

»Du hast dich also bereits umgesehen?«

»Das brauche ich nicht, das war immer so. Komm schon, du weißt es selbst. Und außerdem wäre Leni dann ganz alleine.«

»Tja, dann müsste es eben ein Geschiedener mit Kind sein. Idealerweise mit einem netten Sohn in Lenis Alter, der sich um sie kümmert, während du dich mit seinem Vater amüsierst.«

»Schade, dass das Leben kein Wunschkonzert ist. Es könnte so schön sein, was?« Ich sah zur Terrassentür, in der eben meine Tochter aufgetaucht war. »Da kommt Leni.«

»Dann kümmere dich um sie.«

»Das sollte ich wohl tun. Einen schönen Abend euch.«

»Gleichfalls. Und das war mein Ernst: Such dir einen netten Alleinerziehenden und leg los.«

»Zu Befehl. Ich werde gleich morgen damit anfangen.«

Nanni lachte. »Und grüß Leni von mir.«

»Das mach ich. Grüße von Nanni.«

»Zurück«, rief Leni und ich legte auf.

»Und nun? Was machen wir zwei Hübschen mit dem angebrochenen Abend?«

»Wollen wir was spielen?«, fragte sie.

»Klar. Was denn?«

Sie zog ein Päckchen Karten aus der Hosentasche. »Uno?«

»Gerne.« Ich nahm die Beine vom Stuhl und schob das Weinglas zur Seite. »Du gibst.«

Obwohl es erst der zweite richtige Urlaubstag war, schien sich bereits eine Art Routine eingeschlichen zu haben. Ich war morgens wieder zum kleinen Laden spaziert und hatte uns frisches Baguette geholt, um mich dann mit dem ersten Kaffee des Tages gemütlich vor unsere Unterkunft in die Sonne zu setzen und zu lesen. Ich versuchte einmal mehr, Leni zu überreden, mit mir schwimmen zu gehen, aber wieder winkte sie ab.

»Keine Lust. Gehen wir später ans Meer?«

»Klar. Aber ich würde gerne morgens ein paar Runden im Pool drehen. Im Meer kann man nicht so gut schwimmen. Ich zumindest nicht.«

»Dann geh doch. Ich komme alleine zurecht.«

»Und es macht dir nichts aus?«

»Ich werde bald sechzehn, Mam. Ich habe ein Handy. Ich kann mich sicherlich eine Stunde beschäftigen.«

»Gut, dann verschwinde ich jetzt. Der Pool hat vor fünf Minuten geöffnet und so früh ist es meistens noch recht leer. Bis nachher.« Ich schnappte mir die Tasche und machte mich auf den Weg.

Während ich meine Runden im Pool drehte, dachte ich wieder darüber nach, was dieser Urlaub wohl noch für uns bereithielt. Vermutlich würde es anstrengender werden als gedacht. Dabei konnte ich Leni durchaus verstehen. Es war schon doof, dass wir beide völlig alleine waren, und die Zeiten, in denen sie sich bisher mit Martin oder Louis beschäftigt hatte, fielen dieses Jahr komplett aus. Mich plagte ein schlechtes Gewissen, obwohl ich wusste, dass das nicht meine Schuld war, aber ich wollte eben nicht, dass sie sich langweilte. Ich wusste nur leider nicht, wie ich daran etwas ändern sollte. Ich würde vermutlich meine Lesezeit opfern und einfach mehr für sie da sein müssen, auch wenn ich mir insgeheim ein wenig Zeit für mich gewünscht hatte. Zu Hause war immer so viel los, immer etwas zu tun, sodass mir Langweile beinahe wie ein Luxusgut vorkam, das ich nur noch vom Hörensagen kannte.

Später saßen wir dann wieder am Meer und blickten auf die glitzernde Wasseroberfläche.

»Ich könnte stundenlang so dasitzen und einfach hinaus auf den Horizont schauen«, sagte ich versonnen.

»Hm«, machte Leni und verzog den Mund.

»Was?«, fragte ich.

»Langweilig«, gab sie zu.

»Dann schau halt nicht auf das Wasser, sondern nach rechts«, neckte ich sie. »Vielleicht ist das interessanter für dich.«

Lenis Kopf folgte meiner Aufforderung. Dort drüben hatte sich wieder die französische Familie niedergelassen. Die Sandburg von gestern war verschwunden und offensichtlich beschwatzte die Kleine gerade ihren Bruder, eine neue zu bauen. Ich war mir ziemlich sicher, dass es so war, denn die Schaufel, mit der sie ihm dabei immer wieder in die Rippen stieß, war eine universelle Sprache, die jeder verstand.

Während Leni hinter ihren dunklen Gläsern die Szene interessiert beobachtete, ließ ich meinen Blick weiterschweifen. Ich wusste, wie es ausgehen würde. Am Ende siegten immer die kleinen Mädchen. Ich betrachtete die anderen Badegäste, die sich am Strand breitgemacht hatten, und ja, ich gebe es zu, ich scannte sie vielleicht auch dahingehend ab, ob sie Kinder im Alter meiner Tochter hatten. Und ob diese so aussahen, als würden sie sich langweilen und wären auf der Suche nach Bekanntschaften. Dann streifte mein Blick ein Mädchen, das vielleicht ein Jahr älter war als Leni. Sie saß im Schneidersitz auf einem Handtuch und lachte eben laut und erheitert. Sie war eines dieser jungen Dinger, die noch ein wenig wie ein Fohlen aussehen, mit zu langen, zu dünnen Beinen und zu schnell hochgeschossen, aber eindeutig kurz davor, zu einer echten Schönheit zu werden. Sie trug einen blau-weiß gestreiften Bikini und hatte einen beneidenswert flachen Bauch und eine tiefe, goldene Bräune. Ich verbot es mir, an meine zu kräftigen Schenkel zu denken und daran, dass ich aus guten Gründen einen Tankini trug, der meine Körpermitte vorteilhaft kaschierte. Ich war nun mal genetisch nicht dazu veranlagt, dünn zu sein, und leider kam Leni in dieser Hinsicht nach mir. Während Louis den hohen, schlanken Wuchs von Martin geerbt hatte, war Leni eine der Kleinsten in der Klasse und hatte vor allem meine weiblichen Rundungen abbekommen. Ich wusste, dass sie damit haderte, obwohl ich fand, dass sie wunderschön war. Ja, sie hatte ebenfalls recht stramme Schenkel und war insgesamt etwas stabiler gebaut als zum Beispiel dieses Mädchen. Aber in ihren Schwimmshorts und dem Bikinioberteil, in dem nicht zu übersehen war, dass sie so langsam zur Frau wurde, sah sie meiner Meinung nach großartig aus. Und ich würde auch weiterhin mein Bestes geben, um ihr das klarzumachen. Ich wusste noch zu gut aus meiner eigenen Vergangenheit, wie sehr man in ihrem Alter mit sich haderte. Und nicht nur da. Auch ich war nicht völlig gefeilt davor und seit der Trennung hatte sich das wieder verstärkt. Vermutlich war das normal, wenn man so rüde abserviert wurde und über Nacht eben nicht mehr die eine war, sondern von einer anderen übertroffen wurde, die plötzlich begehrenswerter und reizvoller war.

Ich schüttelte kurz meinen Kopf, um diese Gedanken loszuwerden, und betrachtete stattdessen den Mann, der dem Mädchen gegenübersaß. Er saß ebenfalls im Schneidersitz im Sand und auch wenn sie ihren großen Wuchs von ihm haben könnte, so war er nicht so schmal wie sie. Er trug ein offenes Kurzarmhemd zu seinen Badeshorts und ich konnte sehen, dass er ein kleines Bäuchlein hatte. Nichts Dramatisches oder Abstoßendes oder so. Im Gegenteil, ich fand, dass er mit seiner kräftigen Statur sogar recht attraktiv wirkte. Wobei das auch an seinem Gesicht liegen konnte. Ich beobachtete, wie das Mädchen etwas sagte und ihm dabei frech in ebendiesen Bauch stupste und wie er auflachte und sich vorbeugte, sie kurz in den Oberarm knuffte und sich seine Hand dann flüchtig auf ihre Wange legte. Das Mädchen legte den Kopf schief, wie um seiner Berührung entgegenzukommen. Ich tat es ihr automatisch nach. Die Szene wirkte unglaublich vertraut und anrührend. Dann zog er seine Hand weg und sagte etwas. Beide erhoben sich, sie mit einem schnellen Sprung, er ein bisschen behäbiger und nicht, ohne sich abzustützen, was erneut mit einem Lachen quittiert wurde. Dann sauste die Tochter los und der Vater spurtete hinterher und stürzte sich voller Elan in das Wasser.

KAPITEL 6

Das Gute daran, wenn man im Urlaub an einen Ort fährt, den man bereits kennt, ist, dass man viel schneller im Erholungsmodus ist. Es ist ein wenig wie heimkehren und man erforscht neugierig, wo sich etwas verändert hat, wo Neuerungen entstanden sind, entdeckt die altbekannten Lieblingsplätze wieder. Man muss sich nicht lange einfinden, weiß bereits, wo es die beste Pizza gibt und wo man Briefmarken kaufen kann, falls man noch zu der aussterbenden Gattung der Postkartenschreiber gehört. Der einzige Nachteil, so hatte ich immer gedacht, war, dass man dadurch unzählige ebenso schöne Orte nie kennenlernte, wenn man nicht die Mittel hatte, um fünfmal im Jahr zu verreisen. Nun aber entdeckte ich einen weiteren Nachteil. Es wurde noch schneller noch langweiliger, wenn es nichts Neues zu entdecken gab. Zumindest meiner Tochter.

»Uff«, stöhnte sie und pustete sich dabei eine Strähne ihres langen braunen Haares aus dem Gesicht. »Öde.«

»Sollen wir noch mal ins Wasser gehen?«

»Ne«, meinte sie und blickte nach links und rechts.

»Wollen wir einen Spaziergang machen und Muscheln suchen?«

»Hm.« Sie zuckte mit den Achseln. »Weiß nicht.«

»Du könntest mal was ganz Verrücktes tun und ein Buch lesen«, wagte ich vorzuschlagen.

»Haha«, gab sie zurück. »Ich habe Ferien.«

Ich verdrehte die Augen. Wie konnte es passieren, dass eine Leseratte wie ich zwar die Gene für den Körperbau so detailgetreu weitergab, die Vorliebe für Geschichten aber überhaupt nicht?

»Mit Büchern wäre es dir nie mehr langweilig. Du hättest immer einen Freund in der Tasche. Eine neue, magische Welt. Ausflüge an unbekannte Orte. Du kannst große Persönlichkeiten kennenlernen oder einfache Menschen auf der Suche nach dem wahren Glück begleiten.«

»Das kann ich auch, indem ich Filme ansehe«, gab sie zurück.

»Nur dass du Filme nicht überall mit hinnehmen kannst.«

Sie wedelte mit dem Handy. »Könnte ich schon. Aber ich habe keine Lust. Ich würde lieber meine eigene Geschichte erleben als die von Fremden. Findest du das nicht langweilig? Zu lesen, wie andere die verrücktesten Abenteuer erleben, während du daheim auf dem Sofa sitzt?«

»Nein«, entgegnete ich bestimmt. »Aber ich habe es verstanden. Dann lass uns ein Spiel machen.«

»Und was? Haben wir überhaupt eins dabei?«

»Nein, das haben wir nicht. Aber«, sagte ich schnell, als sich ihr Gesicht verzog. »Wir improvisieren. Wir spielen einfach das Zettel-Spiel. Wir sind nur zu zweit, da geht das auch ohne echte Zettel, oder?«

Leni nickte langsam, dann setzte sie sich mit neuer Begeisterung aufrechter hin.

»Gut. Ich hab was.«

Das Zettel-Spiel hatte uns schon öfter die Stimmung gerettet und auch heute funktionierte es. Normalerweise wird dabei der Name einer bekannten Person auf ein Stück

Papier geschrieben, das man einem Mitspieler an die Stirn klebt. Und der muss dann durch Fragen herausfinden, wen er gerade repräsentiert. »Bekannt« definieren wir dahingehend, dass jeder in der Runde diese Person kennen muss; somit stehen neben den ganzen Promis auch mal der Klassenlehrer oder unsere nette Nachbarin zur Wahl. Fiktive Personen sind ebenso erlaubt wie reale. Wenn man wie wir gerade nur zu zweit war, konnte man es auch ganz ohne Hilfsmittel spielen, hatten wir irgendwann beschlossen. Zum Glück, denn es sah schon ein wenig bescheuert aus, wenn man mit einem dieser meist neonfarbenen Post-its auf der Stirn dasaß, auf dem vielleicht auch noch dick »Donald Trump« stand.

»Warte, ich brauche noch einen Moment«, sagte ich zu meiner Tochter und dachte über einen guten Namen nach. Einen, den sie auch herausfand und der für die erste Runde nicht allzu schwierig war. Ich ließ meinen Blick dabei müßig über den Strand streifen und sah, dass das Mädchen von gestern eben wieder seinen Platz schräg hinter uns einnahm. Seltsam, dass alle nahezu immer an denselben Stellen saßen. Auch wir taten das, obwohl uns doch der ganze Strandabschnitt, der zum Campingplatz gehörte, freistand. Aber irgendwie schien man sich am ersten Tag zu entscheiden, ob man von der Zugangsrampe aus nach rechts oder links ging und in welcher Entfernung man dann sein Lager aufschlug. Noch ein, zwei Tage, dann würden mir die Gesichter hier vertraut sein, man würde bemerken, wenn eine Familie abgereist war. Ich sah zu, wie der Vater den Sonnenschirmständer in den Sand grub, während das Mädchen schon das leichte, kurze Baumwollkleid abstreifte. Auch heute war keine Mutter zu sehen, die die Familie vervollständigen könnte. Das war es vermutlich, weshalb sie mir ins Auge stachen, dachte ich, dass sie im Gegensatz zu all den anderen nicht als perfektes Team auftraten. Die fehlende Mutter und nicht die Tatsache, dass dieser Mann mich seltsam faszinierte, dieses Lachen mich ansprach, mit dem er sich nun aufrichtete und den Sonnenschirm im Ständer befestigte. Ich schüttelte leicht den Kopf, wie um ihn und seine Familie daraus zu vertreiben, zwang mich, den Blick weiterwandern zu lassen, und streifte endlich ein junges Paar. Die Frau hatte langes dunkles Haar, das sie zu zwei nachlässigen Zöpfen geflochten hatte. Ich sah zu Leni und nickte.

»Gut. Ich habe auch was. Du beginnst.«

Ich muss gestehen, dass es mir schwerfiel, mich auf die Fragen zu konzentrieren. Mein Blick wurde wie magisch immer wieder zu dem Vater-Tochter-Gespann gezogen. Ja, ich gebe es zu, ich bin neugierig und ich beobachte gerne andere Menschen. Zu oft erlebte man dabei einfach witzige, komische oder auch anrührende Momente. Bei den beiden waren es eher die witzigen Momente. Oder Wohlfühl-Momente, dachte ich abwesend. Von diesem Paar schien eine solche Harmonie auszugehen, eine Verbundenheit, die mich unbestritten fesselte. Diesem Mädchen schien ihr Vater als Begleitung völlig zu genügen. Ja, sie schien es sogar zu genießen, anstatt ihm ständig unter die Nase zu reiben, dass er zu alt war für alles, was Spaß machen könnte. Und dieses gemeinsame Lachen! Ich konnte nicht verhindern, dass meine Gedanken kurz zu meinem Ex-Mann schweiften. Wann hatte er zuletzt so offen und befreit mit uns gelacht? Mit Leni eher, aber mit mir? Martin hatte gerne gelacht, wenn er mit den richtigen Leuten zusammen war. Und er konnte durchaus witzig und unterhaltsam sein. Aber irgendwie war uns beiden das gemeinsame Lachen abhandengekommen, auch wenn ich das nicht hatte sehen wollen. Nun, vermutlich hatte er in letzter Zeit lieber über mich gelacht anstatt mit mir. Über meine Dummheit, so lange nicht zu bemerken, dass er bereits anderswo das gefunden hatte, was er früher bei mir bekommen hatte. Über meine Naivität, daran zu glauben, dass es nur eine Phase war und wir diese Krise meistern würden. Dass es eben so war, dass die Leidenschaft abflachte und dass es das in jeder Beziehung gab und wir vielleicht, wenn die Kinder aus dem Haus waren, in einen zweiten Frühling aufbrechen würden.

»Bin ich real, Mam?«, rief Leni und der Tonfall und die Art, wie sie das »real« in die Länge zog, zeigten an, dass sie diese Frage nicht zum ersten Mal stellte.

»Was? Sorry, nein. Du bist nicht real.«

»Hm.« Sie kniff nachdenklich ein Auge zu, während sie darauf wartete, dass ich eine Frage stellte.

Reiß dich zusammen, Anna, befahl ich mir selbst und fixierte das Gesicht meiner Tochter. *Dies ist weder der Zeitpunkt, um über Martins Fremdgehen nachzudenken, noch um hier zum Stalker einer unschuldigen fremden Familie zu werden.*

»Okay. Bin ich eine reale Person?«

Leni nickte.

»Bin ich weiblich?«

Wieder nickte sie.

»Bin ich berühmt?«

»Jupp.«

»Kennt man mich aus den sozialen Medien? TikTok oder YouTube oder so?«

Leni lachte. »Eher nicht, nein.«

Puh. Dann war ich wenigstens niemand aus der Gruppe dieser angesagten *Content-Creator,* die die jungen Leute so toll fanden und von denen ich so gut wie keinen kannte, egal wie oft Leni mir von einem Video erzählte. Wenn die dann wenigstens *Lisa und Lena* hießen, dann konnte ich das vielleicht noch abspeichern, aber die meisten hatten ja so verrückte Namen wie *Kallmekris,* die sich völlig meiner Speicherkapazität entzogen.

Leni ließ ihre Finger knacken. »Gut. Ich bin dran. Ich bin eine fiktive Gestalt. Ich komme in einem Film oder einer Serie vor?«

Ich nickte.

»Ist die Serie oder der Film noch recht neu?«

Ich nickte wieder und Leni lächelte zufrieden.

»Ich bin noch jung«, sagte sie und schien bereits auf der richtigen Spur zu sein.

Während sie dennoch weiterfragte und den Namen damit stetig einkreiste, sah ich aus dem Augenwinkel, dass das Mädchen aufsprang und in Richtung Meer blickte. Sie hielt ein Beachtennis-Spiel in der einen Hand und einen kleinen neonpinken Ball in der anderen. Dann war auch der Vater auf den Beinen und die beiden setzten sich in Bewegung. Gleich würden sie hier vorbeikommen.

»Mam! Gehe ich auf eine ganz besondere Schule?«

»Was? Ja, das tust du.«

»Und trage ich am liebsten Schwarz?«

Ich nickte.

»Ha!« Leni lehnte sich siegessicher zurück und lächelte. »Ich mag keine Menschen und ich kümmere mich nicht darum, was andere von mir denken. Ich bin Wednesday Addams!«, rief sie zufrieden und breitete ihre Arme aus.

In diesem Moment hatten die beiden unseren Platz erreicht. Das Mädchen stockte kurz und sah auf Leni herab. Ihr Gesichtsausdruck war nicht unfreundlich, eher überrascht. Sie lächelte flüchtig, bevor sie mit leichten Schritten in Richtung Wasser weiterging. Ihr Vater hatte das Stocken ebenfalls bemerkt. Er warf einen raschen Blick auf uns und nickte knapp, ehe er hinter seiner Tochter hereilte. Leni stöhnte auf.

»Na toll! Die denkt jetzt auch, dass ich spinne.«

»Quatsch. Die war nur überrascht, aber es sah so aus, als ob sie ebenfalls gerne Wednesday wäre. Oder sie zumindest mag. Ich finde, sie sieht ziemlich sympathisch aus. Und es scheint so, als wäre sie auch alleine. Also abgesehen von ihrem Vater. Vielleicht solltest du sie einfach mal anquatschen …«

»Nein«, wehrte Leni sofort ab. »Ich sprech die doch nicht einfach an.«

»Klar. War 'ne blöde Idee.« Ich hob beide Hände, ein Friedensangebot oder eine Entschuldigung, was auch immer Leni wollte. Zudem hatte sie recht. Es war eine dumme Idee, dass ich das vorschlug, denn ausnahmsweise ging es mir hierbei nicht nur um sie. Es wäre eine gute Möglichkeit, herauszufinden, warum die beiden stets alleine waren. Und es war eine schlechte Idee, weil mich das nichts anging und mich eh schon zu sehr interessierte.

»Also, Wednesday, Konzentration. Ich bin dran. Schließlich weiß ich noch nicht, wer ich bin.«

KAPITEL 7

Wir verbrachten eine vergnügliche Zeit damit, uns gegenseitig eine andere Persönlichkeit zu geben. Nach Angela Merkel war ich Hermine Granger, beides recht gut zu erraten, dann Sherlock Holmes, was ich schon schwieriger fand, und einmal dann doch eine Internet-Person, die ich weder kannte noch erraten konnte, auch wenn Leni schwor, dass sie mir schon oft von ihr erzählt habe. Als hätten wir uns abgesprochen, warteten wir mit einem Bad im Meer, bis sich das Mädchen und ihr Vater wieder an ihrem Platz niedergelassen hatten. Als ob die das bemerkt hätten, wenn wir an ihnen vorbeigegangen wären. Und als ob ich mir im Gegenzug irgendwelche Gedanken machte, ob irgendeine andere Familie sich darum kümmerte, wenn wir an ihnen vorbeigingen.

»Der Junge war heute gar nicht hier«, bemerkte Leni, als wir am Abend unsere Sachen zusammenpackten. Sie klang beiläufig.

»Stimmt. Vermutlich sind sie abgereist.«

»Hm.« Sie faltete ihr Handtuch zusammen. »Schade.«

Ich hätte nun wieder einmal zu einem Vortrag über verschenkte Chancen ansetzen können, überlegte es mir aber anders. Das wäre ebenso sinnlos wie nervend. Und zudem war das etwas, was ich selbst gut draufhatte. Denn erst vor ein paar Minuten hatte ich ebenfalls eine Chance verschenkt. Dieser Mann hatte sich und seinem Mädel nämlich an einem dieser Strandwagen, die hier in regelmäßigen Abständen vorbeigezogen wurden, ein Eis gekauft. Erneut streifte ihr Weg unseren Platz und auf dem Hinweg hatte ich automatisch aufgesehen, als ich spürte, dass jemand an mir vorbeiging. Er hatte den Blick erwidert und höflich gelächelt und ich hatte knapp genickt und wieder weggesehen. Und darauf geachtet, dass ich scheinbar tief in mein Handy versunken war, als sich die beiden auf den Rückweg machten. Vielleicht hätten sie mich gar nicht beachtet, aber vielleicht hätte ich erneut ein Lächeln geschenkt bekommen und endlich mal zurücklächeln können. Ach du lieber Himmel, da könnte man sich direkt fragen, wer von uns beiden der Teenager war. Ich hätte es tun sollen und damit vielleicht einen Kontakt herstellen können. Für Leni natürlich. Die mir das vermutlich nicht danken würde. Und die ich, wie ich zugeben musste, vielleicht sogar als Alibi benutzte. Aber es wäre einfach schön, dachte ich wehmütig, nicht ganz so alleine zu sein. Hier jemanden zu kennen, der gelegentlich auf ein paar Worte stehen blieb, sich erkundigte, wie es ging. Jemand wie Nanni, die ich gerade ziemlich vermisste, sagte ich mir und machte mich daran, den Sonnenschirmständer aus dem Sand zu ziehen.

Am nächsten Tag hatte ich das Gefühl, endgültig in einer Routine angekommen zu sein. Allerdings in einer, die sich nicht starr und nach Zwang anfühlte, wie das im Alltag oft der Fall war, sondern in einer, die ich sehr genoss. Die Zeit frühmorgens alleine vor unserem Mobile Home, den Spaziergang zum Bäcker, bei dem ich einen ersten Blick auf das Meer werfen konnte, das gemeinsame Frühstück, die morgendliche Runde durch den Pool, wenn die Sonne strahlend über mir stand und einen weiteren schönen Tag versprach. Dann das gemütliche Packen unserer Sachen, der Gang ans Meer und immer wieder dieser Augenblick, wenn man oben auf der Rampe stand und ich mich einen Augenblick einfach nur freute, dass wir hier waren, diese Schönheit genießen, das Meer riechen, die Sonne spüren durften. Und dann auch wieder diese Augenblicke, in denen Lenis Laune sich verschlechterte, weil sie sich langweilte, weil sie Louis vermisste oder eine Freundin, mit der sie sich austauschen konnte. Allerdings lehnte sie nach wie vor ab, diesen Zustand aktiv zu bekämpfen, und ich hatte beschlossen, das endlich zu akzeptieren. Es hatte gestern Abend nämlich einen unschönen Moment gegeben, als wir über den Platz spazierten und ich unsere Schritte wie zufällig zu den Sportplätzen gelenkt hatte. Dort war eine Gruppe Jugendlicher versammelt gewesen, die laut lachten und sich Scherze zuriefen, die meisten sogar auf Deutsch. Leni hatte mir einen misstrauischen Blick zugeworfen und war entschlossen schneller gegangen.

»Da ist richtig was los«, hatte ich gesagt.

»Vergiss es, Mam. Ich geh da nicht hin. Das kann ich nicht und du weißt das.«

»Natürlich kannst du«, hätte ich gerne gesagt, aber zum Glück geschwiegen. Die Stimmung war dennoch angespannt gewesen und es hatte mich eine extragroße Portion Eis gekostet, Leni wieder versöhnlich zu stimmen.

Stattdessen würde ich es als Chance sehen, zur Abwechslung mehr Zeit mit ihr verbringen zu können und das eine oder andere Gespräch zu führen, das wir daheim vermutlich nicht haben würden. Wir hatten normalerweise ein gutes Verhältnis, aber in ihrem Alter war die eigene Mutter nun mal weniger die erste Vertrauensperson, vor allem, wenn es um die kleinen Kümmernisse des Lebens ging.

»Wie sieht es aus? Machen wir einen Strandspaziergang?«

Leni sprang sofort auf. »Gerne.«

»Dann los.« Ich schnappte mir den kleinen Beutel, in dem ich ein wenig Bargeld und den Schlüssel unseres

Hauses verstaut hatte, und stand ebenfalls auf. »Vielleicht finden wir ja eine schöne Muschel.«

Die Ausbeute war leider mager. So spät am Nachmittag waren die schönsten Stücke bereits eingesammelt.

»Wir sollten einmal ganz früh losziehen, dann gibt es bestimmt auch größere«, vermutete ich.

»Oder spät am Abend, wenn schon wieder neue herumliegen«, meinte Leni.

»Oder das«, gab ich lachend zurück. »Wir können tun und lassen, was wir wollen.« Ich stieß sie in die Seite, legte meinen Arm um ihre Schultern und zog sie kurz an mich. Sie schwankte, lachte und machte sich dann frei.

»Dann lassen wir das, Mam. Du bist peinlich, weißt du?«

»Weil jeder sehen kann, wie gerne ich dich habe? Das ist mir absolut nicht peinlich.«

»Aber mir. Zumindest, wenn mich jemand sieht, wie ich hier so mit meiner Mutter entlangspaziere.«

»Ich dachte, die interessieren dich eh nicht?«

Sie grinste. »Trotzdem.«

Wir schlenderten nebeneinander weiter. Ab und zu blieb Leni stehen und bückte sich nach einer Muschel. Ich richtete unterdessen mein Augenmerk auf eine Szene im flachen Wasser. Grinsend amüsierte ich mich über den Anblick, den eine ältere Dame bot, als sie sich unverdrossen damit abmühte, eine dieser Flamingo-Schwimminseln zu besteigen, und es dabei schaffte, dass das Monstrum jedes Mal umkippte und sie in den Wellen landete. Aber sie ließ sich nicht unterkriegen, richtete das Teil wieder auf und probierte es erneut. Inzwischen hatte sich um sie herum eine kleine Schar angesammelt, die sie munter anfeuerte. Auch das schien sie nicht zu kümmern. Ein ums andere Mal versuchte sie, ihren nicht gerade zierlichen Körper auf das Ding zu wuchten, und bot uns dabei einen erstklassigen Ausblick auf ihre runde Kehrseite. Dann schaffte sie es beinahe, war schon fast oben. Doch beim

Versuch, sich irgendwie hinzusetzen, kippte der Flamingo erneut und unter einem lauten Ausruf landete sie wieder im Meer. Schließlich traten drei Männer zu ihr, dem Aussehen nach junge Familienväter. Sie gestikulierten kurz, dann hatte man eine Einigung erzielt. Einer packte die Gummiinsel und hielt sie fest, die beiden anderen schoben beherzt, als die Frau den nächsten Versuch wagte. Und schließlich hatten sie es geschafft. Die alte Dame war oben und mit den stützenden Händen der beiden Helfer gelang es ihr unter sehr kuriosen Verrenkungen, sich in eine sitzende Position zu wuchten. Die Helfer ließen los, hatten allerdings immer noch die Hände erhoben, um im Notfall wieder einzugreifen. Aber dieses Mal bekam sie es hin, sich auszubalancieren. Wie eine Königin saß sie auf dem pinken Teil und hob grüßend die Hand, als winke sie aus einer Staatskarosse. Wir konnten ihr freudiges Lachen und ihr »Merci! Merci, mon amis!« bis zu unserem Standort hören.

»Cool«, sagte ich, als die Show schließlich vorbei war und der Flamingo mit seiner lachenden Fracht sanft auf den Wellen davondümpelte.

»Was? Sich so zum Affen zu machen?«, wollte Leni wissen.

»Nein. Sich so wenig wichtig zu nehmen und gleichzeitig so beharrlich seine Träume zu verfolgen. Ich schätze, sie hat sich das Ding gekauft und die ganze Zeit davon geträumt, wie sie auf ihm über das Meer gleitet. Und sie hat nicht aufgegeben und sich einen Dreck darum geschert, was die andern sagen oder ob man sie auslacht.«

»Vielleicht ist sie einfach schon in einem Alter, in dem sie es bis heute Abend eh längst vergessen hat.«

»Sei nicht so zynisch, Leni.«

»Versuch du nicht, aus dieser Sache eine Lektion fürs Leben zu machen«, gab sie spitz zurück. Dann lachte sie und nun war es ihr Arm, der sich um meine Schulter legte. »Komm schon, Mam. Ich habe dich durchschaut. Aber ich werde immer noch nicht zu diesem Teenietreff gehen oder abends zum Sportplatz.«

»Früher war es einfacher, dich zu manipulieren«, sagte ich mit einem gespielten Seufzer, worauf sie lachte. »Hey, was denkst du. Sollen wir uns heute etwas gönnen? Ich würde mir gerne einen Milchkaffee mitnehmen und du hattest noch keinen einzigen Crêpe, obwohl wir bereits den vierten Tag hier sind.« Ich deutete zur kleinen Strandbar, die ein paar Schritte entfernt war.

»Stimmt. Na, zu Crêpe sag ich nicht Nein.«

»Perfekt.« Ich ging voraus und kramte bereits nach meinem Portemonnaie. Eine Gruppe älterer Herren war eben dabei, eine stattliche Anzahl an biergefüllten Plastikbechern so zu verteilen, dass man sie in einem Rutsch getragen bekam. Die freundliche Dame hinter dem Tresen half beim Arrangieren und vorsichtig machten sich die Männer auf den Weg. Wir traten nach vorne an die nun fast leere Theke und erst in diesem Moment sah ich, dass das Mädchen mit den blonden Haaren hier stand. Sie sah uns an und lächelte und kurz entschlossen warf ich ihr ein fröhliches »Hallo« zu. Leni brummelte nur etwas und trat an meine Seite.

»Einen Milchkaffee und einen Crêpe sucrée bitte.«

»Oh, das tut mir leid. Der Teig ist weg. Ich habe den letzten Rest für diese junge Dame zusammengenommen«, sagte die Angestellte mit einem bezaubernden Akzent und meinte vermutlich *zusammengekratzt*. »Ich habe schon telefoniert, es müsste ein neuer kommen. Aber es kann sein längere Zeit.«

»Macht nichts«, sagte Leni.

»Wir können warten«, versicherte ich.

»Ne, muss nicht sein. Nimm du dir deinen Kaffee mit.«

»Dann vielleicht ein Eis?«

Sie schüttelte den Kopf.

Die junge Frau stellte einen Becher unter die Kaffeemaschine, dann eilte sie zum Crêpeeisen, holte den fertigen

Fladen heraus und klappte ihn geschickt zusammen. Während mein Kaffee in den Becher floss, wetzte sie zu dem Mädchen und reichte ihn über die Theke. Die nahm ihr den Pappteller ab und ging zwei Schritte. Dann blieb sie stehen, drehte sich um und sah Leni an.

»Willst du ein Stück?«

»Was?«

»Willst du ein Stück? Wir könnten ihn teilen.« Sie hob das Plastikbesteck in die Luft. »Ich würde es voll doof finden, wenn ich so knapp leer ausgehen würde.«

Leni schüttelte den Kopf. »Danke. Aber nein, ich warte.«

»Okay. Na dann …« Das Mädchen ließ den Satz in der Luft hängen und lächelte freundlich. Leni verzog ebenfalls ihren Mund, wenn auch nicht ganz so breit. Dann drehte sich das Mädel um und machte sich auf den Rückweg zu ihrem Platz.

»Ihr Kaffee, Madame.«

»Danke.« Ich legte die passenden Münzen auf den Tresen. »Sollen wir uns hinsetzen zum Warten?«, fragte ich meine Tochter und deutete auf die Barhocker.

»Ne, muss nicht sein. Lass uns gehen.« Sie drehte sich ab und ging langsam voraus.

Ich schnappte mir meinen Kaffee und eilte hinter ihr her. »Das hätte mir nichts ausgemacht.«

»Ich esse einfach morgen einen«, gab meine Tochter lapidar zurück und legte einen Zahn zu.

KAPITEL 8

Wir marschierten schweigend zurück zu unserem Lager. Ein paar Meter weiter saß das Mädchen auf seinem Handtuch und aß genüsslich ihren Crêpe.

»Wieso hast du abgelehnt? Das war doch voll nett«, platzte ich heraus.

»Was?« Leni runzelte die Stirn. »Ich fand das etwas creepy. Ich meine, wer teilt denn unaufgefordert sein Essen mit einem Fremden?«

»Jemand, der einfach nett sein will zum Beispiel?«

»Echt jetzt? Hast du schon mal grundlos mit einem dein Essen geteilt?«

»Ja«, sagte ich nach kurzem Überlegen.

»Und mit wem?«, wollte sie misstrauisch wissen.

»Hm, da war dieser Mann, du kennst ihn doch. Er sitzt öfter mal bei uns zu Hause vor dem Supermarkt und er hat diesen süßen kleinen Hund dabei. Er lächelt immer ganz freundlich und bettelt nie jemanden an. Und einmal hatte ich mir eines dieser wirklich leckeren Zimtteilchen beim Bäcker mitgenommen. Und ich dachte plötzlich, dass der es bestimmt viel besser gebrauchen kann als ich und dass mein Bauch eh schon ausladend genug ist und ... Tja, da habe ich ihn einfach gefragt, ob er es haben will.«

»Das zählt nicht. Erstens kennst du den, zweitens sitze ich nirgends rum und warte darauf, dass mir jemand was zusteckt, und drittens war es eigentlich egoistisch, weil du nur Angst hattest, deine Diät nicht durchzuziehen.«

»Hm. Ich habe auch mal ein Eis verschenkt. Einfach so und an jemand ganz Normalen.«

»Und wann bitte?«

»Tja, das ist schon eine Weile her. Ihr wart damals noch kleiner, Grundschule oder so. Ich war mit euch einkaufen und dann haben wir uns ein Eis an der Eisdiele besorgt. Du wolltest unbedingt drei Kugeln und ich sagte, dass es nur zwei gibt, weil die Portionen immer so groß sind. Und dann hast du total herumgebockt und dich geweigert, das Eis zu nehmen, weil es dir zu wenig sei. Du hast einen mächtigen Wirbel veranstaltet und ich habe dich gefragt, ob ein kleineres Eis nicht besser wäre als gar keines. Du bist bei deiner Meinung geblieben, dass du dann lieber keines willst und jetzt überhaupt sowieso keine Lust mehr hättest. Tja, und da kam dieser Mann, der sich eben in der Schlange einreihen wollte, um sich selbst eines zu holen, und ich habe ihn spontan gefragt, ob er gerne Schokolade und Erdbeere mag. Er hat genickt, ich habe ihm gesagt, dass ich das gerade für dich gekauft hätte und du jetzt doch kein Eis magst. Er war erst überrascht, hat sich dann aber nett bedankt und es genommen, und das war es.«

»Du hast einfach mein Eis verschenkt? Echt jetzt?«

»Jupp.«

»Und ich?«

»Du warst plötzlich still. Und du hast dich nie wieder darüber beklagt, wenn ich dir nur zwei Kugeln gekauft habe.«

»Tolle Mutter.« Leni sah mich von der Seite an, dann grinste sie. »Und du hast den nicht gekannt?«

»Nur vom Sehen, aber nicht persönlich.«

»Was der wohl von dir dachte?«

»Keine Ahnung. Er hatte vermutlich genügend Zeit, um mitzubekommen, dass du mit der Gesamtsituation unzufrieden warst. Vielleicht hatte er selbst Kinder und wusste, dass das gerade eine wichtige Lektion für dich ist.«

»An die ich mich nicht mehr erinnere, Mam.«

»Nun, dein Unterbewusstsein erinnert sich. Wie gesagt, wir hatten nie mehr eine vergleichbare Szene.«

»Und trotzdem ist es nicht dasselbe. Ich habe eben nicht herumgezickt oder so.«

»Tja, ich bleib dabei: Vielleicht wollte sie einfach nur nett sein. Oder eine Möglichkeit finden, mit dir in Kontakt zu treten. So macht man das, Leni. Man versucht, irgendwie ins Gespräch zu kommen.«

»Hm«, brummte Leni und warf einen kurzen Blick zu dem Mädchen. Sie hatte fertig gegessen und hielt nun Spielkarten in der Hand. Ihr Vater saß ihr gegenüber und legte eben eine Karte ab.

»Ich finde es nach wie vor freundlich von ihr, dass sie teilen wollte.« Ich sah Lenis Blick und beschloss, das Thema hier zu beenden. »Wie sieht es aus? Hast du Lust, noch mal ins Wasser zu gehen? Ich trinke nur diesen wirklich ausgezeichneten Kaffee aus, dann hätte ich nichts gegen ein wenig Abkühlung.«

»Und? Wie geht's euch? Genießt ihr euren Urlaub?«

Ich nutzte die Zeit nach dem Abendessen, in der meine Tochter mit ihrer Freundin chattete, um meinerseits Nanni anzurufen. Im Gegensatz zu Leni verwendete ich die normale Telefonfunktion – irgendwie hatte ich das mit dem Videochat noch nicht so ganz verinnerlicht und dachte gar nicht daran, das auch mal zu probieren.

»Auf alle Fälle.«

»Und hat Leni schon Anschluss gefunden?«

Ich seufzte. »Nein. Echt, Nanni, ich verstehe sie manchmal nicht. Sie tut sich so schwer damit, jemanden anzusprechen. Von mir hat sie das nicht und von Martin ebenfalls nicht. Wie man weiß, hat der ja keine Probleme damit.«

»Beispielsweise damit, einfach mal die neue Kollegin anzuquatschen und sie direkt auf einen Drink mit Körperkontakt einzuladen?«

»Ganz mieses Beispiel. Tja, aber Leni tut sich so schwer damit und ich weiß nicht, wie ich ihr helfen könnte. Ich kann ja schlecht hingehen und sagen: *Das ist meine Tochter. Sie ist total nett, nur etwas scheu und es wäre toll, wenn sie mit euch abhängen könnte.*«

Nanni lachte. »Autsch. Du hättest einen Urlaub in der Hölle. Und zu Recht. Nicht jeder kann so unbekümmert auf Fremde zugehen wie du, Anna. Du musst das respektieren, auch wenn es dir schwerfällt.«

»Weißt du, da gibt es sogar dieses Mädchen.« Ich spähte zur Tür, um sicherzugehen, dass Leni nicht plötzlich auftauchte und mein Gespräch mitbekam. Das würde mich vermutlich schon einmal in den Vorhof zur Hölle katapultieren. »Sie macht einen wirklich netten Eindruck und sie ist ebenfalls alleine. Sie hängt den ganzen Tag mit ihrem Vater ab und scheint auch noch keinen Kontakt zu anderen zu haben. Aber sie wirkt total sympathisch und heute hat sie Leni sogar angesprochen.«

Ich erzählte von dem Vorfall und Lenis Reaktion. Schließlich seufzte ich noch einmal.

»Das wäre so easy gewesen. Annehmen, sich bedanken, ein paar Worte darüber, wie lecker frische Crêpes am Meer schmecken, und der restliche Urlaub wäre geritzt gewesen.«

»Vielleicht ergibt sich noch einmal eine Gelegenheit. Oder du freundest dich mit den Eltern an. Man sieht sich doch jeden Tag am Strand. Geh einfach mal dann einen Kaffee holen, wenn sie es auch tun. Dann kannst du ein Gespräch anfangen und wer weiß, vielleicht klappt es dann ja doch mit den Mädels.«

»Weißt du, was ich glaube? Da ist gar keine Mutter dabei. Zumindest habe ich bisher noch keine Frau in ihrer Nähe gesehen.«

»Oho!« Nannis Stimme wurde sofort aufgeregt. »Alleinerziehend? Dann solltest du aber ganz dringend Kontakt herstellen.«

»Nanni!«

»Was? Muss ich das verstehen, Anna? Du bist so witzig, kommunikativ und offen. Du bist spontan und du bist eine tolle Frau. Und vor allem bist du ebenfalls alleinerziehend. Du bist jetzt ein Jahr von Martin getrennt und ich hoffe doch schwer, dass du wirklich über ihn hinweg bist. Der hat es nämlich nicht verdient, dass du ihm für seine Untreue auch noch ewig hinterherweinst.«

»Ich weine ihm nicht hinterher. Ich bin verletzt, immer noch«, gab ich zu.

»Und das zu Recht. Aber du musst nach vorne sehen. Dich endlich mal um dich kümmern. Du bist nicht dazu geschaffen, den Rest deines Lebens alleine zu sein.«

»Weshalb nicht? Ich komme gut zurecht und ich mag es.«

»Ich kenne dich, Anna Renner«, sagte Nanni mit beinahe drohendem Unterton.

»Weißt du, es ist das eine, Menschen kennenzulernen. Auf jemanden zuzugehen, Bekanntschaft zu schließen. Ja, das kann ich. Aber flirten? Gott, das habe ich seit einem Vierteljahrhundert nicht mehr getan.«

»Dann wird es höchste Zeit. Und betrachte es als Chance. Wenn es nichts wird, dann fährst du in ein paar Tagen heim und siehst ihn nie wieder«, predigte sie genau das, was ich erst kürzlich zu Leni gesagt hatte.

»Hm«, machte ich und konnte plötzlich verstehen, weshalb sich meine Tochter mit diesem Argument nicht überzeugen ließ.

»Knutschen am Meer«, machte Nanni weiter. »Gott, Anna, das ist doch super! Jetzt beneide ich dich noch mehr!«

»Ich knutsche nicht am Meer. Und das wird auch so bleiben. Leni und ich werden diesen Urlaub zu zweit genießen und gut. Oh, sie kommt. Ich muss aufhören, wir wollen noch einmal an den Strand gehen. Die Abendsonne ausnutzen und ein paar Bilder machen.«

»Grüß sie von mir. Und schick mir eines der Bilder, damit ich noch besser weiß, was mir gerade entgeht.«

»Oh, sorry! Ich habe gar nicht gefragt, wie es bei euch läuft.«

»Frag lieber nicht. Du willst schließlich deinen Urlaub genießen.«

»So schlimm? Dein neuer Job? Oder Stefan?«

Nanni lachte kurz. »Quatsch. Der Job ist richtig toll, echt. Und Stefan ...« Jetzt war sie es, die seufzte. »Nun ja, er braucht noch etwas Zeit und Erholung. Und er muss diesen Rauswurf verdauen. Er soll jetzt erst mal zur Ruhe kommen.«

»Ich bewundere dein Verständnis.«

»Ach was. Ich war damals mit Mathilda daheim und habe dann nur halbtags gearbeitet. Das war schon Luxus, dass ich genügend Zeit für unser Mädchen und den Haushalt hatte, das weißt du. Und Stefan hat immer alles für uns gegeben. Nun ist er mal dran mit ausruhen, das ist doch nur fair. So, und jetzt ab mit euch ans Meer. Und halte mich auf dem Laufenden, was diesen alleinstehenden Vater angeht.«

»Haha! Grüß Stefan und meine Patentochter von mir.«

»Das mach ich. Viel Spaß euch beiden und vergiss nicht: Das Einzige, was man ohne Bedenken ausnutzen darf, sind Chancen.«

Kapitel 9

Eine halbe Stunde später nahm ich auf einem der großen Felsen, die am Strand in regelmäßigen Abständen als Wellenbrecher aufgeschichtet waren und in breiten Streifen einige Meter ins Meer hinausragten, Platz. Kurz überkamen mich die Erinnerungen, wie die Kinder früher immer auf diesen Felsausläufern herumgeklettert waren. Meistens sogar barfuß, zumindest Louis. Sie hatten sich so sicher auf diesem unregelmäßigen Gestein fortbewegt und sich überraschenderweise nur selten an den teilweise scharfen Kanten verletzt. Ein paar Jahre lang war Louis gar nicht von ihnen wegzubringen gewesen. Er hatte mit seinem Kescher mehr Zeit auf diesen Steinen als im Meer verbracht und Krebse gefangen, die dann in einer Aushöhlung im Sand gesammelt wurden. Leni hatte sie mit Wasser übergossen und aufgepasst, dass keiner entwischte. Zumindest so lange nicht, bis Louis alle wieder aussetzte. Er hatte immer darauf geachtet, dass keines der Tiere einen Schaden nahm. Hoffentlich ging es ihm gut! Wir telefonierten zwar täglich, aber ich wollte nicht ständig nachfragen, ob er auch genug aß und immer darauf achtete, den Herd auszuschalten. Das klang viel zu sehr nach mangelndem Vertrauen, fand ich. Und wie die überbesorgte Glucke, die ich zwar oft war, aber nicht sein wollte. Ich beschloss, dass ich ihm ein Bild der Felsen schicken würde, als Erinnerung an alte Zeiten.

Leni war ebenfalls damit beschäftigt, Fotos zu schießen. Als wir ankamen, hatte ich sie dazu überredet, ein paar Bilder von uns beiden zu knipsen. Nun jedoch wollte sie Selfies machen. Ich beobachtete sie, wie sie sich in Pose stellte und wie das warme Licht der untergehenden Sonne auf ihrem Haar Glanzlichter setzte und ihre zarte Bräune golden schimmern ließ. Obwohl sie mich eben angemotzt hatte, weil ich unseren Selfiestick in Deutschland vergessen hatte, lachte sie nun unbeschwert in die Kamera. Wieder einmal zog sich mein Herz vor lauter Liebe zu diesem Mädchen zusammen. So wunderschön und sich selbst dessen so wenig bewusst. So tough und dennoch so unsicher. So wunderbar und trotzdem manchmal so schwer zu ertragen. Und in der Summe genau richtig, dachte ich. Beide waren sie genau richtig, sie und ihr Bruder. Und dem würde ich jetzt ein Foto schicken.

Ich erhob mich und ging ein paar Schritte, um die Felsausläufer und das Meer draufzubekommen. Ganz hinten stand ein einsamer Angler, der die letzten Sonnenstrahlen ausnutzte. Leni schlenderte zur Rampe und stellte sich dort erneut in Pose. Auch ich spazierte hinüber und fragte, ob ich helfen könne. Sie gab mir ihr Handy und ich knipste sie, wie sie auf den Holzdielen saß, die Arme um die angezogenen Beine geschlungen, den Blick auf den Horizont gerichtet. Sie bedankte sich artig, prüfte kurz die Ergebnisse, nickte zufrieden und deutete auf das Wasser.

»Ich mache da noch ein paar, ist das okay?«

»Klar. Ich setz mich einfach wieder auf die Felsen und warte.«

Ich machte es mir auf den unregelmäßigen Steinen so bequem wie möglich und tippte eine kurze Nachricht an Louis.

Ich hängte das Bild an und schickte beides ab. Dann sah ich zu Leni. Himmel, wie viele Fotos wollte sie noch machen? Nachdenklich betrachtete ich mein eigenes Handy. Nun gut, ich konnte es ja auch mal probieren. Das Licht war immer noch toll und wenn mich sonst keiner fotografierte, dann würde ich das eben selbst tun. Von unseren früheren Urlauben gab es kaum Bilder, auf denen ich zu sehen war. Meistens hatte ich geknipst, die Kids natürlich, das Meer und Martin, wie er mit seinen Sprösslingen im Sand buddelte. Ich war höchstens auf einer Handvoll Fotos, weil Martin es schlicht vergaß, welche zu machen, und die Kinder damals natürlich auch noch keine Handys hatten.

Ich warf einen letzten Blick auf meine Tochter, dann tat ich es ihr gleich. Hand hoch und in die Kamera lachen und dabei immer schön von oben fotografieren, um der nachlassenden Hals-Kinn-Partie gerecht zu werden. Ich checkte die Bilder und fand sie spontan gar nicht schlecht. Vielleicht den Kopf ein bisschen höher und generell ein wenig mehr nach hinten lehnen? Es sah doch etwas steif aus, wie ich hier so aufrecht saß. Ich hob den Arm und legte erneut los. Das machte Spaß, fand ich, und ich knipste gleich eine ganze Serie. Lenis Beteuerungen kamen mir in den Sinn, dass es das Wichtigste wäre, bei jedem Bild ein wenig zu variieren, den Kopf anders zu neigen, den Körper ein bisschen zu bewegen, um so den einen Schuss zu bekommen, der wirklich perfekt war. Ich neigte und streckte also meinen Kopf und rutschte ein bisschen hin und her, um mich bestmöglich in Szene zu setzen. Der Wind blies mir eine Haarsträhne ins Gesicht und ich hob die freie Hand, um sie hinter die Ohren zu streichen. Ein Fehler, und zwar ein ganz dummer! Mit der freien Hand hatte ich mich nämlich abgestützt, was keine schlechte Idee gewesen war, denn nun, ohne die Hand, spürte ich, dass ich auf diesen zerklüfteten, unregelmäßigen Felsen nicht wirklich sicher saß. Ehe ich mehr tun konnte als *Scheiße! Gar nicht gut!* zu denken, bemerkte ich, wie ich zu rutschen begann. Ich versuchte das Handy weiter hochzuhalten, damit dem dummen Ding ja nichts passierte, anstatt es loszulassen und mich zu stabilisieren. Ich versuchte noch, mich mit der anderen Hand abzufangen, aber es war bereits zu spät. Mit einem spitzen Aufschrei rutschte ich endgültig nach hinten und klemmte mich ganz dämlich ein.

Um das klarzustellen, es war keine richtige Spalte und ich verschwand auch nicht darin. Okay, mein Hintern schon, der hatte sich da jetzt irgendwie verklemmt. Und mein linker Arm, der, mit dem ich mich stabilisieren wollte, war an der Felskante entlanggeschrappt und brannte höllisch. Ich stöhnte und murmelte einen Fluch, den ich gleich noch einmal deutlich lauter wiederholte, als ich bemerkte, dass sich meine Kehrseite wirklich fest zwischen diesen blöden Felsen eingeklemmt hatte. Meine Beine hatten die Bodenhaftung verloren und ragten jetzt ein wenig in die Luft, was mich zusätzlich behinderte. Um ehrlich zu sein, hing ich hier gerade ziemlich doof fest und sah bestimmt vollkommen dämlich aus. Ich schaute Hilfe suchend zu Leni, die sich entschieden hatte, noch mehr Bilder zu knipsen, und meine Misere überhaupt nicht bemerkte. Wieder versuchte ich, mich herauszustemmen, und wieder scheiterte ich. Mist aber auch.

»Alles klar? Brauchst du Hilfe?«

Mein Kopf schnellte nach links, von wo die Stimme gekommen war. Ich sah, wie sich mir mit eiligen Schritten ein Mann näherte, und erkannte augenblicklich, wer das war. Na großartig.

»Danke, alles in Ordnung«, log ich fix und zauberte ein Lächeln auf mein Gesicht. »Ich mache nur ein paar Fotos.« Zur Untermauerung hob ich meine Hand, die immer noch das Handy umklammert hielt, und rutschte dabei noch ein winziges Stück mehr nach hinten.

»Ernsthaft?« Der Mann lachte und war jetzt bei mir. »Das werden sicherlich tolle Bilder.«

»Das hoffe ich doch. Schließlich gebe ich vollen Einsatz.« Ich versuchte, mich ein wenig aufzurichten und meine dämlichen Beine auf den Boden zu bringen. Da nichts davon klappte, lächelte ich so breit wie möglich und hob die Hand noch etwas höher, um ernsthaft ein Foto meiner Schande zu schießen.

»Ich kann ein Bild von dir machen, wenn du willst. Als Erinnerung«, sagte der Kerl und schaffte es nicht, sich ein Grinsen zu verkneifen.

Ich gab auf. »Kein Bedarf«, gestand ich und verzog den Mund zu einer reumütigen Grimasse. »Und vielleicht könnte ich doch ein wenig Hilfe brauchen, wenn ich genauer darüber nachdenke.«

»Ich bin Daniel.« Der Mann, der mich aus meiner peinlichen Lage befreit hatte, hielt immer noch meine Hand in seiner. Es hatte ihn eben einige Kraftaufwendung gekostet, mich aus den Felsen zu ziehen. Nun ließ er sie los und deutete auf die Rampe. »Wir haben es von da oben aus gesehen. Sah irgendwie spektakulär aus, wie deine Beine synchron in die Höhe geschossen sind, während du nach hinten verschwunden bist.«

»Nein, es sah peinlich aus. Aber danke, dass du so höflich bist. Mein angekratztes Ego weiß das sehr zu schätzen.« Ich schielte nach meinem Unterarm. Der war vermutlich noch angekratzter als mein Selbstbewusstsein und er brannte fies.

»Du hast dir nicht nur dein Ego verletzt, wie es scheint. Geht's?«

»Natürlich.« Ich schwenkte wie zur Bestätigung den Arm. »Nur ein paar Schrammen.«

»Dann ist ja gut. Das ist übrigens meine Tochter Sina.« Daniel zog das Mädchen, das sich höflich hinter ihm gehalten hatte, an seine Seite.

»Hey. Ich bin Anna. Und das hier«, ich winkte Leni, die endlich auch bemerkt hatte, dass hier etwas im Gange war, energisch heran »Das ist meine Tochter Leni.«

»Alles in Ordnung, Mam?«

»Sicher. Ich hatte nur einen kleinen Durchhänger.« Ich zwinkerte Daniel zu. »Sozusagen.«

Leni sah mich an und zog die Brauen zusammen. Ich konnte ihr das Misstrauen förmlich vom Gesicht ablesen.

»Ich habe mich in den Felsen verklemmt. Und ja, deine Mutter ist peinlich, aber so ist es eben.«

Leni warf einen schnellen Blick zu Sina hinüber. Die grinste und zuckte mit den Achseln.

»Du solltest das auswaschen«, übernahm nun Daniel wieder das Gespräch und zeigte auf meinen Unterarm. »Und vielleicht eine Salbe auftragen oder so.«

»Stimmt, das sollte ich tun. Na dann … Danke noch einmal.«

»Gern geschehen.«

Ich lächelte ihm ein letztes Mal zu und freute mich, als er es augenblicklich erwiderte. »Einen schönen Abend noch.«

»Ebenso.« Daniel trat einen Schritt zurück und Leni und ich setzten uns in Bewegung.

»Bis dann«, kam es von Sina, als wir an ihr vorbeigingen.

»Hm. Tschüs«, gab Leni zurück. Sie lächelte kurz das andere Mädel an, dann nickte sie mir auffordernd zu und marschierte los in Richtung Rampe.

KAPITEL 10

»Hast du das mit Absicht gemacht?«

»Hallo?« Ich blieb stehen und musterte meine Tochter. Ihr Ton war beinahe anklagend. »Ernsthaft? Wieso sollte ich mich mit Absicht lächerlich machen und in diese Felsen quetschen, bis ich alleine nicht mehr rauskomme? Und mich dabei auch noch verletzen?« Ich hielt den Arm in die Luft. »Das tut echt weh!«

»Hast du wirklich festgesteckt?«

»Natürlich. Sag mal, was traust du mir denn alles zu?«

»Einiges.« Leni seufzte. »Ich hatte einen Moment den Verdacht, dass du das gemacht hast, damit ich endlich mit dieser Sina rede.«

»Leni, echt, ich liebe dich. Und ich würde beinahe alles für dich tun. Aber mich in eine so demütigende Situation zu bringen und auch noch zu verletzen, nur dass du *tschüs* sagst? Nein.« Ich schlang meinen Arm um ihre Taille und zog sie kurz an mich. »Aber es freut mich, dass du mich für so cool hältst.«

»Eher verrückt, nicht cool.«

»Ich schwöre, es war wirklich keine Absicht. Von daher darfst du mich gerne ein wenig bedauern. Das tut nämlich wirklich weh.«

»Arme Mam.« Sie drückte mir einen schnellen Kuss auf die Wange. Dann grinste sie frech. »Du weißt schon, dass du ausgesehen hast wie eine Schildkröte, die auf dem Rücken gelandet ist, oder?«

Ich verdrehte die Augen. »Ich kann es mir vorstellen. Tja. Passiert ist passiert. Und jetzt könnten wir das Thema wechseln und vergessen, was für ein Bild ich da gerade abgegeben habe.«

»Apropos Bild ...«, sagte Leni mit süffisantem Unterton.

»Du hast mich hoffentlich nicht geknipst!«

»Nein«, sie lachte zufrieden. »Aber ich habe ein richtiges tolles Foto von uns beiden gemacht. Sollen wir es Louis schicken?«

Ich nickte und zog den Schlüssel unserer Unterkunft heraus. »Das machen wir. Sobald ich das hier gereinigt habe.«

Die Wunde an meinem Arm war zum Glück wirklich nur oberflächlich, aber wie Schürfwunden das so an sich haben, brannte sie ganz schön fies. Im Süßwasser des Pools war das kein so großes Problem gewesen, das Meerwasser war leider eine andere Nummer.

»Autsch! Sorry, Leni, aber ich glaube, ich muss einen Tag pausieren.«

»Arme Mam.« Leni zeigte sich von ihrer mitfühlenden Seite.

Wir vergnügten uns stattdessen mit ein paar Runden des Zettel-Spiels und saßen dann plaudernd unterm Sonnenschirm. Leni war heute sehr gut gelaunt und zugänglich und erzählte mehr und freier als sonst. Das freute mich und ich genoss es, mich ihr so nahe zu fühlen. Trotzdem wurde ich ein ganz klein wenig unaufmerksam, als ich mitbekam, dass Daniel und Sina sich an ihrem Stammplatz ein paar Meter hinter uns niederließen. Sie sind spät heute, dachte ich spontan. Daniel blickte sich um, sah mich und hob grüßend die Hand. Ich tat es ihm nach.

»Wem winkst du denn?«

»Daniel und Sina.«

»Oh«, sagte Leni und drehte sich nicht um. Im Gegensatz zu mir hockte sie mit dem Rücken zu ihnen, das Gesicht dem Meer zugewandt. Ich dagegen saß parallel zum Wasser, eine alte Angewohnheit. So konnte ich mit einer leichten Drehung des Kopfes auf die Wellen blicken, hatte aber auch die Rampe im Auge, falls jemand kam, den ich kannte. Mein Mann oder meine Freundin zum Beispiel. Nur dass keiner der beiden dieses Jahr hier auftauchen würde.

Entschlossen änderte ich meine Sitzposition, rutschte neben Leni, das Gesicht in Richtung Wasser, weg von der Verlockung, immer mal wieder einen Blick zu riskieren und das Vater-Tochter-Gespann zu beobachten. Jetzt, wo wir uns kennengelernt hatten, war das nicht mehr so unbeteiligt möglich wie bisher. Es fühlte sich zumindest anders an.

Kurz darauf tauchten sie erneut in meinem Blickfeld auf. Sie liefen hintereinander ins Wasser und schwammen dann eine Weile. Ich lauschte weiterhin Lenis Geschichten, beobachtete die beiden aber nebenher. Ich musste mir das dringend abgewöhnen, dachte ich. Obwohl, vielleicht auch nicht. Die Sonnenbrille verbarg meine Augen, ich würde also nicht dabei erwischt werden. Und ich mochte es einfach, ihnen zuzusehen, ihr wohltuendes Miteinander zu betrachten. Bis sie sich endlich dazu entschlossen, aus dem Wasser zu gehen, und unweigerlich an unserem Platz vorbeikommen würden.

»Sollen wir zur Strandbar gehen? Ich hätte Lust auf einen Kaffee und vielleicht haben sie heute ausreichend Crêpeteig da.«

Leni zuckte mal wieder mit den Achseln. »Vielleicht.«

Ich verdrehte die Augen hinter dem schützenden Glas. *Vielleicht* war auch so eine Antwort, die Teenager nur zu gerne gaben und die gar nicht weiterhalf. Und ich wollte nicht *vielleicht* einen Kaffee oder in zwei Stunden, sondern jetzt. Dann fiel ein Schatten auf meine Beine und ich hob den Blick.

»Hallo. Und, alles gut überstanden?«

»Hallo.« Ich schob die Sonnenbrille in die Haare. »Danke, ja.« Wie zur Demonstration hob ich den Arm und zeigte die Schürfwunde.

»Autsch. Das sieht schmerzhaft aus.«

»Solange ich nicht ins Wasser gehe, ist es nicht allzu schlimm«, log ich tapfer.

Daniel nickte und schien ein wenig unschlüssig zu sein, was er tun sollte. Sein Blick schweifte kurz ab, hinter seiner Tochter her, die schon zu ihrem Platz weitergegangen war. Er hob die Hand, um seine Augen abzuschirmen, und ich zuckte zusammen, als mich dabei kaltes Wasser erwischte, das von ihm heruntertropfte. Dann sah er wieder zu mir.

»Nun denn«, begann er und war schon auf dem Sprung. Spontan beschloss ich, meiner Tochter eine Lektion in Sachen Mut zu geben.

»Ich wollte mir eben einen Kaffee holen. Darf ich dir einen mitbringen? Sozusagen als Dankeschön dafür, dass du mich aus den Felsen gezogen hast?«

»Das ist nicht nötig, das war doch selbstverständlich«, versicherte er, dann huschte ein Lächeln über sein Gesicht. »Aber danke für das Angebot.«

»Es war absolut ernst gemeint und ich werte deine Antwort deshalb einfach als ein Ja.« Ich sah Leni an. »Und für dich einen Crêpe?«

Sie nickte kaum merklich und ich wandte mich wieder Daniel zu.

»Dann mache ich mich auf den Weg und bringe ihn dir gleich. Und du kannst dich in der Zwischenzeit ein wenig abtrocknen.«

»Oh«, sagte er und trat einen Schritt zurück. »Sorry, ich tropf euch hier die Matte nass.«

Ich lachte. »Das ist nicht schlimm. Milch und Zucker?«

»Ein Milchkaffee ohne Zucker wäre großartig.«

»Schon so gut wie erledigt. Also bis gleich.«

»Bis gleich«, gab er zurück und lächelte. Dann setzte er sich in Bewegung und ging zu seiner wartenden Tochter.

KAPITEL 11

Dieses Mal hatten wir Glück und Leni bekam ihren Crêpe. Spontan kaufte ich auch einen für Sina, dazu die beiden Kaffees. Ich hatte mir die Becher geschnappt, sodass meine Tochter nach den Pfannkuchen greifen musste. Als wir beinahe unseren Platz erreicht hatten, stand Daniel auf und kam uns ein paar Schritte entgegen. Ich reichte ihm seinen Becher.

»Bitte schön. Aber Vorsicht, der ist ganz schön heiß.«

»Danke.« Er nippte. »Heiß, aber gut.«

»Es geht nichts über einen Kaffee, was?«

»Richtig.«

Wir lachten. Ich sah kurz hinab zum Meer und überlegte, was ich noch sagen könnte. Eigentlich gab es nichts mehr, aber ich hatte große Lust, unser Gespräch ein wenig auszudehnen. Oder es endlich zu einem richtigen Gespräch auszubauen. Und vor allem diese Gelegenheit zu nutzen, und zwar in jeder Hinsicht.

»Ich hätte sogar ein paar Kekse in der Kühltasche. Falls dich so etwas locken kann …«

»Keksen kann ich nie widerstehen«, gab er zurück und ich lachte erleichtert auf. Und ging direkt in Phase zwei der Annäherung über.

»Bringst du Sina bitte den Crêpe?«, bat ich meine Tochter, die stumm neben mir stand und versuchte, mich nicht allzu offensichtlich mit Blicken zu töten. »Sag ihr viele Grüße und Danke für gestern.«

Leni funkelte mich an und ich wusste, dass sie von dieser Idee nicht allzu begeistert war. Aber sie wollte vor Daniel auch nicht ablehnen und trottete nach einem kurzen Nicken davon. Leider funktionierte es nicht, dass sie sich ebenfalls auf ein Gespräch einließ. Ich hatte eben die kleine Packung Butterkekse aus der Tasche gezogen und mich neben Daniel auf der Strandmatte niedergelassen, als sie schon wieder zurückkam. Sie sagte nichts, legte nur ihren Crêpe auf der Tasche ab und zog dann ihr Handtuch ein Stückchen weg, ehe sie sich ihren Snack holte und sich bäuchlings niederließ, das Handy wie so oft vor der Nase aufgebaut.

»Wie alt ist deine Tochter?«, wollte Daniel wissen.

»Noch fünfzehn. Aber nicht mehr lange. Und Sina?«

»Sechzehn.«

»Ein tolles Alter, oder? Gott, ich habe es geliebt, sechzehn zu sein.«

»Tatsächlich? Ich glaube, ich war in dem Alter viel zu schüchtern, um es wirklich zu genießen.«

»Nein«, rief ich überrascht. »Du wirkst überhaupt nicht schüchtern.«

»Das liegt vielleicht daran, dass du so eine Art hast, die einen glauben lässt, man kenne sich bereits. Du gehst sehr offen auf andere zu.«

»Ach ja? Na, das nehme ich mal als Kompliment und sage Danke.«

Daniel lachte erheitert. »Das war auch so gemeint.«

Es entstand eine kleine Pause, in der wir beide aufs Meer hinaussahen.

»Und«, unterbrach ich schließlich die Stille und sah wieder zu meinem Begleiter. »Seid ihr zum ersten Mal hier?«

»Ja. Bisher waren wir immer am Atlantik.«

»Und weshalb dieses Mal das Mittelmeer?«

»Es war Zeit für etwas Neues.«

Ich hörte heraus, dass dieses Thema ein paar Nuancen enthielt, die ihm zu privat erschienen, um sie mit einer Fremden zu diskutieren.

»Und wie gefällt es euch hier?«, fragte ich deshalb ungefährlich weiter.

»Sehr gut. Der Platz ist toll.«

»Stimmt. Und sie machen hervorragenden Kaffee.« Ich hob meinen halb leeren Becher in die Luft.

»Aber es gibt gefährliche Felsen.«

Ich lachte. »Nur wenn man zu dämlich ist, sich richtig hinzusetzen.« Ich verdrehte die Augen, während er grinsend seine Brauen hochzog. »Seid ihr schon bei einer Abendshow gewesen?«, wechselte ich geschickt das Thema.

»Nein. Lohnt es sich?«

»Auf alle Fälle. Ich war zwar dieses Jahr auch noch nicht dort, aber in den letzten Jahren waren die richtig gut.«

»Dann kommt ihr schon länger hierher?«

»Schon ewig. Seit die Kinder im Grundschulalter waren.«

»Die Kinder?«, fragte er mit Betonung auf dem *die*.

»Ich habe zwei. Louis ist achtzehn und dieses Jahr zum ersten Mal nicht dabei. Und normalerweise war auch meine Freundin Nanni samt Familie mit von der Partie.«

»Dieses Jahr nicht?«

»Leider nein. Dieses Jahr ist alles irgendwie anders.«

Wieder entstand eine Pause. Ich entschied mich, den Punkt anzusprechen, um den wir so elegant kreisten. Oder um den zumindest ich kreiste. Und ich konnte so vielleicht auch herausfinden, weshalb er alleine mit seiner Tochter verreiste.

»Bis letztes Jahr waren wir als richtige Familie hier. Mit beiden Kindern und mit deren Vater.«

Er sah mich aufmerksam an.

»Wir haben uns kurz nach dem letzten Urlaub getrennt.«

»Das tut mir leid.«

»Tja, so ist es eben. Und meine Freundin Nanni, die mitsamt ihrer Familie sonst auch immer dabei war, hat einen neuen Job und ist mitten in der Probezeit. Und deshalb sind Leni und ich dieses Jahr alleine gefahren.«

»Es ist anders alleine, oder?«

»Definitiv. Vor allem ist es einsamer. Also nicht wirklich einsam, wir haben ja uns. Aber Leni vermisst ihren Bruder. Obwohl sie sich zu Hause meist aus dem Weg gehen und jeder seinen eigenen Freundeskreis hat. Jetzt hat sie nur mich, und das reicht ihr nicht. Ich bin zu alt für die Dinge, die wirklich Spaß machen.« Ich senkte verschwörerisch die Stimme, als ich den letzten Satz sagte, und ahmte Lenis Tonfall nach.

Er lachte. »Und was genau wäre das?«

»Keine Ahnung. Abhängen, über Jungs und Mode reden vermutlich. Wobei ich beides tun würde, wenn meine Meinung gefragt wäre. Oder stundenlang über Serien sprechen, die ich nur leider nie gesehen habe, weil ich dazu keine Zeit habe. Du weißt schon, die ganzen Teenie-Dinge eben.«

»Ich kann es mir vorstellen. Ich bin ein Fachmann in Modefragen.«

»Echt jetzt?«

Er lachte. »Nein. Aber ich höre zu und wenn ich darf, sage ich meine Meinung zu einem Look.«

Ich sah zu Sina hinüber. »Ihr beide wirkt sehr vertraut«, wagte ich dann einen Vorstoß.

»Das sind wir. Wir sind ein Team, schon immer.« Er sah ebenfalls zu seiner Tochter und hob grüßend die Hand.

Sina winkte zurück. Sie hielt dabei einen Pack Spielkarten in die Höhe und wedelte vielsagend mit ihnen durch die Luft. Daniel machte eine kleine Kopfbewegung, ein leichtes Rucken, und Sina sprang auf und kam herüber.

»Wir wollten doch eine Partie spielen«, sagte sie. Es klang nicht anklagend oder ungeduldig, wie ich das erwartet hätte, sondern einfach fragend.

»Später. Wir trinken erst noch unseren Kaffee fertig, ja?«

Sina nickte und stand einen Moment unschlüssig da.

»Vielleicht hat ja Leni Lust auf eine Partie Uno?«, fragte Daniel und erhob dabei ein wenig die Stimme.

Meine Tochter sah auf, als sie ihren Namen hörte.

»Hättest du Lust?«, fragte er sie direkt und klang auch dabei nicht fordernd oder übergriffig, sondern einfach nur interessiert. »Du könntest mich für eine Weile bei Sina vertreten.«

Leni wirkte überrascht und brauchte einen winzigen Moment. Dann zuckte sie mit der Schulter. Es sah nachlässig aus und sollte vermutlich *Wenn es sein muss* heißen, aber ich sah, dass darin auch ein bisschen *Würde ich sogar gerne tun* mitschwang.

Sina sah es wohl ebenfalls, denn sie lächelte und ging zum Handtuch meiner Tochter hinüber.

»Wir haben auch ein normales Kartendeck dabei. Aber ich mag Uno lieber.«

»Ich auch«, sagte Leni und setzte sich mit untergeschlagenen Beinen zurecht.

»Super. Ich hol nur schnell mein Handtuch.« Sina warf Leni die Karten zu und spurtete los. Gleich darauf war sie zurück, setzte sich zurecht und sah Leni an. »Okay. Du gibst.«

KAPITEL 12

»Danke«, flüsterte ich Daniel zu.

»Wofür dieses Mal?«, wollte er amüsiert wissen.

»Dass du die beiden so clever zusammengebracht hast. Ich habe das nicht geschafft.«

»Manchmal muss der Anstoß von außen kommen. Sina hat es zwar versucht, aber sie war sich unsicher, ob Leni das überhaupt will.«

»Eigentlich will sie nichts sehnlicher«, gestand ich halblaut, damit die beiden es nicht hörten. »Aber sie ist etwas schüchtern im Umgang mit Fremden.«

»Von dir hat sie das nicht.«

Ich lachte. »Ich weiß nicht, von wem sie das hat. Sie tut sich verdammt schwer dabei, auf jemanden zuzugehen.«

»Dann sollten wir diesen Kaffee sehr lange ausdehnen, damit die beiden ausreichend Zeit haben, um sich anzufreunden.«

»Unbedingt«, sagte ich und dachte dabei nicht nur an meine Tochter. Ich hatte rein gar nichts dagegen, noch etwas mehr Zeit mit ihm zu verbringen. »Also, dann erzähl mal.«

»Was denn?«, fragte er überrascht.

»Egal was. Wir sollten nur den Eindruck vermitteln, dass wir absolut keine Zeit haben, um mitzuspielen.«

Daniel lachte. Ich mochte es, wenn er das tat, und freute mich jedes Mal, wenn ich ihn dazu brachte. Seine Augen bekamen dann diese ganzen Fältchen und einen sehr warmen Glanz.

»Na gut. Was willst du wissen?«

Hm. Zum Beispiel, wo Sinas Mutter ist, dachte ich.

»Was ist dein Lieblingsessen?«, fragte ich stattdessen.

»Echt jetzt?«

»Nun ja, über irgendwas sollten wir reden. Und Essen ist etwas, was jeder mag, oder?«

»Richtig.« Er griff sich noch einen Keks. »Schnitzel würde ich sagen. Oder Pizza.«

»Nein, das ist jetzt eine Überraschung.« Ich grinste. »Ich glaube, ich kenne keinen Kerl, der nicht *Schnitzel* sagen würde.«

»Vielleicht weil wir aus der Generation stammen, als das ein Festessen war. Was isst du am liebsten?«

»Ziemlich alles, leider.« Ich verzog den Mund. »Ich bin da absolut nicht wählerisch.«

»Aber wenn du dich entscheiden müsstest? Die berühmte Henkersmahlzeit?«

»Hm.« Ich zog die Stirn kraus. »Rinderrouladen mit Rotkraut. Nein, Kartoffelsalat mit Frikadellen. Oder einen dicken, fetten Burger mit Krautsalat? Wann werde ich hingerichtet?«

»Was?«, fragte er lachend und ein wenig ungläubig.

»Na, das ist wichtig, oder? Im Sommer würde ich vermutlich etwas anderes wählen als im Winter. Und darf ich nur ein Gericht? Oder eine Auswahl, so eine Art Buffet? Wahrscheinlich nicht, was echt unfair ist. Auf alle Fälle müsste es einen Nachtisch geben.«

»Und zwar?«

»Mousse au Chocolat. Mit frischen Früchten. Und die mit Vanilleeis und vielleicht ein winziges Stück Käsekuchen dazu.«

Wieder lachte er. »Du würdest hoffen, dass alle Beteiligten eines natürlichen Todes gestorben sind, ehe du fertig bist, hab ich recht?«

»Nein. Ich esse nur einfach gerne. Und die Situation hätte einen gewaltigen Vorteil: Du musst dir keine überflüssigen Gedanken um die Kalorien machen, weil die es gar nicht mehr bis zu deinen Hüften schaffen würden.«

Daniels Mund zuckte amüsiert. »Zum Glück sind unsere Töchter so schlecht darin, sich mit anderen anzufreunden. Was für interessante Ansichten mir entgangen wären, wenn ich mich nicht als Vermittler zur Verfügung gestellt hätte.«

Ist es verrückt, dass man sich so lange über Essen unterhalten konnte? Vermutlich nicht, denn das war ein Thema, zu dem jeder etwas beitragen konnte und zu dem wirklich jeder eine Meinung hatte. Es hätte mich auch nicht überraschen dürfen, dass er sich als recht bewanderter Koch outete, da er ja offensichtlich mit seiner Tochter alleine lebte. Hin und wieder warfen wir einen Blick zu den Mädels, die mittlerweile nicht nur spielten, sondern auch miteinander sprachen und lachten. Gut, dachte ich.

Schließlich unterbrach Sina unser Gespräch.

»Paps, können wir uns ein Eis holen?«

»Klar.«

»Danke. Sollen wir euch auch eins mitbringen?«

Daniel sah mich an. Ich schüttelte den Kopf.

»Stand ein Eis nicht auf der Liste der Dinge, die du unbedingt essen wolltest, ehe es zu spät ist?«, fragte er schelmisch.

»Ich hoffe doch, dass dies nicht meine letzte Gelegenheit ist«, gab ich zurück. »Folglich würde dieses Eis auf meinen Hüften landen. Und solange ich hier in Badesachen herumlaufe, ist das keine gute Idee.« Ich strich das Tankinioberteil zurecht.

»Aber es ist eine noch schlechtere Idee, sich deshalb etwas zu verkneifen«, gab er zurück und tätschelte seinen kleinen Bauch. »Urlaub ist schließlich nur einmal im Jahr.«

»Richtig. Trotzdem spare ich mir das lieber für heute Abend auf. Also vielen Dank, aber für mich nicht«, rief ich zu den Mädels hinüber.

»Und du, Paps?«

»Wie immer«, sagte er und Sina nickte wissend.

Ich kramte nach meinem Portemonnaie und zog einen Schein hervor, um ihn Leni zu reichen, aber Daniel legte kurz seine Hand auf meine.

»Lenis Eis auf mich. Du hast den Kaffee und den Crêpe bezahlt und nun kann ich mich bei dir nicht mal mit einem Eis revanchieren. Das heißt, dass ich das irgendwann später tun werde, klar?«

Ich nickte und hatte plötzlich einen Kloß im Hals. Sein Blick hatte so etwas, das ich schon viel zu lange bei keinem Mann mehr gesehen hatte, und einen Augenblick wurde mir noch wärmer, als es mir heute ohnehin war.

»Sina, mein Geld ist in der Kühltasche. Nimm dir was«, sagte er dann und die Magie des Augenblicks zerbrach.

»Deine Tochter ist ein nettes Mädchen«, gestand ich schließlich, als wir zu lange alleine zurückgeblieben waren und die Stille zu schwer wurde.

»Das ist sie.« Er klang stolz.

Ich sah hinüber zur Strandbar, wo die Mädchen auf ihre Bestellung warteten. »Ich würde mich freuen, wenn die beiden Zeit miteinander verbringen.«

»Auch wenn du dann alleine wärst?«

»Och, ich war optimistisch genug, ausreichend Bücher auf meinen E-Book-Reader zu laden«, gestand ich grinsend. »Und ich hätte nichts dagegen, ein paar davon auch wirklich zu lesen.«

Er nickte nur und ich senkte kurz den Blick. Als ich wieder aufsah, betrachtete er mich noch immer, aber nun lag ein Lächeln auf seinem Gesicht, das mich mutig werden ließ.

»Und vielleicht könnte ich ab und zu mit ihrem Vater einen Kaffee trinken, solange seine Tochter mit meiner abhängt. Sozusagen als Entschädigung, dass mein Kind ihm seines raubt.« Ich sah sein Lächeln und der nächste Satz entwischte mir, ehe ich gründlicher darüber nachdenken konnte. »Ich glaube nämlich, der ist auch ganz nett.«

»Ganz nett«, wiederholte er amüsiert und nickte dann mit dem Kopf. »Nun, das könnten wir sicher gelegentlich tun.«

Den restlichen Nachmittag verbrachten wir mit Kartenspielen. Es freute mich riesig, dabei zuzuhören, wie Sina und Leni miteinander plauderten. Als ob sie sich schon ewig kennen, dachte ich. Als Daniel eine Abkühlung im Meer vorschlug, stand Leni wie selbstverständlich auf und lief mit Sina voraus ins Wasser. Ich schüttelte jedoch meinen Kopf, als er mich fragend ansah, und hob entschuldigend den verletzten Arm.

»Besser nicht. Aber geh du nur.«

»Daran hatte ich nicht mehr gedacht.«

»Wo bleibst du, Paps?«, rief Sina von der Wasserkante.

»Na los, verschwinde. Ich werde hier auf euch warten.« Ich griff nach meinem Reader und schwenkte ihn durch die Luft.

Er nickte und trabte zu den Mädels und ich legte mich bäuchlings auf das Handtuch und schlug die Klappe der Schutzhülle auf. Der Reader erwachte und zeigte die Stelle an, an der ich zuletzt gewesen war. Ich las einen Satz, dann hob ich den Blick und sah zum Meer. Die drei schienen mächtig Spaß zu haben, bespritzten sich mit Wasser und lachten laut. Ich musste lächeln und konnte die Augen nicht abwenden. Ich mochte dieses Vater-Tochter-Duo wirklich und ich fand ihre natürliche Art, ihr Lachen sehr anziehend. Nein, ich hätte absolut nichts dagegen, mehr Zeit mit den beiden zu verbringen. Und Leni genauso wenig, wie es aussah. Die Wasserschlacht war zu Ende und während Daniel sich in die Wellen stürzte und kraftvoll davonschwamm, schienen sich die beiden Mädchen nicht verausgaben zu wollen. Sie dümpelten faul auf dem Rücken liegend nebeneinander her, dann standen sie wieder einen Moment im Wasser. Selbst ohne sie zu hören, wusste ich, dass sie dabei unaufhörlich quasselten. Ich konnte sehen, dass sie lachten, und tat es ihnen nach. Als sie schließlich eine gute halbe Stunde später wieder zum Platz zurückkamen, hatte ich immer noch nicht mehr als diesen einen Satz gelesen.

»Abkühlung!«, rief Leni und beugte sich über mich. Ich quietschte erschrocken auf, als das kalte Wasser aus ihren Haaren auf meine aufgeheizten Schenkel tropfte.

»Das war gemein!«

Leni lachte und griff nach ihrem Handtuch. »Ich dachte ja nur, weil du nicht ins Wasser kannst. Es ist gar nicht kalt heute, oder?«

»Das nennst du nicht kalt?«

»Gestern fand ich es kälter. Oder?« Sie sah zu Sina, die zustimmend nickte.

»Na dann«, sagte ich und setzte mich aufrecht hin. Ich warf einen Blick auf die Uhr und stellte überrascht fest, wie spät es bereits war. Zeit zum Aufbrechen. Dann stockte ich. Nun, wir waren im Urlaub und eigentlich hatten wir alle Zeit der Welt. Wir würden heute einfach später essen. Ich hatte zwar Hunger, aber keine Lust zu gehen.

»Mam, dürfen Sina und ich uns nach dem Abendessen treffen?«

»Klar.« Na, das ging ja schneller als erhofft, fuhr es mir durch den Kopf. »Von mir aus.« Ich sah zu Daniel.

»Ich habe schon mein Okay gegeben«, gestand er mit einem leichten Schulterzucken.

»Cool«, sagte Leni und grinste Sina an.

»Ich hoffe, es ist wirklich in Ordnung für dich«, fragte Daniel leise, als die beiden wieder ein Stück entfernt auf ihren Handtüchern lagen. »Ich will nicht in deine Regeln eingreifen.«

»Quatsch. Ich freu mich, dass die beiden sich mögen.«

»Ich ebenfalls. Aber das heißt, dass du dann heute Abend alleine bist.«

»Du doch auch«, entwischte es mir.

»Stimmt«, sagte Daniel und strich sich das nasse Haar aus der Stirn.

Ich begann nun doch damit, unsere Sachen zusammenzupacken.

»Zu dumm. Früher hätte ich dir ein Buch leihen können, das ist jetzt leider nicht mehr möglich.« Ich steckte den Reader in die Tasche, nachdem ich noch einmal vielsagend mit ihm durch die Luft gewunken hatte.

»Ich bin kein großer Leser. Aber keine Sorge, ich werde mich zu beschäftigen wissen.« Auch er stand auf. »Danke für den Kaffee und alles. Es war ein schöner Nachmittag.«

Ich nickte und strahlte ihn an. »Oh ja, das war es.«

KAPITEL 13

Nach dem Abendessen verschwand Leni erst im Häuschen, um sich ausgiebig für den Abend schick zu machen, und dann mit einem fetten Strahlen in die einsetzende Dämmerung, um sich mit ihrer neuen Freundin zu treffen.

»Viel Spaß«, rief ich ihr nach und verschwand meinerseits kurz im Mobile Home. Nicht, um mich ebenfalls aufzuhübschen – dafür bestand kein Grund. Ich brauchte mich heute Abend weder zu frisieren noch anzumalen. Vielmehr ließ ich mich mit meinem immer noch feuchten Haar und einem zufriedenen Seufzer auf einer der gemütlichen Sonnenliegen nieder, ein Glas gut gekühlten Weißwein und eine kleine Schale gesalzener Erdnüsse neben mir. Ich schlug meinen Reader auf und versank endlich in Ruhe in die Geschichte. Erst als der Abend so weit fortgeschritten war, dass ich zwar dank des beleuchteten Displays noch lesen konnte, ringsum aber die Dunkelheit immer undurchdringlicher wurde, klappte ich das Lesegerät zu und rappelte mich auf. Auf dem Terrassentisch standen zwei Windlichter bereit, die ich nun entzündete, und da ich schon mal auf den Füßen war, holte ich mir gleich noch ein weiteres Glas Wein. Damit stand ich dann einen Moment etwas unschlüssig in der Tür. Ich freute mich nach wie vor, dass Leni heute Abend ihre eigenen Wege ging, und ich hatte es durchaus genossen, in Ruhe zu lesen, aber nun fehlte mir doch ein wenig Unterhaltung. Ich überlegte, ob ich einen Spaziergang machen sollte. Leider gab es zu unserem Häuschen nur einen Schlüssel und wenn Leni zurückkam, stand sie vor verschlossener Tür. Natürlich könnte sie mich einfach anrufen, aber ich entschied mich dennoch dagegen, denn es wäre zwar eine Beschäftigung, aber Unterhaltung hätte ich immer noch keine. Stattdessen griff ich nach dem Handy und wählte Nannis Nummer.

»Hey! Und, wie geht's?«, fragte ich zur Begrüßung.

Nanni seufzte leise. »Alles beim Alten. Du hast Glück, ich wollte mich eben hinlegen.«

»Sorry. Ich habe nicht auf die Uhr gesehen. Ist es schon so spät?«

Meine Freundin lachte leise. »Nein. Ich bin nur so erledigt. Wir hatten einen verrückten Tag, eine Kollegin ist krank, eine andere im Urlaub. Und als ich heimkam, war der Kühlschrank leer. Ich wollte erst morgen einkaufen und hatte für heute Abend eigentlich den restlichen Nudelsalat von gestern eingeplant. Doch leider haben Stefan und sein Kumpel den heute Mittag gegessen. Tja, und das Brot war ebenfalls aus und so musste ich noch einmal los und einkaufen und dann kochen … Du kennst es. Der tägliche Wahnsinn.«

»Weshalb kann Stefan nicht einkaufen gehen? Er hätte doch Zeit.«

»Niclas war da und die beiden haben den ganzen Mittag gequatscht. Ich glaube, das hat Stefan gutgetan. Er ist immer noch so down.«

»Mist. Ich dachte, es wird mittlerweile besser. Es dauert ja schon eine ganze Weile.«

»Du hast ihn doch gesehen. Er war richtig fertig und ausgelaugt und nun, wo er endlich Zeit hat, einmal zur Ruhe zu kommen, merkt er erst wirklich, wie sehr es seinem Körper zugesetzt hat.«

»Sicher, das ist ja immer so.« Ich nahm einen Schluck Wein. »Tut mir leid für dich. Nun hängt noch mehr an dir.«

»Ich schaff das schon. Es gibt eben auch solche Phasen.« Nanni klang kämpferisch, aber der erschöpfte Unterton war nicht zu überhören. »Wie ist es bei euch? Komm schon, Anna, bring mich auf andere Gedanken. Was treibt ihr gerade?«

»Ich sitze mit einem eisgekühlten Glas Weißwein in einer warmen Sommernacht auf der Terrasse und genieße das Leben.«

»Oh, ich beneide dich! Auch wenn ich es dir gönne, du hattest ja selbst genug zu verdauen in den letzten Monaten. Aber ich wäre jetzt so gerne ebenfalls dort. Was macht Leni?«

»Der geht's gut. Sie ist unterwegs«, sagte ich und war mir sicher, dass Nanni mein Grinsen hören konnte.

»Nein! Hat sie es endlich geschafft und Anschluss gefunden?«

»Jupp. Ein supernettes Mädel. Ich habe dir schon vor ihr erzählt, die mit dem Crêpe.«

»Und wie hat sie das angestellt? Du hast mein Patenkind doch nicht etwa blamiert und das für sie geregelt?«

»Natürlich nicht. Zumindest nicht absichtlich.«

»Anna! Ich will alles wissen. Warte, ich hole mir nur auch ein Glas Wein.«

Ich hörte Schranktüren, das Ploppen eines Korkens, Schritte, dann endlich wieder Nanni, die zufrieden seufzte.

»So, bereit. Ich sitze ebenfalls in der lauen Abendluft, wenn auch nur auf der heimischen Terrasse. Und ich habe ein Glas Rotwein vor mir stehen und beinahe das Gefühl, bei dir zu sein. Zumindest wenn ich die Augen schließe und dir einfach lausche. Und nun erzähl. Was hast du wieder angestellt?«

Ich ließ mich auf einem der Stühle nieder, lehnte mich zurück, legte die Beine hoch und nahm einen Schluck

Wein. Dann berichtete ich von meinem Fauxpas auf den Felsen. Wie erwartet, lachte sich Nanni fast schlapp.

»So etwas passiert auch nur dir.«

»Stimmt. Peinlich kann ich.«

»Und wie geht es weiter? Bitte erzähl mir, dass der Kerl diese Begegnung ausgenutzt hat und dich jetzt anmacht.«

»Du hast zu viel ungesunde Fantasie, meine Beste. Natürlich nicht. Aber er hat sich heute erkundigt, wie es meinem Arm geht, und ich habe die Chance genutzt …«

»Um mit ihm zu flirten?«, unterbrach mich Nanni voller Hoffnung.

»Um mich etwas mit ihm zu unterhalten. Und um, und das ist weit wichtiger, dafür zu sorgen, dass die Mädels gar nicht anders konnten, als endlich mal miteinander zu reden. Und was soll ich sagen? Das Mädchen heißt Sina, ist ein Jahr älter als Leni und wirklich nett. Die beiden haben sich auf Anhieb verstanden und sind nun zusammen unterwegs.«

»Und wieso sitzt du nicht mit ihrem ebenso netten Vater bei einem Glas Wein?«

»Weil«, sagte ich und Nanni lachte. »Im Ernst, er ist nett und ich finde es super, dass die Mädels miteinander abhängen. Das ist es, worauf es ankommt.«

»Er ist also nett. Jetzt lass dir doch nicht jede Kleinigkeit aus der Nase ziehen! Ich will Fakten. Wie sieht er aus?«

Ich zögerte. »Normal. Nun ja, ich gebe zu, er sieht recht ansprechend aus. Groß, etwas kräftig, braune Haare und er trägt einen Bart. Aber kein so zotteliges, ungepflegtes Gewächs, sondern so einen Fünfttagebart, kurz und gepflegt. Und er hat tolle Augen, die unglaublich lebendig aussehen. Weißt du, was ich meine? Sie scheinen immer zu funkeln und wenn er lächelt und sich kleine Fältchen darum bilden, dann ganz besonders. Er sieht ein wenig aus wie …« Ich überlegte kurz. »Wie der Typ in diesem Film. Wie heißt der noch mal?«

Nanni machte ein unwirsches Geräusch. »Welcher Film denn?«

»Der, bei dem dieser Song entstand, du weißt schon. Mit Lady Gaga und ebendiesem Schauspieler.«

»Im Ernst? Du sitzt mit einem Bradley-Cooper-Lookalike am Strand?«

»Mit einem Bradley, der vermutlich ein paar Jährchen älter ist und definitiv ein paar Kilo mehr auf den Hüften hat, was ihm aber steht. Und in der Version mit den kurzen Haaren.«

»Und er ist solo?«

»Vermutlich. Ich weiß es nicht genau. Zumindest scheinen sie alleine hier zu sein.«

»Dann nutz die Zeit aus, in der Leni beschäftigt ist, und denk auch mal an dich. Das ist doch perfekt! Schnapp ihn dir und genieße den Urlaub deines Lebens.«

Ich lachte laut. »Weil das ja so einfach ist. Ich wäre schon zufrieden, ab und zu einen Kaffee am Strand mit ihm zu trinken. Weißt du, das fehlt mir doch ziemlich. Einfach jemanden zum Reden zu haben. Keine tiefschürfenden Gespräche, bloß ein wenig plaudern.«

»Und über die anderen lästern«, warf Nanni ein.

»Wir lästern nicht, wir teilen unsere Eindrücke«, gab ich zurück. »Und in dieser Hinsicht kann dich niemand ersetzen. Ach, Nanni, du fehlst mir. Es wäre schön, dich hier zu haben.«

»Stimmt. Aber nun ist es eben so und du nutzt die Chance. Wenn ich auch dort wäre, dann hätte ich dich aus den Felsen gezogen und du hättest den Kerl vielleicht nie kennengelernt. Und jetzt wirst du zusehen, dass du das intensivierst. Als echte Freundin bist du sozusagen verpflichtet, das zu tun.«

»Und wieso das?«

»Weil ich aktuell ein paar positive Inputs brauche und du mir die liefern musst.«

»Na, dann habe ich ja keine Wahl«, sagte ich leichthin und verdrängte die andere Botschaft hinter ihren Worten.

»Braves Mädchen«, gab Nanni zurück und wir lachten beide los.

Ich atmete erleichtert auf. Vermutlich war das mit den positiven Inputs doch ein wenig übertrieben gewesen. Nanni durchlebte ohne Frage eine schwere Zeit, aber sie würde es packen. Und wenn nicht, würde sie mir das sagen und um Hilfe bitten.

»Puh, und jetzt muss ich Schluss machen, so leid es mir tut. Aber ich bin echt erledigt und habe morgen einiges auf dem Programm.«

»Klar. Grüß Stefan von mir.«

»Der schläft schon auf dem Sofa. Ich werde mich jetzt an ihm vorbeischleichen und ebenfalls ins Bett gehen. Und du«, ihre Stimme wurde noch einmal munterer, »du schnappst dir morgen Bradley.«

»Daniel. Er heißt Daniel.«

»Ist ja auch egal. Hauptsache, du krallst ihn dir. Und wehe, du hältst mich nicht ständig auf dem Laufenden!«

»Ich werde natürlich jeden Atemzug an dich weitergeben.«

Nanni lachte ein letztes Mal. »Genieße es einfach, Anna. Echt, wenn das Leben dir ein paar anregende Momente schenkt, dann greif zu. Du hast das verdient.«

KAPITEL 14

Auch am kommenden Tag schien die Sonne heiß und strahlend auf uns herab. Leni und ich hatten uns, der inzwischen etablierten Morgenroutine folgend, kurz nach zwölf in Richtung Strand aufgemacht und dort gemütlich eingerichtet. Sie hatte gestern Abend sehr begeistert von Sina geschwärmt.

»Die ist voll nett. Sie findet dieselben Netflix-Serien cool wie ich.«

»Das freut mich.«

»Und ich glaube, sie wohnt gar nicht so weit weg von uns. In der Gegend von Karlsruhe, hat sie gesagt. Das ist doch nicht weit?«

»Nein. Das ist mit dem Auto gerade mal eine gute halbe Stunde.«

»Cool. Vielleicht können wir uns dann auch mal daheim besuchen?«

»Bestimmt. Du würdest mit dem Zug nicht viel länger brauchen.«

»Oder du fährst mich und gehst shoppen, während wir uns treffen.«

»Mal sehen«, sagte ich vage und dachte nicht darüber nach, dass ich stattdessen mit ihrem Vater einen Kaffee trinken könnte. Oder was auch immer. »Jetzt sind wir ja erst mal hier.«

»Wir haben uns für heute am Strand verabredet«, erzählte Leni munter weiter. »Eigentlich müsste sie jeden Moment kommen. Ach, da ist sie ja.« Sie winkte fröhlich Richtung Rampe.

Sina kam mit ausladenden Schritten den Strand entlang und grinste breit. Sie trug einen großen Schwimmreifen in der Hand und ein Handtuch über der Schulter.

»Hi«, sagte sie und winkte kurz in meine Richtung.

»Hallo«, gab ich lächelnd zurück und sah dann zu Daniel, der mit etwas langsameren Schritten gefolgt war, schwer bepackt mit dem Sonnenschirm, einer großen Strandtasche und einer zusammengeklappten Sonnenliege.

»Anna, hallo.« Er blieb stehen und stellte die Liege ab.

Die beiden Mädchen waren schon mitten in einer halblauten Unterhaltung und lachten fröhlich.

»Was dagegen, wenn wir uns hierher setzen?«, wollte Daniel höflich wissen.

»Haben wir eine Chance?«, gab ich mit einem wissenden Blick auf die Mädels zurück. »Klar, setzt euch zu uns.«

Daniel ließ die Tasche in den Sand sinken und begann, die Liege aufzubauen. Er hatte auch schon geschickt und deutlich schneller als ich vorhin den Sonnenschirm aufgestellt, als Leni nach ihrem Handtuch griff.

»Wir legen uns da rüber, okay?«

Ich nickte und sah zu, wie sie sich mit Sina ein paar Schritte weiter einen Platz suchte, außer Hörweite von Elternohren.

»Tja«, sagte Daniel und sah ebenfalls hinüber.

»Wir sind abgeschrieben«, erkannte ich und zuckte mit den Schultern.

»Schlimm?«, wollte er wissen.

»Nein. Die beiden sind jung und natürlich wollen sie nicht, dass wir alles hören, was sie sich zu erzählen haben.«

»Obwohl wir das meiste vermutlich eh nicht verstehen würden.« Daniel ließ sich mit einem Lachen auf seiner Liege nieder. »Oder kennst du auch nur die Hälfte dieser Serien, über die deine Tochter redet?«

»Die Hälfte? Ich kenne genau eine, um ehrlich zu sein.«

»Wir gehen ins Wasser.« Leni war wieder aufgetaucht und schnappte sich ihren bislang sträflich vernachlässigten Schwimmreifen.

»Viel Spaß.«

»Danke«, rief sie und war schon unterwegs.

»Ich gehe mich auch erst mal abkühlen. Und keine Angst«, Daniel senkte verschwörerisch die Stimme. »Ich werde gebührenden Abstand zu den beiden halten. Ich weiß, was sich gehört.«

Ich lachte und sah ihm nach, als er ebenfalls hinunter zum Wasser ging und sich ganz ohne Gefühlsregung in das Nass stürzte. Als er zu schwimmen begann, drehte ich mich auf den Bauch und klappte meinen E-Book-Reader auf.

Daniel schwamm lange und als er zurückkam, zog er die Liege unter dem Schirm hervor und legte sich zum Aufwärmen in die Sonne. Wir hatten uns ein Lächeln geschenkt, dann hatte er zufrieden die Hände auf dem Bauch gefaltet und die Augen geschlossen und ich war zu meinem Buch zurückgekehrt. Ab und zu hob ich den Blick und sah zum Wasser. Die beiden Mädchen lagen noch immer gechillt auf ihren Reifen und schienen sich gut zu unterhalten. Daniel war vermutlich eingeschlafen, er rührte sich nicht. Nun ja, es war sein Pelz, der verbrannte, und er war schließlich alt genug. Irgendwann schlug er dann doch die Augen auf, rückte die Liege wieder zurück in den Schatten und setzte sich rittlings darauf, den Blick auf das Wasser gerichtet.

»Die beiden halten es lange aus.«

»Der Hunger treibt sie bestimmt bald an Land.«

Wir sahen noch einen Moment hinaus auf das Wasser, dann ließ sich Daniel wieder auf seine Liege sinken und ich legte den Kopf auf meine Hände und schloss ebenfalls für eine Weile die Augen. Daniel schien nicht in Plauderlaune zu sein und ich wollte das respektieren. Außerdem fand ich es auch so schön. Ich fühlte mich schon deshalb nicht alleine, weil er nebenan auf seiner Liege lag. Verrückt eigentlich, aber auch schön, dachte ich zufrieden.

Erst als ich die Mädels kommen hörte, öffnete ich die Augen wieder. Ich richtete mich ein wenig auf und unterdrückte ein Stöhnen. Früher hatte ich stundenlang am Strand liegen können, aber jetzt merkte ich, wie mein Rücken rebellierte und sich spürbar bemerkbar machte nach dem langen Liegen auf dem harten Untergrund. Ich rappelte mich in eine sitzende Haltung hoch und hoffte, dass Daniel nicht ausgerechnet jetzt die Augen aufgeschlagen hatte. Ich warf einen Blick zu ihm und erntete ein freches Grinsen.

»Es hat schon seinen Grund, weshalb ich das Ding mitschleppe.« Er klopfte lässig auf den Rahmen seiner Liege.

Ich winkte ab. »Der Boden wird einfach jedes Jahr härter.«

Er lachte. Dann setzte auch er sich auf, gerade rechtzeitig, um Sina Platz zu machen. Sie ließ sich auf dem Fußteil der Liege nieder und Leni hockte sich auf den Rand unserer Strandmatte.

»Hunger!«, verkündete sie und griff sich die Tasche. Sie spähte hinein und untersuchte das Angebot. »Hm, Wassermelone. Dürfen wir?«

Ich nickte und sie stellte die geöffnete Dose zwischen uns.

Auch Sina hatte in ihrer Strandtasche gekramt und zog eine Packung Kekse und eine Tüte Trauben heraus. Ich angelte nach der Tüte gerösteter Baguettescheiben, die ich heute Morgen gekauft hatte, und legte sie ebenfalls in die Mitte.

»Na dann, greift zu.«

Wir ließen uns das kleine Picknick schmecken und lauschten dabei dem fröhlichen Gequassel. Die Mädchen amüsierten sich prächtig, so viel war klar. Wir warfen nur ab und zu eine Bemerkung ein und begnügten uns ansonsten mit vielsagenden Blicken, wenn die beiden zu sehr kicherten oder sich im Eifer des Gefechts gegenseitig ins Wort fielen.

Erst als die Obstdose leer war und nur noch ein paar klägliche Reste des Brotes neben der zerknüllten Keksverpackung lagen, hörten die beiden auf zu reden. Sie sprangen auf und beschieden uns, dass sie sich nun an ihren Platz zurückziehen wollten.

»Hast du Lust auf einen Kaffee?« Daniel stand bereits auf und sah mich abwartend an.

Ich nickte begeistert. »Zwei Doofe, ein Gedanke.«

»Wir könnten ein paar Schritte gehen und uns dann einen in der Bar holen.«

»Gute Idee.« Ich packte die Reste der Mahlzeit ein und verstaute alles in der Tasche. Das gab mir die Möglichkeit, meine Knochen etwas in Schwung zu bringen, ehe ich aufstand und mich streckte. Ich musste vielleicht doch mal über eine Liege nachdenken. Wenigstens kam man von denen mit ein bisschen mehr Eleganz auf die Beine.

Als hätte Daniel meine Gedanken gelesen, lachte er.

»Wir haben übrigens noch eine zweite Liege. Ich hatte sie für Sina eingepackt, aber sie findet das zu spießig. Sie liegt lieber im Sand und vergräbt ihre Zehen, während sie sich sonnt. Ich könnte sie dir morgen mitbringen, wenn du willst.«

»Im Ernst? Das wäre super. Wenn es dir nicht zu viel Geschleppe ist«, setzte ich artig nach.

Er winkte ab. »Ich habe das jahrelang trainiert. Bisher hat sie nämlich darauf bestanden, dass sie auch eine bekommt.«

»Na, dann sag ich sicher nicht Nein. Wenn es für Sina in Ordnung ist.«

»Bestimmt. Wollen wir? Oder brauchst du noch Zeit, um in Gang zu kommen?«, setzte er frech hinzu.

»Ich bin zwar eine alte Frau, aber noch nicht völlig eingerostet«, sagte ich gespielt pikiert und griff nach meiner kleinen Tasche mit dem Geld.

»Das weiß ich doch. Ich habe schließlich deine kleine Artistennummer auf den Felsen beobachtet, schon vergessen?«

Ich konnte nicht anders, ich musste lachen. Und ihm einen leichten Stoß in die Rippen versetzen, als wir gemütlich losliefen.

»Werd nur nicht frech. Sonst wirst du mich bald richtig kennenlernen.«

»Ich kann es kaum erwarten, wie du den Einstieg toppen willst«, entgegnete er mit einem breiten Grinsen und mit einem Schlag fühlte ich mich zwanzig Jahre jünger.

KAPITEL 15

Der restliche Tag verging wie im Flug. Es war unglaublich leicht, sich mit Daniel zu unterhalten. Da wir schon seit Jahren auf diesem Platz urlaubten, er aber zum ersten Mal in der Gegend war, gab ich ihm einen Ausblick, was man hier, außer faul am Meer zu liegen, noch alles unternehmen konnte. Ich berichtete von den hübschen kleineren und größeren Städtchen im Umkreis, die wir im Laufe der Zeit besucht hatten. Ich schwärmte von den Wochenmärkten, die hier nahezu jeder Ort veranstaltete, und von den urigen Restaurants und Bars.

»Morgen findet hier im Ort der Wochenmarkt statt. Da möchte ich unbedingt hin, da gibt es immer total leckeres Obst und andere Lebensmittel aus der Region. Ganz frisch und deutlich günstiger als vorne im Supermarkt. Und dazu natürlich Klamotten, Schmuck und wunderschöne Einkaufskörbe. Ich liebe die total. Solche Märkte gibt es bei uns daheim so gut wie nie. Vielleicht einmal im Jahr, wenn Frühlingsmarkt ist oder so. Aber selbst dort überwiegen dann die Stände, die fertig zubereitete Gerichte anbieten. Hier ist das ganz anders. Die Menschen scheinen wirklich alles auf diesen Märkten zu kaufen. Haushaltswaren, Geschirr, Tischdecken. Die probieren dort Jeans an und Schuhe und kaufen ihre Unterwäsche. Es gibt Anbieter, die diese schrägen Sachen verkaufen, die man bei uns nachts im Fernsehen in diesen verrückten Shoppingkanälen angepriesen bekommt. Und dann diskutieren sie auf der Straße die Vorteile der unterschiedlichen Praktiken, sich den Damenbart zu entfernen, während sie ungeniert die hier vorgestellte Methode ausprobieren. Alle scheinen sich zu kennen und es ist laut und bunt. Ich mag das total, das ist für mich Lebensfreude pur.«

»Das klingt so, als ob man das unbedingt erleben sollte. Ich muss das Sina erzählen, vielleicht könnten wir uns anschließen.«

»Das wäre großartig. Leni hat nämlich bisher keine Lust, mitzukommen. Ich hatte schon befürchtet, alleine gehen zu müssen.«

»Wenn die Mädels nicht wollen, dann begleite ich dich«, versprach Daniel. »Du musst dich allerdings darauf einstellen, dass ich mehr Zeit an den Lebensmittelständen verbringen werde als bei den Klamotten.«

»Das macht nichts, ich interessiere mich für beides.« Ich grinste breit und verzog kurz den Mund. »Und ich fände es wirklich schön, nicht alleine gehen zu müssen. Wenn du jetzt auch noch anfängst, mit mir über die kleinen und großen Verrücktheiten anderer Urlauber zu lachen und die auffälligsten Outfits zu kommentieren, denen man hier begegnet, dann bist du wirklich der perfekte Ersatz für meine Freundin Nanni.«

Nach dem Spaziergang und dem Abstecher an die Strandbar spielten wir mit den Mädels noch eine Runde Karten. Dann schlug Sina vor, sich noch einmal in die Wellen zu stürzen. Dieses Mal erhob ich mich und ging mit, blieb dann aber im hüfthohen Wasser stehen.

»Schwimm du ruhig«, sagte ich zu Daniel, der sich nach mir umsah, und machte wedelnde Bewegungen mit den Händen, wie um eine Fliege verscheuchen. »Ich für meinen Teil bleib einfach etwas hier stehen und kühle mich ab.«

Ich wollte auf gar keinen Fall, dass er sich verpflichtet fühlte, mir auch hier Gesellschaft zu leisten. Ich hatte schließlich in den letzten Tagen beobachtet, dass er gerne eine Weile durch das Meer pflügte. Ich schwamm ebenfalls gerne, aber halt lieber im Pool. Im Meer, wo sich unter mir nicht nur andere Tiefen auftaten, sondern auch das eine oder andere Tier unterwegs war, fühlte ich mich in Ufernähe wohler.

Probeweise tauchte ich meinen angeschrammten Arm in die Wellen. Wirklich verheilt war er noch nicht, aber der Schmerz hielt sich in Grenzen und ich ließ mich einfach auf dem Rücken eine Weile treiben. Glück pur, ganz ohne Frage, so im kühlen Wasser zu driften, die Sonne im Gesicht zu spüren und zu wissen, dass man das für den restlichen Tag tun könnte, wenn man das wollte. Dann tauchte so plötzlich Daniels Gesicht über mir auf, dass ich vor Schreck meine Balance verlor und beinahe abgesoffen wäre. Er erschrak wohl selbst, weil ich so heftig reagierte, und packte beherzt zu, ehe ich ganz unterging. Einen Moment hielt er mich fest, bis ich wieder aufhörte zu kreischen und normal Luft bekam.

»Alles gut?«, wollte er wissen.

»Willst du mich umbringen?«, fragte ich zurück.

Er grinste. »Natürlich nicht. Du hast mir schließlich noch nicht verraten, wo genau dieser Markt stattfindet.«

Auch an diesem Abend würde ich alleine sein. Leni und Sina hatten sich erneut verabredet und ich hatte natürlich meinen Segen dazu gegeben.

»Wir wollen mal nach vorne zur Abendanimation und sehen, was bei der Show so abgeht«, hatte Leni lässig erklärt. »Wenn es doof ist, verschwinden wir wieder und hängen woanders ab.«

Ich steckte ihr etwas Geld zu und nahm ihr das Versprechen ab, sich nicht vom Campingplatz zu entfernen.

»Ich möchte nicht, dass ihr zwei euch alleine da draußen im Dunkeln rumtreibt, verstanden?«

Leni nickte mit empörtem Gesichtsausdruck. »Das weiß ich doch. Wenn die Show lahm ist, werden wir uns in den hinteren Bereich des Pools verziehen. Der ist zwar zum Baden gesperrt, aber man kann sich auf die Liegen setzen und quatschen. Das ist doch okay, oder?«

»Völlig«, sagte ich und gab ihr einen Kuss. »Dann viel Spaß.«

Sie grinste und verschwand. Ich hatte meinen Reader schon neben mir liegen und holte mir dazu das hier obligatorische Glas Wein. Aber im Gegensatz zum vorangegangenen Abend hatte ich keine echte Lust zu lesen. Ich wäre zu gerne mit den beiden mitgegangen und hätte mich ebenfalls unter Menschen herumgetrieben. Ich fühlte mich seltsam rastlos, voller Drang, etwas zu tun, mit jemandem zu lachen. Ich griff nach dem Handy und überlegte, ob ich Nanni anrufen sollte. Das wäre deutlich besser, als sich hier zu langweilen. Ich wählte ihre Nummer, erreichte aber niemanden. Mäßig interessiert surfte ich durch die neuesten Nachrichten und grübelte gerade ernsthaft, ob ich vielleicht eine dieser Serien, die Leni mir immer wieder ans Herz legte, anfangen sollte, als ich ein leises Räuspern hörte und den Kopf hob.

»Ich dachte, dass es doch eigentlich dumm ist, wenn wir beide für den Rest des Urlaubs alleine vor unseren jeweiligen Behausungen sitzen.« Daniel hob eine Flasche Wein in die Luft und sah beinahe etwas verlegen aus. »Und wie es aussieht, wird das so kommen, wenn wir nichts dagegen unternehmen. Also habe ich mir die hier geschnappt und gedacht, ich bin jetzt auch mal spontan und frag einfach, ob du Lust auf ein Glas Wein hast.«

»Und wie!« Erfreut sprang ich auf und machte eine einladende Handbewegung. »Ich habe sogar große Lust.«

»Weißt du, ich hatte ja für Leni gehofft, dass sie hier Anschluss findet und Spaß hat, aber um ehrlich zu sein, hatte ich dabei nicht bedacht, wie langweilig das für mich sein könnte. Echt, daheim wünsche ich mir oft, nur mal ein paar Stunden Langeweile zu haben, denn das würde heißen, dass man nichts zu tun hat. Aber kaum erfüllt sich dieser Wunsch, ist es auch wieder blöd. Von daher bin ich wirklich froh, dass du schlauer warst als ich und einfach hier aufgetaucht bist.«

Daniel lachte und goss uns Wein in die Gläser. »Ich habe gestern den ganzen Abend nur dagesessen, den Himmel beobachtet und die Ruhe genossen. Aber die Aussicht, das heute wieder zu tun, war dann doch nicht so aufregend. Ich kann nun mal nicht aus meiner Haut, ich vermisse Sinas fröhliches Plappern.«

»Dann bist du hier genau richtig. Das kann ich ohne Weiteres ersetzen.« Ich zwinkerte ihm frech zu. »Welches Thema darf es sein? Mode? Hautpflege? Jungs?« Erst als ich den Satz beendet hatte, wurde mir bewusst, dass der letzte Teil vielleicht weniger geeignet war für eine heitere Unterhaltung.

Daniel lachte und schüttelte den Kopf. »Ich kenne mich leider bei keinem dieser Themen wirklich aus.«

»Was schlägst du dann vor? Was wäre in solch einer Situation der klassische Small Talk? Ich weiß es: dein Beruf! Erzähl, was treibst du den ganzen Tag?«

»Ich habe eine kleine Firma. Wobei Firma vermutlich zu große Erwartungen weckt. Es ist ein schlichtes Ein-Mann-Unternehmen.«

»Cool. Und als was?« Ich sah ihn neugierig an.

»Ich bin Anlagenmechaniker.« Er sah meinen verwunderten Blick. »Im Volksmund Heizungsbauer, wobei ich auch Sanitär und Kältetechnik mache.«

»Ein Beruf, den man immer braucht.«

»Stimmt. Und der mir Spaß macht. Ich bin gefordert, muss auf dem neuesten Stand der Technik bleiben. Ich arbeite mit meinen Händen und dem Kopf und am Ende des Tages kann ich die Ergebnisse sehen.«

Ich nickte zustimmend. Das klang nach echter Begeisterung. »Und du hast mit Menschen zu tun. Du kommst in viele Häuser und erlebst bestimmt tolle Geschichten.«

Wieder lachte er. »Das auch, ja. Traurige und verrückte und schöne. Ich könnte ein Buch darüber schreiben, was ich in den ganzen Jahren so alles erlebt habe.«

»Was war die verrückteste Geschichte?«

»Bitte?«

»Erzähl mir die verrückteste Geschichte, die du in deinem Job erlebt hast. Oder die skurrilste. Ich liebe skurrile Geschichten!«

Daniel griff nach seinem Weinglas und lehnte sich zurück. Mit der freien Hand strich er sich nachdenklich über den stoppeligen Bart.

»Na, so aufregend können die nicht sein, wenn du so lange überlegen musst«, foppte ich ihn.

»Ich lege nur noch in Gedanken ein Ranking fest. Also, Anna, mach die Ohren auf. Hier kommen meine Lieblingsepisoden aus den letzten Monaten.«

KAPITEL 16

»Also, da war diese Frau«, begann Daniel.

Ich lehnte mich ebenfalls gemütlich auf meinem Stuhl zurück und zog mit den Zehen den zweiten heran, um meine Beine hochzulegen.

»Ich habe in ihrem Haus eine komplett neue Heizungsanlage eingebaut. Neuer Heizkessel, dazu eine Solaranlage mit den ganzen neuen Pufferspeichern und allem, was dazugehört. Das ist eine Sache, die nicht nur ihre Zeit dauert, sondern auch einigen Umbau mit sich bringt. Die alten Rohre mussten ersetzt werden, ein Durchbruch gemacht, um die Solaranlage anzuschließen. Wie immer bei solchen Sanierungsmaßnahmen entsteht natürlich Dreck. Deshalb ist die erste Handlung auch stets, dass ich auf dem gesamten Weg von der Haustür bis zum Keller Schmutzfangteppiche auslege, um die Umstände für die Kunden so gering wie möglich zu halten. Im Heizraum selbst verlege ich keine, aber den mache ich dafür am Ende auch besenrein.

Nun, diese Frau hatte offensichtlich ein kleineres Problem mit der Sauberkeit. Du musst wissen, wenn ich solch einen Tausch mache, dann wird am Anfang die alte Anlage abmontiert und hinausgeschafft. Danach werden alle neuen Bauteile in den Heizungsraum getragen und aufgestellt. Das dauert je nachdem ein bis zwei Tage und ich mache das am Anfang, weil ich dazu externe Hilfe anmieten muss. Erst danach werden die neuen Komponenten nach und nach verbaut und angeschlossen und dabei werden dann auch die notwendigen Arbeiten ausgeführt. Dübel in die Wände, um die Kontrollmonitore anzuschließen, Wanddurchbrüche für Leitungen, was eben ansteht.«

Ich nickte. »Das klingt logisch.«

»Nun, ein paar Tage wird kräftig gearbeitet, und das bringt eben ein wenig Schmutz mit sich. Diese Frau jedoch ... Bereits am ersten Tag stand sie die ganze Zeit in der Küchentür, von wo aus sie die beste Sicht auf den Kellerzugang hatte. Und nach einer Stunde hat sie zum ersten Mal den Staubsauger hervorgeholt und den Teppich abgesaugt.«

»Okay.«

»Als wir Mittagspause machten, ist sie in den Keller und hat dort gesaugt. Ich habe ihr erklärt, dass es noch ein paar Tage dauern wird, aber sie hat gar nicht zugehört. Nun ja, lass sie, habe ich gedacht. Aber dann wurde es erst richtig schwierig. Als die groben Arbeiten durch waren, hat sie gefragt, ob sie diese hässlichen Teppiche entfernen könnte. Schließlich müsste dringend mal wieder nass durchgewischt werden und zudem seien die so schlecht abzusaugen. Ich sagte, dass das ihre Entscheidung sei, ich an ihrer Stelle aber noch etwas warten würde. Schließlich musste ich in den nächsten Tagen noch einige Male durch ihren Flur und über die Kellertreppe gehen.«

»Sie hat nicht gewartet, vermute ich. Und stattdessen hat sie dich aufgefordert, deine Schuhe auszuziehen.«

»Schlimmer. Sie hat angefangen, mich mit ihrem Schrubber zu verfolgen. Wenn ich von draußen etwas holen musste, hat sie, direkt nachdem ich wieder im Heizungsraum war, die Treppe nass gewischt. Und ich muss oft etwas holen, das ist nun mal so. Heizungsräume sind im Regelfall klein und ich kann nicht alles dort lagern, bis ich es brauche. Zudem hat man in den meisten Kellern einen schlechten Handyempfang und jedes Mal, wenn ein Kunde anruft, muss ich rausgehen. Als es dann mit dem Befestigen der neuen Rohre losging, stand sie jedes Mal im Keller, sobald ich die Bohrmaschine ausgeschaltet hatte. Irgendwann stand sie sogar neben mir, wenn ich gebohrt habe, um den Dreck direkt einzusaugen. Und das in einem vier Quadratmeter großen Raum! Als ich schließlich fast die Treppe hinuntergestürzt wäre, weil sie wieder einmal nass gewischt hatte, während ich ein paar Rohrschellen aus meinem Transporter holte, habe ich ein Machtwort gesprochen. Danach hat sie sich bis zum Feierabend zurückgehalten. Aber sie hat nach wie vor jeden Abend den gesamten Heizraum geschrubbt und alles sauber gemacht. Und sie stand den ganzen Tag mit starrem Blick in der Küchentür und hat den Boden angestarrt. Es war, als beobachte man eine Süchtige auf Entzug. Ich war am Ende wirklich kurz davor, die Schuhe auszuziehen, wenn ich ins Haus kam.« Er lachte und schüttelte dabei den Kopf. »Ich war sehr froh, als dieser Auftrag fertig war.«

»Das würde dir bei mir nicht passieren«, meinte ich lachend. »Ich habe es auch gerne sauber und Leni ist mitunter der Meinung, dass ich zu viel Wert auf aufgeräumte Zimmer lege, aber so verrückt kann man ja nicht sein.«

»Ich habe noch eine Geschichte. Die ist gleichzeitig verrückt und traurig. Dieses Mal waren die Auftraggeber nicht da, als ich eine komplette Anlage austauschte. Sie wollten das so terminieren, dass sie in der Zeit im Urlaub sind. Schließlich gibt es in dieser Phase kein Warmwasser und man hat mir versichert, dass ich wärmstens empfohlen wurde und dass man mir vollumfänglich vertraue. Ich würde einen Hausschlüssel bekommen und sollte dann alle Arbeiten ausführen. Das kommt gelegentlich vor, wenn ich die Kunden kenne, und ich mag es eigentlich. Man hat seine Ruhe und kann gut arbeiten.«

»Und in diesem Fall?«

»Nun, ich hatte meine Ruhe, das schon. Aber als ich am vereinbarten Tag das Haus betrat, wartete eine Nachricht auf mich. Wir hatten zwei Tage zuvor noch telefoniert, es war alles besprochen. Ich hatte sogar eine Handlungsvollmacht bekommen, um eventuelle Probleme auf die Art zu lösen, die mir am besten erschien, ohne Rücksicht auf die Kosten. Tja, und dann kam ich in das Haus und da lag ein Zettel.«

Ich beugte mich interessiert nach vorne. »Und was stand drauf? Nun mach es doch nicht so spannend.«

»Da stand, dass ich doch bitte morgens die Kaninchen füttern und mit Wasser versorgen sollte. Der Stall befinde sich hinten im Garten, dort lagere auch ausreichend Futter. Und einmal müsse der Stall zudem ausgemistet werden, frische Streu fände ich ebenfalls dort. Der Nachbar, der sich sonst um die Tiere kümmere, sei leider kurzfristig nicht verfügbar.«

»Nicht wahr!«, fuhr es mir heraus. »Und hast du das gemacht?«

»Hatte ich eine Wahl? Die gingen nicht ans Telefon, obwohl wir ausgemacht hatten, dass ich im Notfall anrufen würde. Und die armen Tiere konnten ja nichts dafür.«

»Und hinterher? Hast du sie einfach so davonkommen lassen?«

»Nein. Ich habe ein ernstes Wort mit ihnen geredet, als sie zurück waren. Ich lasse mich nur ungern so in eine Ecke drängen.«

»Das kann ich verstehen. Die armen Tiere. Was wäre mit ihnen passiert, wenn du sie nicht versorgt hättest?«

»Genau das habe ich sie auch gefragt. Sie haben mir versichert, dass sie wussten, dass ich die Tiere nicht im Stich lassen würde. Sie hätten schließlich extra den Bekannten gefragt, der mich so ausdrücklich empfohlen hatte, und der meinte, dass ich das ohne Zweifel tun würde. Nur dass er eben nicht explizit sagte, dass man mich im Vorfeld fragen sollte.«

Ich lachte. »Menschen gibt's. Du hast das hoffentlich auf die Rechnung draufgepackt?«

»Ich wurde gut entlohnt, das ist es nicht. Es war diese Dreistigkeit. Und die Kaltschnäuzigkeit den Tieren gegenüber.«

»Absolut. Auf so etwas muss man erst mal kommen. Du erlebst also wirklich eine Menge.«

»Zum Glück nicht bei jedem Auftrag. Die allermeisten laufen so ab, wie sie sollen. Solch krasse Ausnahmen sind recht selten und lauern meist da, wo du es gar nicht erwartest. Da war zum Beispiel dieses Paar. Ich kenne die bereits eine Weile, ich mache da seit Jahren den Kundendienst und immer ohne besondere Vorkommnisse. Die beiden sind im mittleren Alter, erfolgreich und gut situiert. Tja, und bei diesem Termin waren sie zudem mächtig verkracht. Die waren gerade im schönsten Streit, als ich zur jährlichen Inspektion anrückte. Aber anstatt sich zwei Stunden zu beherrschen, haben sie munter weitergezankt. Dabei waren die nicht zimperlich. Ich hatte gar keine Chance, wegzuhören, denn bei denen ist der Heizraum im Erdgeschoss neben dem Wohnzimmer, weil der Bungalow nicht unterkellert ist. Tja, und plötzlich kam die Frau aus dem Wohnzimmer in den Heizraum gestürmt. ›Haben Sie das gehört?‹, hat sie mich gefragt. ›Sagen Sie mir, ob das nicht eine bösartige Unterstellung war!‹

Ich versuchte, mich aus der Affäre zu ziehen, und habe behauptet, dass ich mich auf die Messung konzentriert hätte, aber da kam schon er hinterher. ›Sie ist doch paranoid, oder nicht? Hat sie Sie jetzt mit reingezogen? Das ist so typisch‹, hat er geätzt. Und dann haben sie einfach weitergemacht. Sie haben sich richtig gezofft und sich die unglaublichsten Dinge an den Kopf geworfen und nur eine Pause eingelegt, um mich nach jedem Schlagabtausch zu fragen, ob ich das jetzt gehört hätte und ob ich das nicht auch so verstanden hätte, dass damit etwas ganz anderes gemeint war …« Er seufzte und nahm wieder einen

Schluck aus seinem Glas. »Es war ein Albtraum. Die beiden haben sich regelrecht zerfleischt und ich stand mittendrin und sollte für jeden Partei ergreifen. Schließlich habe ich einen Brüller losgelassen und ihnen gesagt, dass mich ihre Differenzen nichts angehen und wenn sie wirklich meinen Rat wollten, dann lautet der, sich schnellstmöglich zu trennen. Schließlich will niemand mit einem bösartigen Kerl zusammen sein, der solche Gemeinheiten sagt, und im Gegenzug auch niemand mit einer hysterischen Frau, die absichtlich jedes Wort falsch versteht und nur darauf lauert, etwas zu finden, was sie wieder verdrehen kann.«

Ich riss die Augen auf. »Autsch. Wie bist du lebend da rausgekommen?«

»Das frag ich mich auch. Vor allem, wie ich ohne Gehörschutz da rauskam. Erst einmal war Totenstille, dann fing das Gekeife wieder an. Dieses Mal gingen sie allerdings gemeinsam auf mich los. Er hat mich angemacht, dass ich seine Frau nicht zu beleidigen hätte, und sie, dass ich ihren Mann gar nicht kenne und was ich mir einbilde, solch ein Urteil über ihn fällen zu können.«

»Aber ehrlich«, ich kicherte. »Wie konntest du nur auf diese Einschätzung kommen?«

Er beugte sich vor und grinste frech. »Ich war noch am Wagen und habe das Werkzeug verstaut, als ich hören musste, dass ich damit vermutlich eine Beziehung gerettet hatte.«

Ich stutzte kurz. »Du meinst ...«

»Ja. Offene Fenster. Nicht falsch zu interpretieren.«

»Immerhin haben sie gewartet, bis du aus dem Haus warst.«

»Stimmt. Ich sollte dankbarer sein.«

Kapitel 17

Einen kurzen Augenblick schwiegen wir, beide grinsend. Dann schenkte Daniel den Rest des Weines in unsere Gläser. Die Nacht war jetzt samtig und warm und ich fühlte mich rundum wohl und ein ganz klein wenig beschwipst, vom Wein und von seiner Gegenwart. Das machte mich noch unbesonnener als üblich.

»Und das waren sie? Deine besten Geschichten?«

»Nicht gut? Hast du was anderes erwartet?«

»Doch, sie waren gut. Aber waren es auch die spektakulärsten?«

»Was meinst du damit?«

»Nun ja«, sagte ich gedehnt. »Man hört das doch immer mal wieder. Dass Handwerker zu einer Arbeit gerufen werden und dann noch ein paar Sonderleistungen erbringen sollen.«

Selbst im Kerzenlicht konnte ich sehen, wie sich seine Augenbrauen hoben.

»Komm schon! Bist du noch nie von einer verzweifelten Hausfrau im Negligé empfangen worden?«

»Nein!« Er klang eher überrascht als entrüstet, wie ich erleichtert feststellte. »Das kommt hoffentlich nur in der Art von Filmen vor, die angeblich keiner sieht.«

»Echt nicht? Jetzt bin ich enttäuscht. Ich meine, du bist doch ein ganz adretter Kerl. Und du bist nett und freundlich. Das könnte die eine oder andere bestimmt auf solche Gedanken bringen.«

»Na, die Firma dankt«, bemerkte er süffisant. »Ich hoffe, wir reden hier nicht über persönliche Erfahrungen?«

»Natürlich nicht.« Ich zuckte die Achseln und tat ein wenig lässiger, als ich mich gerade fühlte. »Ich wäre vermutlich auch die Falsche für solch einen Aufzug. Aber ich dachte wirklich, andere Frauen sind vielleicht mutiger als ich.«

»Und ich hoffe, dass ich nie in solch eine Situation gerate.«

»Wahrscheinlich würde es auch den ganzen Tagesplan über den Haufen werfen«, sinnierte ich weiter. »Alle nachfolgenden Termine verschieben sich um eine halbe Stunde, was? Und man müsste trotzdem die Reparatur erledigen. Puh, ganz schön stressig vermutlich und anstrengend. Ich meine, erst privat alles geben, dann aus dem Bett springen, sich den Blaumann anziehen und nach der Rohrzange greifen? Oder eher in umgekehrter Reihenfolge? Erst die Arbeit, dann das Vergnügen?«

Daniel schüttelte den Kopf. »Deine Fantasie kann beängstigend sein, weißt du das?«

»Meine Fantasie oder die Tatsache, dass ich dich das gefragt habe? Ich wollte dir nicht zu nahetreten oder zu vertrauliche Geschichten hören. Es hat mich einfach interessiert, ob so etwas wirklich passiert. Du kennst also auch keinen Kollegen, der so was mal erlebt hat?«

»Absolut keinen.«

»Hm«, machte ich und leerte mein Glas.

»Was ist mit dir?«, versuchte Daniel das Thema zu wechseln. Leider ging mir das erst später auf.

»Ich habe so was auch noch nie gemacht.«

Er hüstelte. »Ich meinte eigentlich, was machst du beruflich?«

»Oh.« Ich spürte, wie mir die Hitze in die Wangen stieg. Leni hatte recht, ich war peinlich, jetzt gerade sogar mir selbst. »Ähm, ich arbeite im Personalwesen. Ich bin die Leiterin unseres Personalbüros, um genau zu sein. Absolut langweilig.«

»Ach ja? Da bekommst du sicherlich auch die eine oder andere Story zu hören, die sich verrückt anhört. *Ich kann heute nicht zur Arbeit kommen, weil der Hund die Autoschlüssel gefressen hat*. So was in der Art.«

»Nein. Meine Kollegen sind allesamt grundehrlich und sehr langweilig, was Ausreden angeht. Und die Geschichten, die ich zu hören bekomme, sind erstens vertraulich und zweitens sind es meist traurige Geschichten. Von Krankheiten und Todesfällen, von Überarbeitung und Selbstzweifeln. Nur selten sind es wirklich tolle.« Ich überlegte kurz, dann richtete ich mich auf und sah ihn an. »Aber einmal, es ist noch gar nicht lange her, da passierte etwas Wunderbares. Ich bekam einen Brief. Eine Einladung zu einer Geburtstagsfeier. Der Absender war eine junge Frau, deren Namen mir erst mal gar nichts sagte. Zudem war dieser Brief in die Firma geschickt worden, nicht an meine Privatadresse. Dann stellte sich heraus, dass diese Frau die Tochter einer ehemaligen Mitarbeiterin war. Sie war eine der Ersten, die ich zu Beginn meines Postens vor vielen Jahren eingestellt hatte. Es war das erste Mal, dass ich alleine für die neuen Ausbildungsverträge zuständig war, und wir hatten eine recht große Auswahl. Lauter junge Menschen, die sich mit mehr oder weniger Elan um einen Platz bemühten. Und dazwischen befand sich diese eine Bewerbung. Besagtes Mädchen war gerade eben siebzehn Jahre alt geworden und hatte einen wenige Wochen alten Säugling. Die Schwangerschaft war ebenso ungeplant wie ungewollt gewesen, hatte sie mir im Vorstellungsgespräch gebeichtet, aber sie hatte das Kind bekommen, weil alles andere für sie keine Option gewesen war. Ihre Eltern unterstützten sie so gut wie möglich, der Kindsvater jedoch war längst Geschichte. Dieses Mädchen saß also vor mir und bewarb sich um eine Ausbildungsstelle. Sie hat mich damals ziemlich beeindruckt, weil sie gekämpft hat. Ich spürte, dass sie wirklich etwas aus ihrem Leben machen wollte. Und ich dachte, wenn ich ihr keine Chance gebe, dann wohl niemand, so jung und alleine mit einem Säugling, was ja immer gleich an Fehlzeiten denken lässt. Also habe ich ihr einen Vertrag angeboten. Und sie hat mich nicht enttäuscht. Sie war gut und sie war sehr zuverlässig. Sie hat es trotz ihres Alters geschafft, die Ausbildung und das Kind unter einen Hut zu bringen. Leider ist sie nach der Lehre nur noch ein Jahr geblieben.«

»Weshalb?«

»Wie es so ist im Leben … Sie hat einen Mann kennengelernt und ist zu ihm gezogen. Sie hat geweint, als sie gekündigt hat, und versichert, dass ihr dieser Schritt nicht leichtfiel, es aber keine andere Möglichkeit gab. Sehr schade, sie hätte bei uns sicher einiges erreichen können.«

Daniel beugte sich etwas nach vorne. »Und was hatte es mit dem Brief auf sich?«

»Den hatte die Tochter geschrieben. Darin stand, dass ihre Mutter immer wieder von mir erzählen würde. Dass sie der festen Überzeugung war, dass ich ihr Leben maßgeblich beeinflusst und in die richtigen Bahnen gelenkt habe. Dass sie ohne die Chance, die sie bei uns bekommen hatte, vermutlich ein völlig anderes Leben geführt hätte. Sie hatte mir nie erzählt, dass wir der letzte Betrieb gewesen waren, bei dem sie sich beworben hatte. Genauso wenig wie davon, dass sie sonst nur Absagen kassierte oder das Angebot bekam, anstatt einer Ausbildung ungelernt in der Produktion zu arbeiten. Und«, ich schluckte, »in dem Brief stand auch, dass ihre jüngere Schwester Anna heißt. Und dass ihre Mutter jedem erzählt, dass sie das Mädchen nach mir benannt hat, weil ich ihr damals diese Chance gab.«

»Das ist berührend.«

»Total. Ich bekomme selbst jetzt noch eine Gänsehaut, wenn ich daran denke.«

»Und hast du der Tochter geantwortet?«

»Natürlich. Wir haben sogar telefoniert. Die beiliegende Einladung war zur Geburtstagsfeier ihrer Mutter. Das Mädel hatte sich das ausgedacht und es sollte eine Überraschung sein.«

»Bist du hingegangen?«

»Ja, und ich habe geheult wie ein Schlosshund, als sie mich in die Arme nahm.« Ich schüttelte den Kopf. »Wir haben beide geheult. Dann haben wir uns betrunken und beschlossen, uns zu duzen. Seither sind wir in losem Kontakt, schicken uns Weihnachtsgrüße und so. Hin und wieder telefonieren wir. Und seitdem ich ihr abgewöhnt habe, sich ständig zu bedanken, klappt es auch endlich ohne Tränen. Und soll ich dir noch was verraten? Mittlerweile ist sie Abteilungsleiterin.«

»Das ist eine wunderschöne Geschichte.«

»Ja, nicht? Ich habe mich so gefreut, als ich sie wiedertraf und sah, wie gut sie es getroffen hat. Dass sie ihr Talent nicht vergeudete. Und was für ein wunderbarer Mensch ihre Tochter geworden ist.«

»Dank dir«, sagte er.

»Nein, dank ihr. Sie hat ihr Leben in die Hand genommen und gekämpft. Sie hat sich entschieden, etwas daraus zu machen.«

»Aber du hast ihr als Einzige eine Chance gegeben. Das passt zu dir.«

»Findest du? Du kennst mich doch gar nicht.«

»Hast du nicht eben selbst gesagt, dass man seinem ersten Gefühl trauen muss?«

»Stimmt. Aber ich habe dir das nicht erzählt, um mich selbst zu beweihräuchern. Es war nur so ein tolles Gefühl, wenn man spürt, dass man etwas Gutes bewirken konnte. Und dass man zur Abwechslung einmal etwas richtig gemacht hat.«

»Machst du sonst so viele Fehler?«

»Keine Ahnung, genügend vermutlich. Es kam vielleicht einfach zur richtigen Zeit. In einer Phase, in der ich das gut gebrauchen konnte.« Ich drehte nachdenklich das leere Weinglas in meinen Händen. Unversehens waren wir bei einem ernsten Thema angelangt.

»In der Zeit deiner Trennung?«

»Ja.«

»Was ist passiert?« Daniels Stimme klang nicht neugierig, sondern sanft und wie ein Angebot, das ich auch abschlagen konnte.

»Das ist eine lange Geschichte, die man am Ende mit einem Satz zusammenfassen kann: Er hat eine andere gefunden, die er lieber mochte als mich.«

»Okay.«

»Und das schon vor einiger Zeit. Eine Kollegin, wie passend. Die beiden haben ein paar gemeinsame Projekte bearbeitet und sich dabei verliebt. Und ich habe nichts gemerkt.« Ich zuckte mit der Schulter und sah ihm herausfordernd in das Gesicht. Wenn schon, dann die ganze Wahrheit, dachte ich trotzig. »Wie hätte ich auch etwas merken sollen? Unsere Ehe war schon längere Zeit nicht mehr das, was sie einmal gewesen war. Wir hatten uns im Alltag verloren, aber ich dachte, das passiert nun mal. Das ist wie eine dieser mathematischen Kurven, die immer wieder auf und ab gehen. Und wir waren eben gerade in einem Tief. Dazu kam diese schreckliche Zeit mit den Lockdowns und der ganzen Ungewissheit, was die Zukunft bereithält. Mich hat das ziemlich fertiggemacht. Ich fühlte mich so verloren und habe mich gleichzeitig zurückgezogen, um irgendwie damit fertigzuwerden. Alles war plötzlich anders und ich hatte im Job einiges um die Ohren. Ich musste mich ja um die ganzen Richtlinien kümmern, um die Home-Office-Arbeitsplätze und die Sicherheitsvorkehrungen. Dazu dann noch die Kinder. Leni, die mit dem Homeschooling absolut überfordert war und sich total eingeigelt hatte, gar nicht mehr aus dem Haus wollte.

Ich habe versucht, ihre Ängste abzufedern und den Frust, den die Unmengen an Schulaufgaben bei ihr auslösten, nicht überhandnehmen zu lassen. Es war schwierig und ich gebe zu, wir haben es nicht so gut hinbekommen, eine Routine zu finden. Die Kinder hatten plötzlich keinen geregelten Tagesablauf mehr und sind ziemlich ins Schleudern geraten. Louis lag bis Mittag im Bett. Echten Onlineunterricht gab es anfangs ja nicht, bloß Unmengen an Arbeitsblättern, die sich anhäuften. Ich fühlte mich schuldig, weil ich nicht besser hinterher gewesen war, weil ich zugelassen hatte, dass die Kinder nicht morgens um acht an ihrem Schreibtisch saßen und all den Kram bearbeiteten. Weil ich nicht verstanden hatte, dass sie die Situation unterschätzten, gleichzeitig aber auch gar nicht wussten, in was sie da geraten sind. Auch die Lehrer nicht, die teilweise übelst eskaliert sind und viel zu viel Stoff und Aufgaben durchboxen wollten. Als ich dann mitbekam, welche Berge an unerledigten Hausaufgaben Leni vor sich herschob, habe ich natürlich all meine Kraft darauf konzentriert, ihr irgendwie zu helfen. Ich hätte gar keine Kapazitäten mehr gehabt, mich auch noch um unsere Beziehung zu kümmern.« Ich sah einen Moment gedankenverloren in die Nacht. »Wie oft habe ich in dieser Zeit Berichte gelesen von Paaren, die diese Zeit als Chance sahen, die Beziehung zu vertiefen, und die augenzwinkernd anmerkten, das Hauptproblem liege darin, überhaupt aus dem Bett und an den heimischen Schreibtisch zu kommen. Nun, wenn es eine Chance war, dann haben wir sie verpasst. Bei uns wurde nichts vertrauter. Martin war auch nur tageweise zu Hause, weil sein Job es nicht zuließ, nur von dort zu arbeiten. Tja, und anstatt sich wie wir anderen an das Kontaktverbot zu halten, hat er sich in der Zeit mit dieser Kollegin eingelassen.«

Daniel nickte stumm.

»Und dann hat er es einfach mal laufen lassen und abgewartet, was sich daraus entwickelt. Er meinte später, dass er unsere Ehe nicht sofort aufgeben wollte, und schließlich seien da ja auch noch Louis und Leni. Aber insgeheim wusste er wohl schon bald, dass ich ausgedient hatte. Und als er endlich damit herausrückte, war es zu spät. Die beiden hatten bereits eine Wohnung und lauter tolle Pläne für ihre gemeinsame Zukunft. Und weißt du, was? Es war *sein Geschenk* an uns, dass er damit zurückhielt, bis der letzte Urlaub hinter uns lag. Genauso hat er das formuliert. Er ist noch einmal mit uns gefahren, weil er Angst hatte, es vorher zu sagen. Es war unser erster richtiger Urlaub nach der Pandemie. Ich hatte ihn bereits im Herbst gebucht, damit ja nichts schiefging. Alle freuten sich wie verrückt darauf, das Meer wieder zu sehen. Nun ja, alle bis auf Martin, der bloß zu feige war, das zuzugeben. Lieber saß er hier zwei Wochen ab und tat so, als wäre alles in Ordnung. Er hat«, ich richtete meinen Blick auf den Sternenhimmel und schüttelte den Kopf, als ich an diese Tage zurückdachte. Ohne es zu wollen, klang meine Stimme verändert, als ich weitersprach. Bedächtiger und leider auch verletzter. »Er war anders in diesen zwei Wochen. Ruhiger, geduldiger. Wieder mehr wie der Mann, in den ich mich damals verliebt hatte. Der Mann, der nicht abwesend nickte, wenn ich etwas sagte, sondern mich wieder hörte. Ich habe ihn ein paar Mal dabei erwischt, wie er mich einfach ansah, als wunderte er sich darüber, wer da mit ihm am Tisch saß. Nicht mit diesem genervten Ausdruck, sondern einfach überrascht. Wir hatten keine Diskussionen, keinen Streit wegen Nichtigkeiten. Und glaub mir, all das war schon eine gewaltige Verbesserung. Nicht, dass wir uns ansonsten zerfleischt hätten, aber wir hatten nebeneinander her gelebt. Seltsamerweise fiel mir in diesem Urlaub erst wirklich auf, wie wenig unser Leben tatsächlich noch eine Ehe gewesen war.« Ich lauschte meinen eigenen Worten hinterher und runzelte die Stirn. »Nein, das stimmt nicht«, korrigierte ich mich dann leise selbst. »Ich hab's natürlich gemerkt und ich war sogar damit zufrieden. Wenigstens bist du nicht alleine, dachte ich mir. Davor hatte ich nämlich eine Scheißangst und deshalb habe ich nie ernsthaft darüber nachgedacht, dass ich etwas ändern könnte. Ich lebte mein Leben und er seines, aber wenn es um die Kinder ging oder sonst ein Problem anstand, dann war da jemand, mit dem ich das besprechen konnte. In diesen wenigen Tagen jedoch habe ich gemerkt, dass es mir gefiel, wenn es anders war. Dass ich gerne wieder mehr gehabt hätte, eine richtige Ehe führen wollte. Wie plötzlich Hoffnung in mir aufstieg, dass wir die Talsohle überwunden hatten. Dass wir neu zueinander finden könnten, uns noch einmal kennenlernen, uns wieder in den anderen verlieben. So viel Hoffnung, dass ich …« Ich schloss die Augen und schluckte schwer. Dass ich mich am letzten Abend über ihn hergemacht hatte. Dass ich plötzlich wieder den Wunsch hatte, mit meinem Mann zu schlafen, ihn zu spüren, ihm nahe zu sein. Dass ich meine Hand ausgestreckt hatte und ihn berührte, wie ich das schon lange nicht mehr getan hatte. Die Demütigung, weil Martin meine Hand von sich schob, brannte im Nachhinein noch stärker. Wie hatte er zulassen können, dass ich in diesen Tagen neue Hoffnung schöpfte, während er einfach schon so weit von mir entfernt war, dass er sich nicht mal mehr über meine Macken aufregte? Ich schluckte noch einmal und öffnete meine Augen wieder. Die Sterne funkelten unverdrossen weiter, unbeeindruckt davon, was für ein Mist hier unten manchmal passierte. Vielleicht, weil sie es wussten. Weil sie wussten, dass auf jeden Mist auch wieder bessere Zeiten folgen würden. »Was für eine Ironie, nicht wahr? Während ich dachte, dass wir wieder zueinander finden könnten, hat Martin Abschied genommen von der Frau, die zwei Tage später Post von seinem Anwalt bekommen würde. Zumindest metaphorisch. Er hat direkt im Anschluss an diesen Urlaub seinen Krempel gepackt und ist gegangen.«

»Das tut mir leid.«

»Wieso?« Ich hatte mich mit meinen letzten Sätzen ein wenig in Rage geredet und war eventuell sogar auf Krawall aus. Besser das als die anderen Emotionen. Die Erinnerung an jene Tage hatte mich eben eiskalt erwischt, auch wenn ich gedacht hatte, das hinter mir zu haben. Wie aus Hoffnung schlagartig Zorn wurde. Wie Enttäuschung die Zuversicht erstickte. Wie die Wahrheit plötzlich das Vertrauen auslachte. Und wie die Realität aus dem Schatten trat und mich hochmütig ansah. *Im Ernst, das hast du nicht kommen sehen?*, schien sie zu fragen. *Nur weil du dich damit arrangieren kannst und zu bequem bist, etwas zu ändern, erwartest du, dass andere sich ebenfalls damit begnügen?* Ich hob das Kinn, nicht gewillt, mich wieder von all diesen Gefühlen in Besitz nehmen zu lassen. »Mir nicht. Mir tut es nicht leid. Nicht mehr. Er hat mich verletzt und er hat sich in jeder erdenklichen Weise schäbig benommen. Er hat mich in eine echte Krise katapultiert. Er hat mir den Boden unter den Füßen weggerissen, aber ich hätte ihn nicht mehr zurückgenommen. Nicht, nachdem er mich eiskalt monatelang betrogen hat und nie eine Andeutung machte, wie schlecht es um unsere Beziehung stand. Und was er den Kindern angetan hat, davon möchte ich gar nicht reden. Besonders Leni, die immer sehr an ihm hing.«

»Wie kam sie damit klar?«, fragte Daniel dennoch.

»Was denkst du? Da spielt ihr der Kerl heile Welt vor, macht einen auf Familienurlaub und kaum sind wir daheim, zieht er aus? Sie hat es gar nicht gut aufgenommen. Und dabei weiß sie nur die Hälfte. Wenn sie wüsste, wie lange es schon so lief …«

»Du hast es ihr nicht gesagt?«

»Nein. Sie würde ihn völlig aus ihrem Leben streichen. Und er ist zwar ein Mistkerl, aber er bleibt ihr Vater. Und Leni liebt er nach wie vor.« Diesen sarkastischen Seitenhieb konnte ich mir einfach nicht verkneifen.

»Bewundernswert. Du hättest das nicht tun müssen. Jeder hätte es verstanden, wenn du es nicht tust. Besonders, nachdem …«

»Die Kinder können doch nichts dafür, wenn es mit ihren Eltern nicht mehr klappt. Sie hatte genug zu verdauen.«

»Trotzdem ist es nicht selbstverständlich. Und es wäre nur zu menschlich, anders zu handeln.«

»Du kennst das doch, oder nicht?« Ich war jetzt so in Fahrt, dass ich alle Vorsicht und jeden guten Vorsatz fahren ließ. »Oder hattest du das Glück, dass eure Trennung einvernehmlich war?«

»Nein«, sagte Daniel langsam und mit einem seltsamen Unterton. »Nein, dieses Glück hatte ich nicht. Maren und ich haben uns nie getrennt.«

Einen Moment sah ich ihn überrascht an.

»Sie ist gestorben, als Sina fünf war.«

Kapitel 18

Ich und mein vorlautes Mundwerk! Einen Moment konnte ich nichts sagen. Ich spürte, wie meine Wut, mein Selbstmitleid, alles, was eben noch in mir hochzukochen drohte, mit einem Schlag verebbte. Dieser eine Satz, mit ruhiger Stimme ausgesprochen, wog plötzlich mehr als alle anderen. Obwohl er fast unbeteiligt klang, spürte ich, dass darin echtes Leid lag, mehr Verlust und mehr Bedauern als in meiner langwierigen Ausführung. Ich streckte meine Hand aus und legte sie auf seine.

»Es tut mir leid. Beides. Das mit deiner Frau und vor allem meine blöde Bemerkung.«

Er winkte ab und lächelte kaum merklich. »Schon gut. Es ist die naheliegendste Erklärung, weshalb ich mit Sina alleine bin. Ich rede nicht allzu gerne darüber und ich muss es normalerweise auch nicht tun. Zu Hause wissen es alle und ich treffe selten Menschen, die es nicht wissen und sich dafür interessieren, ob ich verheiratet, alleinstehend oder Witwer bin.«

Ich verkniff mir den absolut unpassenden Kommentar, dass ich mir das nicht so ganz vorstellen konnte.

»Du musst nicht darüber reden«, sagte ich stattdessen. »Es tut mir leid, dass ich dieses Thema aufgebracht habe.«

»Ich dachte, du weißt es. Sina geht damit besser um. Was soll sie auch tun, wenn sie nach ihrer Mutter gefragt wird? Natürlich erzählt sie es. Ich dachte, Leni hat es dir gesagt.«

Ich schüttelte den Kopf und verschwieg, dass ich auch nicht nachgefragt hatte. Nicht aus Desinteresse, sondern weil es mir falsch vorkam, Leni auszufragen. Weil es mich aus den falschen Gründen interessierte.

»Maren war mit dem Motorrad unterwegs«, begann er ohne weiteren Übergang. »Sie war verrückt nach diesen Dingern. Sie war eine versierte Fahrerin, aber an diesem Tag hatte es geregnet und sie hat die Lage unterschätzt. Es war einer der letzten Tage im Herbst, kurz bevor sie die Maschine über den Winter einlagern wollte, weshalb sie sich nicht von einer Ausfahrt abbringen ließ. Da war nasses Laub in einer Kurve und sie hat die Kontrolle verloren.«

»Wie furchtbar.«

»Sie hatte keine Chance. Sie hat es nicht mal mehr in die Klinik geschafft.«

Ich schluckte. Manchmal fehlten einem einfach die Worte, sogar mir. Stattdessen griff ich ein weiteres Mal nach seiner Hand. Allerdings begnügte ich mich nun nicht mit einer flüchtigen Berührung, sondern umschloss sie, drückte zu und hielt sie fest.

»Es war eine furchtbare Zeit. Wie soll man einem fünfjährigen Mädchen sagen, dass seine Mutter nie wieder nach Hause kommen wird? Wie soll man weitermachen, wenn man sich so verloren und überfordert fühlt? Und wie geht man mit dem Zorn um, der die Trauer überlagert?«, machte er immer leiser werdend weiter. »Und ich war zornig. Auf das Schicksal. Die Welt. Die Natur. Und am allerschlimmsten auch auf Maren, weil sie an diesem Tag darauf beharrt hatte, eine Ausfahrt zu machen.«

»Das kann ich verstehen. Es ist absolut menschlich, so zu empfinden.«

»Es frisst dich auf, so zu empfinden. Zum Glück hatte ich gute Hilfe. Mein Bruder war damals Tag und Nacht für mich da. Er hat mir mit Sina geholfen, mit dem täglichen Leben, mit allem.«

Ich erinnerte mich, dass er seinen Bruder schon einmal erwähnt hatte. Die beiden waren zusammen in Urlaub gefahren, hatte er erzählt. Bis er dieses Jahr fand, dass es Zeit für eine Veränderung war.

»Er hat mir immer wieder versichert, dass es besser werden wird. Und er hatte recht. Es wurde besser. Es wurde vor allem anders. Sina und ich sind zu einer Einheit geworden, die bis heute anhält. Sie hat es gut verkraftet, das ist das Wichtigste.«

»Und du?«

»Ich ebenfalls, denke ich. Ich bin nach wie vor traurig, dass es passieren musste. Aber ich weiß auch, dass es nicht zu ändern ist, und das habe ich akzeptiert. Ich darf dennoch weitermachen, lachen, glücklich sein. Einmal, als ich wieder ganz tief unten war, platzte meinem Bruder der Kragen. *Was würde Maren sagen, wenn sie dich so sähe? Denkst du, dass sie das gewollt hätte? Dass du dich verkriechst und dir alles verbietest, was dir Freude macht? Maren hat das Leben geliebt und sie hatte immer etwas zu lachen. Sie würde dich kräftig zusammenfalten, wenn sie das erleben müsste. Und dann würde sie dir einen Tritt in den Hintern geben und sagen: Es reicht! Komm endlich wieder zu Verstand und fange an zu leben. Ich bin die Tote, nicht du, falls du es vergessen hast! Hör auf, dich im Mitleid der Menschen zu ersticken. Hör auf, dir davon dein Anrecht auf ein glückliches Leben nehmen zu lassen.*« Er stieß die Luft aus und strich sich seine Haare zurück. »Seltsamerweise hat es funktioniert. Und ich habe erkannt, dass ich wirklich ein schlechtes Gewissen hatte, jedes Mal, wenn ich lachte.«

»Puh«, sagte ich leise.

»Und das ist mit ein Grund, weshalb ich das alles ungern erzähle. Dann bin ich wieder mittendrin. Selbst nach all den Jahren haben die Menschen Mitleid mit mir.«

»Natürlich! Weil das eine echt harte Story ist. Und weil man sich unweigerlich vorstellt, wie es einem selbst gehen würde, wenn man das erleben müsste.«

»Denkst du, dass deine Geschichte leichter war? Dass man die besser überleben kann?«, fragte er überraschend.

»Keine Ahnung«, sagte ich spontan. »Vermutlich doch schon, oder?«

»Du hast ebenfalls von jetzt auf nachher deinen Ehemann verloren. Du hattest auch keine Chance. Und du hast selbst gesagt, dass es dir den Boden unter den Füßen weggerissen hat.«

»Das ist richtig«, überlegte ich. »Aber ich darf wenigstens laut sagen, was für ein Arsch Martin ist, weil er mir das antat. Im Gegensatz zu dir.« Ich verstummte und schloss kurz die Augen. Schon wieder hatte ich drauflos geplappert und das erstbeste gesagt, was mir in den Sinn kam. Ich hob die Hand und wollte bereits zu einer Entschuldigung ansetzen, als ich plötzlich hörte, wie Daniel auflachte. Ich riss die Augen auf und starrte ihn überrascht an.

»Danke, Anna. Siehst du, das meine ich. Kaum einer traut sich, so etwas zu sagen. Mich einfach normal zu behandeln. Und im Übrigen hast du völlig recht.«

»Womit denn? Dass Martin ein Arsch ist?«, fragte ich verdutzt.

»Dass ich nicht sagen durfte, wie sauer ich war. Und ja, auch mit deinem Ex. Er muss ein Riesenarsch sein, wenn er nicht zu schätzen wusste, was für eine außergewöhnliche Frau er da gefunden hatte.«

Zum dritten Mal an diesem Abend war eine deutliche Stimmungsänderung zu spüren. Unser Treffen hatte so heiter begonnen, leicht und irgendwie flüchtig, wie unsere Urlaubsbekanntschaft selbst. Dann wurden wir ernst, traurig und schließlich richtig tiefgründig und nun herrschte wieder eine andere Stimmung. Ich suchte nach einem passenden Wort und landete dabei immer wieder bei *Frieden*. Ich bettete das Kinn auf meine aufgestützte Hand und sah Daniel an. Ich wusste instinktiv, dass wir an dieser Stelle all unsere Täler verlassen mussten, verlassen durften. Wir hatten sie eben zu zweit passiert, und das war gut gewesen. Aber wir würden nicht dort rasten, uns nicht von ihrer Dunkelheit lähmen lassen. Eine neue Zuversicht machte sich in mir breit. Ich hatte schon lange versichert, dass ich Martin hinter mir hatte, aber jetzt wusste ich es mit Gewissheit.

»Danke«, sagte ich schließlich schlicht. »Danke, dass du mir das erzählt hast.«

»Danke fürs Zuhören«, gab er zurück.

»Es ist schön, dass sich unsere Mädchen kennengelernt haben. Du bist ein netter Mann, Daniel, und vor allem ist es gesellschaftlich sehr viel akzeptierter, zu zweit zu trinken als alleine.«

Sein leises Lachen zeigte, dass es ihm ähnlich ging wie mir. Es war okay, nach diesen Geständnissen wieder zu unserem alten Ton zurückzukehren. Es war nicht pietätlos oder gefühlskalt, sondern genau richtig.

»Seltsam, was? Alleine zu trinken ist verpönt oder gar bedenklich. Zu zweit ist es gesellig und völlig legitim.«

»Darüber machst du dir Sorgen?«

»Nicht wirklich. Tatsächlich ist es ein Vorwand, mit dem ich dir zu verstehen geben möchte, dass wir das öfter tun könnten. Politisch korrekt ein Glas zusammen trinken, meine ich.« Ich sah, wie sich die Fältchen um seine Augen kräuselten, wie immer, wenn er sich amüsierte. Und ebenfalls wie immer flutete dabei das Glück durch meinen Körper, weil ich es war, die diese Reaktion bei ihm hervorrufen konnte. Ich griff nach der Weinflasche, um uns nachzuschenken, und stellte überrascht fest, dass sie bereits leer war. »Ich habe allerdings nur Weißwein hier. Und es ist auch nur noch ein halbes Glas für jeden, fürchte ich.«

»Das genügt völlig. Wir sollten besser nicht betrunken sein, wenn die Mädels heimkommen. Vorbildrolle und so.«

»Ach, das«, seufzte ich und erhob mich, um zum Kühlschrank zu gehen. »Voll lästige Sache, oder?«

Als die beiden Mädels irgendwann ums Eck kamen und unsere Terrasse betraten, hatten wir sie vor lauter Lachen gar nicht kommen hören.

»Na, euch geht's ja gut«, bemerkte Sina und zog ihrem Vater den Stuhl, auf dem er mittlerweile seine Beine hochgelegt hatte, frech unter den Füßen weg. Leni machte auf meiner Tischseite dasselbe mit mir und dem vierten und letzten Stuhl.

»Uns geht's bestens«, bestätigte Daniel und beugte sich vor, um Sina einen schnellen Kuss auf die Schläfe zu drücken. »Hattet ihr Spaß?«

»Ja. Wir haben am Pool ein paar andere kennengelernt. War ganz nice«, erklärte Leni lässig.

»Die haben gefragt, ob wir morgen Lust auf eine Runde Banana-Boot haben. Der Club bietet das für Jugendliche ab und zu günstiger an. Soll cool sein.«

»Und? Habt ihr Lust?«

»Klar. Das geht um elf los.«

»Um elf? Da wollten wir doch auf den Markt«, rief ich ihr in Erinnerung.

»Stimmt. Aber ich war schon so oft dort und ich will eh nichts kaufen.«

»Von mir aus«, sagte ich nach einem Blick auf Daniel, der kaum merklich nickte. »Dann geh ich eben alleine, was?«

»Ich dachte, wir gehen zusammen?« Daniel sah mich überrascht an. »Oder willst du nicht mehr, dass ich mitkomme?«

»Doch, klar. Gerne.«

»Dann machen wir das so. Die beiden gehen Bananenboote reiten und wir schlendern über den Markt. Um wie viel Uhr?«

»Der Markt ist immer von zehn bis eins.«

»Dann hole ich dich um zehn ab, ja?«

Ich nickte strahlend.

»Gut, dann verschwinden wir jetzt, ehe ich auf die Uhr sehe und feststelle, wie spät es bereits ist. Und ich vielleicht nachrechnen müsste, ob meine Tochter die veranschlagte Zeit etwas überdehnt hat.«

Sina stupste ihren Vater an. »Du hast eben selbst gesagt, dass ihr euch gut unterhalten habt. Wir hätten doch nur gestört. Das war reine Rücksichtnahme, was, Leni?«

Die nickte feixend und sprang auf. »Ich hol dich morgen ab, ja?«

Sina nickte und nahm meine Tochter in den Arm.

Ich sah zu Daniel und wieder konnte ich mir ein Grinsen nicht verkneifen.

»Bis morgen«, sagte er noch einmal und streckte mir nach kurzem Zögern seine Hand entgegen. »Es war ein schöner Abend. Danke, Anna.«

»Ich habe zu danken. Für den Besuch, den Wein und«, ich warf einen schnellen Blick zu den Mädels. »Und für die angenehme Unterhaltung. Schlaf gut, Daniel.«

Er nickte und trat zu Sina, um ihr lässig den Arm um die Schulter zu legen und gemächlich davonzuschlendern. An der Ecke blieben sie noch einmal stehen und drehten sich um. Beide hoben eine Hand zu einem letzten Gruß und wir taten es ihnen nach. Dann verschwanden sie und ich starrte einen Moment in die Dunkelheit, ehe ich mich mit einem Kopf voller wirbelnden Gedanken endlich meiner Tochter zuwandte.

Kapitel 19

Ich lauschte an diesem Abend nur mit halbem Ohr Lenis Geschnatter. Immer wieder wanderten meine Gedanken zu meinen eigenen Erlebnissen zurück. *Was für eine außergewöhnliche Frau,* hörte ich Daniel sagen. Ich hatte zwar versucht, lässig zu reagieren, mich aber wie verrückt über diese Worte gefreut. Ich unterdrückte auch den Wunsch, Leni danach zu fragen, was Sina von ihrer Mutter erzählt hatte. Nicht heute Abend. Es war zwar eine Tatsache, dass er Witwer war, dennoch fühlte es sich gerade wie ein Geheimnis an, das er mir anvertraut hatte. Dieser Teil der Unterhaltung war so intim gewesen, so echt und ehrlich und ganz ohne jede Show. Nur er und ich und unsere Empfindungen, Wunden und unschönen Seiten. Für ein paar Minuten waren wir weit mehr gewesen als eine flüchtige Urlaubsbekanntschaft und ich wollte mir für diese eine Nacht das angenehme Gefühl bewahren, sein Vertrauen zu genießen, etwas ganz Privates mit ihm zu teilen. Sogar wenn das hieß, dass ich dann natürlich auch die andere Frage nicht stellen konnte, die mich gerade beschäftigte. Ob Sina auch drüber sprach? Wie es sich anfühlte, ein Elternteil mit einem neuen Menschen zu sehen? Möglich war das, denn leider hatte Leni auf diesem Gebiet eigene Erfahrungen beizusteuern. Das verband doch, oder? Elf Jahre war es her, seitdem er seine Frau verloren hatte, sinnierte ich. Elf Jahre, in denen er alleine geblieben war? In denen es den Versuch gab, seine Frau zu ersetzen, eine neue Familie zu gründen? Oder in denen es die eine oder andere gegeben hatte, die sie zwar nicht ersetzen konnte, aber zumindest für den Augenblick seine Wünsche und Bedürfnisse stillte? Die hatte er doch bestimmt, oder nicht? Die hatte doch jeder. Wobei ... Nun ja, elf Jahre waren es bei mir nicht gewesen, aber wenn ich ehrlich war, dann doch auch schon ein paar, in denen ich diese Bedürfnisse ebenfalls vernachlässigt hatte. Oder um ganz ehrlich zu sein, in denen sie schlicht nicht mehr erfüllt wurden. Und irgendwann war das sogar okay gewesen. Hätte ich nicht spätestens da merken müssen, worauf unsere Ehe hinauslief? Als ich es plötzlich sogar okay fand, dass zwischen Martin und mir, ausgenommen von ein paar Küssen, die nie länger als ein paar Sekunden dauerten, nichts mehr passierte? Dass ich etwas, was ich früher so gerne und leidenschaftlich tat, irgendwann nicht mehr wollte oder vermisste? Dass ich damit zufrieden gewesen war, wie es lief? Jetzt kam mir das sehr verdächtig vor, denn die Gefühle, die aktuell in mir tobten, sagten recht deutlich, dass ich mir durchaus etwas mehr vorstellen konnte. Und dass mein Körper durchaus noch wusste, was ihn früher so in Ekstase versetzt hatte. Es war, als hätte ich eine Kiste aufgemacht, in der alte Erinnerungsstücke lagen, und darin etwas entdeckt, an das ich lange nicht mehr gedacht hatte. Und plötzlich hielt ich es in der Hand und Begehren stieg in mir auf. Wie ein altes Rezept, dachte ich versonnen. Eine absolute Lieblingsspeise, die ich seit Jahren nicht mehr gegessen hatte. Suppe zum Beispiel. Eine wohltuende, wärmende, glückselig machende Suppe, die jeden noch so schlechten Tag retten konnte und einfach immer perfekt war. Und nun war sie wieder in meinem Kopf und ich hatte eine regelrechte Gier danach. Nur dass ich sie jetzt nicht mehr mit Kartoffeln, sondern mit Karotten kochen wollte. Also im übertragenen Sinn.

»Mam?«

»Was?« Ich schreckte hoch und war froh, dass Leni meine einigermaßen verstörenden Gedanken unterbrach.

»Ist das okay?«, wollte sie wissen.

»Klar«, sagte ich schnell. Vermutlich war sie immer noch bei der für morgen geplanten Tour mit dem Banana-Boot.

»Echt?« Sie wirkte freudig überrascht und ich runzelte die Stirn.

»Klar. Das haben wir doch vorher schon besprochen.«

Jetzt war es an ihr, die Augen misstrauisch zusammenzukneifen. »Hörst du mir eigentlich zu?«

»Vielleicht«, gab ich zu und verzog zerknirscht den Mund, »vielleicht war ich eben ein wenig in Gedanken.«

»Ich habe dich gefragt, ob Sina und ich morgen Abend mit den anderen hinunter ans Meer dürfen. Die wollen da eine kleine Strandparty feiern. Und du hast immer gesagt, dass wir im Dunkeln nicht alleine an den Strand gehen sollen.«

»Was sind das denn für andere?«

»Jugendliche wie wir, und die sind ganz nett. Ich habe doch erzählt, dass wir die heute Abend kennengelernt haben.«

»Nun, es kommt darauf an, was Daniel dazu sagt«, gab ich zurück und genoss es, seinen Namen in das Gespräch einfließen zu lassen.

»Wieso das denn? Der hat doch nichts zu sagen, was ich machen darf.«

»Ich meinte ja auch, ob Sina darf.«

»Die darf bestimmt. Und ich will wissen, ob ich darf. Echt jetzt, Mam. Das eine hat mit dem anderen doch nichts zu tun.«

»Würdest du denn ohne sie hingehen wollen?«

»Natürlich nicht. Aber ich würde mitgehen wollen, wenn sie hingeht. Also, was sag ich ihr?«

Ich seufzte. »Dass du darfst«, sagte ich dann und Lenis Gesicht glühte auf.

»Danke. Ich geh ins Bett. Nacht, Mam.« Sie zögerte kurz, dann beugte sie sich zu mir und gab mir einen Kuss auf den Haaransatz. »Hab dich lieb und so.«

»Ich dich auch und so.« Ich lächelte versonnen, als sie im Haus verschwand und kurz darauf das Licht im Badezimmer anging. Wie schön! Meine Wünsche wurden also erhört, dachte ich und lehnte mich für ein paar letzte Minuten zufrieden auf dem Stuhl zurück. Das Mädchen wird einen fabelhaften Urlaub erleben und mit wunderschönen Erinnerungen im Herzen nach Hause zurückkehren. *Und ich mit Flausen im Hirn*, zuckte es durch meinen Kopf. *Mit Flausen, die dir nur das Meer einflüstern kann.*

Als Daniel am nächsten Morgen entspannt und gut gelaunt um die Ecke bog, war ich bereits startklar.

»Gut geschlafen?«, fragte er und zog eine Hand aus der Hosentasche, um Leni zu winken, die eben verschlafen auf die Terrasse trat.

»Bestens«, gab ich zurück. »Das Frühstück steht bereit«, sagte ich dann zu meiner Tochter. »Und vergiss bitte nicht, abzuschließen, wenn du gehst.«

Sie verdrehte die Augen. »Klar. Ich bin doch kein Kleinkind mehr.«

»Nein, das bist du nicht.« Ich warf einen flüchtigen Blick auf ihr Bikinioberteil. Es war noch gar nicht lange her, als sie sich weigerte, ihren ersten BH kaufen zu gehen, und sich anstellte, als würde ich etwas ganz Schlimmes vorschlagen, als ich das Thema vorsichtig ansprach. Sie hatte sich erstaunlich schnell damit arrangiert, dass man die Zeit eben nicht aufhalten konnte und dass sie, wie ich selbst, mit einem Busen ausgestattet wurde, der diesem Namen durchaus gerecht wurde. Inzwischen zeigte sie das recht selbstbewusst, was ich gut fand. Also nicht, dass sie sich in irgendeiner Weise zur Schau stellte, sondern dass sie ihren Körper zu akzeptieren versuchte und ihn nicht versteckte. Natürlich waren die Zweifel und das Hadern dennoch da, aber sie war zumindest auf einem guten Weg und ich würde alles tun, um sie dabei zu unterstützen. Ich selbst hatte mich in meiner Jugend und auch darüber hinaus lange genug damit geplagt. Ich hatte gedacht, dass ich dünner sein müsste, schöner, mehr wie andere. Wie Nanni zum Beispiel, die nie mit den Kilos zu kämpfen hatte, auch wenn sie das behauptete. Aber selbst wenn sie »auf Kampfgewicht« war, sah sie in meinen Augen dünn aus. Es hatte sehr lange gedauert, bis ich begriff, dass ich eben nicht wie die anderen sein musste, sondern endlich lernen sollte, wirklich ich selbst zu sein. Und dass andere – und in diesem Fall meine ich Männer – sich weniger als ich darum scherten, dass meine Schenkel nicht ganz so dünn waren. Zumindest, wenn sie mich als Person gut fanden. Ich hätte die eine oder andere zusätzliche Erfahrung vorzuweisen, wenn ich im entscheidenden Moment begriffen hätte, dass es Situationen gibt, in denen der Umfang deiner Taille absolut zweitrangig ist und der Kerl vor mir gerade anderweitige Interessen hatte, als sie nachzumessen. Plötzlich blitzte Torsten wieder in meinem Kopf auf. Der hatte zum Beispiel in jener Sommernacht vor so vielen Jahren andere Interessen gehabt, als meine Maße kritisch unter die Lupe zu nehmen. Und ich hatte seine Interessen eigentlich geteilt. Und doch hatte ich im entscheidenden Augenblick einen Rückzieher gemacht, weil da plötzlich dieser Gedanke auftauchte, dass er mich eventuell gleich unbekleidet sehen würde.

Noch länger hatte es nebenbei bemerkt gedauert, bis ich umgekehrt begriff, dass auch jemand, der in meinen Augen eine gute Figur hatte, sich darüber auslassen durfte, zugenommen zu haben. Ich hatte sie immer mit mir verglichen. Wer mehr hatte, durfte jammern. Wer weniger hatte, bekam ein lapidares *Du doch nicht! Schau mich an!* zur Antwort. Das war nie böse oder herabsetzend gemeint. Im Gegenteil, ich dachte, mein Gegenüber damit aufzubauen und ihm oder ihr zu zeigen, dass *zu viel auf den Hüften* auch anders aussehen konnte. Selbst heute neigte ich noch dazu, so etwas zu Leni zu sagen, wenn sie wieder mal einen schlechten Tag hatte. *Jammere nicht, schau mich an. Das sind Schenkel, die beklagenswert sind,* wollte ich dann zu ihr sagen, weil ich dachte, dass sie sich danach besser fühlen würde. Als ob meine Schenkel etwas mit ihrem Selbstwertgefühl zu tun hatten.

Jetzt aber, genau in diesem Moment, fühlte ich mich absolut wohl in meinem Körper. Ich hatte eines meiner Lieblingskleider an, bunte Blumen auf einem cremeweißen Hintergrund, mit einem vorteilhaften Schnitt, der mir schmeichelte und vor allem immer ein gutes Gefühl verlieh. Und als ich Daniels Blick sah, sein Lächeln, fühlte es sich an wie ein Kompliment.

»Wollen wir los?«, fragte er eben und klimperte mit den Autoschlüsseln in seiner Hosentasche.

»Ja«, sagte ich und griff nach meiner Tasche. »Lass uns gehen.«

KAPITEL 20

Da das eigentliche Dorf, zu dem unser Campingplatz gehörte, etwas versetzt im Landesinneren lag, nahmen wir den Wagen. Ich kannte den Weg und konnte Daniel sogar einen Tipp geben, wo es versteckte Parkmöglichkeiten gab. Wie immer war nämlich einiges los und alle Parkbuchten an der Straße längst belegt.

»Wenn du dahinten in die kleine Gasse einbiegst, kommen wir zu einem Parkplatz. Lass es uns dort versuchen.«

Wir kurvten ein bisschen herum, ehe wir einen Stellplatz fanden. Daniel blieb dabei gelassen und heiter, was mich kurzzeitig daran denken ließ, wie Martin sich letztes Jahr über all die kreuz und quer abgestellten Autos aufgeregt hatte.

Dann schlenderten wir durch die engen Gässchen in Richtung Dorfplatz, wo sich bereits eine beachtliche Menschenmenge an den bunten Ständen entlangschob. Wir taten es ihnen nach, ließen uns vorwärtstreiben, scherten ab und zu aus, um irgendwo ein Angebot genauer zu betrachten.

»Was willst du kaufen?«

»Keine Ahnung. Was mir gefällt. Eigentlich brauche ich nichts außer einer neuen Korbtasche. Und die gibt es meistens ganz hinten. Oh!« Ich erspähte einen Stand mit Technikkram. »Da muss ich mal was suchen.«

Ich sichtete das Angebot und fand schließlich das Gewünschte.

»Ein Selfiestick? Im Ernst?«, fragte Daniel grinsend.

»Ja. Wir haben unseren vergessen und damit kann man viel besser hantieren. Leni hat sich beschwert, dass ich den nicht dabeihabe.« Ich drehte ihn hin und her. »Der müsste doch zu jedem Handy passen, oder?«

Daniel nickte. »Die sind universell.«

»Gut. Dann kaufe ich den.«

Ich verzichtete darauf, zu handeln, was den Kerl hinter dem Tisch etwas zu enttäuschen schien. Wir schlenderten weiter und ich kam schwer in Versuchung, ein paar schöne Handtücher mitzunehmen. Nein, das war unnötig und zu Hause hatten wir mehr als genug. Dann erreichten wir die Abzweigung zum Kirchplatz. Das war traditionell der Bereich, wo sich die Stände mit dem regionalen Essen aneinanderreihten.

»Jetzt wird es interessant«, sagte Daniel und ich lachte.

Wir beschlossen, erst eine Runde zu drehen und alles in Augenschein zu nehmen und dann zu entscheiden, wo wir einkaufen wollten. Daniel begutachtete besonders interessiert die Auslagen mit den Käse- und Wurstangeboten, während ich die Obstauswahl genauer unter die Lupe nahm.

»Das ist mein persönliches Paradies«, gab mein Begleiter zu. »Es sieht alles verlockend aus, oder?«

Ich nickte zustimmend. Ob er wusste, wie verlockend er aussah, wenn sein Gesicht so strahlte?

»Vielleicht wäre es besser, erst über den restlichen Markt zu schlendern und dann hierher zurückzukommen? Sonst schleppen wir das alles mit uns herum«, gab ich zu bedenken. Ich hatte den berechtigten Verdacht, dass er sich nicht mit einer kleinen Salami und einem Eck Käse zufriedengeben würde. »Und keine Angst, du siehst ja, die haben jede Menge. Das wird schon nicht alles ausverkauft sein bis dahin.« Mit einem Stups in die Rippen und einem verschwörerischen Blinzeln brachte ich ihn dazu, sich vom Stand seiner Begierde zu trennen.

Wir schlenderten weiter und kamen schließlich zu dem Händler, den ich gesucht hatte. Unzählige Einkaufskörbe und Taschen aus buntem Bast in jeder Größe und Form leuchteten uns entgegen. Mit einem entzückten Aufschrei trat ich näher und inspizierte gründlich das Angebot.

»Ich habe bereits solch eine Korbtasche, aber die hat ihre besten Zeiten hinter sich und beginnt langsam, sich aufzudröseln. Kein Wunder, die benutze ich bei jedem Einkauf. Und jedes Mal freue ich mich darüber und denke einen Moment an den Urlaub zurück.«

»Dann sollte ich mir vielleicht auch eine zulegen. Der Gedanke gefällt mir.«

Ich strahlte. »Das solltest du unbedingt.« Und dann jedes Mal daran denken, wie wir sie gemeinsam ausgesucht hatten. Ich zumindest würde das tun.

Wir arbeiteten uns durch die unterschiedlichsten Modelle und hatten schließlich jeder seinen Favoriten gefunden. Zufrieden reichte ich dem Verkäufer sein Geld und schlenkerte meinen Neuerwerb fröhlich an meiner Seite, als wir uns zurück auf den Weg zu den Essensständen machten.

»Oh«, sagte Daniel plötzlich und blieb stehen. Er griff nach meinem Arm und zog mich zu einem Stand, um den sich eine Gruppe eifrig schnatternder Französinnen in den besten Jahren scharte. »Hattest du nicht etwas von einem Damenbartentferner gesagt? Wie es scheint, haben wir ihn gefunden.«

Wir traten näher und besahen uns die eben beginnende Vorführung. Bei dem angepriesenen Gerät handelte es sich um eine Art flexible Feder, die die Härchen einklemmte und dann herausriss. Ich hörte die Anpreisung, dass dies völlig »sans douleur« funktionieren sollte, und sah ohne große Verwunderung, dass die Dame dennoch mächtig zusammenzuckte, als sie enthaart wurde.

»Ups. Ich glaube, ich behalte meinen Bart. Steht mir doch, oder?«

Daniel lachte. »Das kann ich nicht beurteilen, ob dir das stehen würde. Du hast nämlich keinen und ich bin froh, dass du dir das nicht antust.«

»Aber schau mal da! Ist das nichts für dich?« Ich griff nach seiner Hand und zog ihn zum angrenzenden Stand.

Dort saß ein alter, braun gebrannter Mann hinter dem Tisch, auf dem seltsame Hemdchen lagen. Bis eben hatte ich nicht sagen können, was genau sie darstellen sollten, aber gerade hatte ich es begriffen. Ein ebenso alter, aber deutlich rundlicherer Franzose war nämlich so nett, es uns vorzuführen. Er streifte sich völlig ungeniert eines der Dinger über, während um ihn herum das Leben tobte. Wobei »überstreifen« hier das falsche Wort war. Er zwängte sich unter den anfeuernden Rufen des Verkäufers in eines hinein. Als er es endlich über seine Hüften gezerrt hatte, richtete er sich stolz auf und hob triumphierend beide Hände.

»Oh, là, là!«, rief er begeistert und warf einen entzückten Blick in den bereitstehenden Spiegel.

Ich kicherte ungeniert los. Was ich zuerst als Kinderunterhemd eingestuft hatte, war tatsächlich für ausgewachsene Kerle. Und es war, wie grandios, eines dieser Körpermassen zurückdrängenden Miederteile. Dann wurde aus dem Kichern ein Lachen, als ich den echten Clou dieser Dinger entdeckte.

»Und sieh dir das an! Da ist sogar ein Sixpack mit eingearbeitet!« Ich deutete auf die länglichen abgenähten Wülste, die sich wohl unter einem eng anliegenden Shirt als definierte Muskeln präsentieren sollten. So jedoch, an diesem fidelen kleinen Franzosen und ohne etwas drüber, verpuffte die Wirkung und es sah einfach nur zum Brüllen aus. »Ist das nichts für dich?«

»Nein!«, entrüstete sich Daniel, klang dabei aber zum Glück nicht eingeschnappt, sondern erheitert. »Dieses Bäuchlein ist teuer gewesen. Das werde ich doch nicht verstecken.«

»Zum Glück!«, rief ich aus und wurde durch die Tatsache, dass er meinen Humor nicht nur verstand, sondern auch teilte, etwas übermütig. »Der steht dir nämlich vortrefflich. Es wäre eine echte Schande, ihn zu verstecken.«

Wir entschieden uns an den angrenzenden Ständen auch gegen ein Anti-Schnarch-Armband, das mit »sanften Stromschlägen« den Schnarcher dazu bringen sollte, ebendies nicht mehr zu tun – und vermutlich stattdessen jedes Mal schreiend aus dem Schlaf hochzufahren, was für die Bettbegleitung ebenso störend sein dürfte wie das Schnarchen. Auch die stark an eine geheime Bondage-Vorliebe erinnernde Vorrichtung, die hier als »Haltungskorrektur« angepriesen wurde, kauften wir nicht. Egal, die Dame machte auch ohne uns genügend Umsatz. Vor allem deshalb, weil sie nicht nur jung und bildschön war, sondern selbst eines dieser Kunstlederdinger über der formellen weißen Bluse trug, um es anzupreisen. Und damit besonders bei den Herren sehr gut ankam, denn es sah zweifelsohne recht interessant und ein wenig nach verbotenen Fantasien aus.

»Wie viele Männer heute wohl feststellen, dass ihre Frauen unter Haltungsschäden leiden?«, fragte ich niemand Bestimmten. »Und wie viele werden wohl so fürsorglich sein, dieses Problem anzugehen?«

Daniel lachte. »Du hattest recht, hier gibt es wirklich alles, was man sich vorstellen kann. Oh, was ist das denn?«

Der nächste Stand hatte Schlüpfer zu bieten. Furcht einflößende, riesige Feinripp-Dinger und sittsam geblümte Modelle mit extra hohem Schnitt. Daneben monströse

Herrenmodelle in Feinripp mit dem praktischen Eingriff und kleinem Beinansatz. Und dann kam der Verkaufsschlager: die ultimativen Boxershorts, passend zu den vorher bestaunten Sixpack-Hemdchen. Grinsend betrachtete ich die an exponierter Stelle gepolsterte Unterwäsche. Hm, nicht nur mit einem Polster an der Rückseite, das einen waschechten *Brazilian Butt* suggerieren sollte, sondern auch vorne mit eingebauter Schummelei. Aber ich verkniff mir glücklicherweise ein saloppes »Wäre das nichts für dich?«, obwohl es mir kurz auf der Zunge lag. Noch peinlicher wäre nur, dann auch noch ein verschmitztes »Nicht, dass du es nötig hättest« hinterherzuschieben.

Stattdessen stimmte ich begeistert zu, als Daniel in eine der engen Nebengassen deutete, die sich durch die alten urtümlichen Häuser wand.

»Da ist ein Café. Wie wäre es, wollen wir eine Pause einlegen und etwas trinken?«

Als wir stilgerecht zwei große Boules Kaffee, diese an Müslischalen erinnernden Kaffeebehälter, vor uns stehen hatten, sah ich mich zufrieden um.

»Ich liebe dieses Land! Es ist einfach schön hier und das, obwohl alles etwas heruntergekommen ist. Und ich liebe die Franzosen, die sich so ungeniert amüsieren und andauernd laut miteinander kommunizieren und lachen.«

»Es ist schön hier, ja.«

»Schön? Hallo? Es ist traumhaft!« Ich schloss die Augen und atmete tief ein.

»Auch die Abgase?«, fragte Daniel spöttisch, weil eben ein altes Mofa an uns vorbeiknatterte, das wirklich erbärmlichen Gestank verbreitete. »Schnüffelst du ernsthaft diesen Mief?«

»Nein. Ich sauge den Moment in mich auf und versuche, ihn in meinem Herzen zu bewahren«, sagte ich hoheitsvoll und öffnete die Augen wieder. »Damit ich ihn an einem miserablen grauen Tag hervorholen und mich daran stärken kann.«

»Eine gute Idee. Du könntest aber auch wie normale Leute einfach ein Foto machen. Ich kann dich fotografieren, wenn du willst.«

»Ich bin nicht normal, schon vergessen?« Ich feixte und verkniff es mir, zu sagen, dass es Dinge gab, die selbst ich mich nicht traute. Zum Beispiel, ihn dann zu nötigen, mit auf das Bild zu kommen. Und ein Bild ohne ihn würde an schlechten Tagen sehr viel weniger wert sein.

KAPITEL 21

»Hmmm. Probier mal den!«

Daniel hielt mir ein Stückchen Käse hin, und ohne nachzudenken, öffnete ich einfach den Mund. Er schob es mit blitzenden Augen hinein.

»Und?«

»Toll«, sagte ich und spürte einen Moment seinen Fingern nach, die eben flüchtig meinen Mund gestreift hatten.

»Oui. Den nehmen wir ebenfalls mit.«

Er nickte der freundlichen Frau hinter dem Stand zu und deutete mit den Fingern an, wie dick die Scheibe sein sollte. Madame lachte und schnitt die gewünschte Menge ab.

Wie ich verfügte auch Daniel über einen rudimentären Französisch-Wortschatz. Wir waren beide an der Rheinschiene aufgewachsen und zu einer Zeit Schüler gewesen, als dort Französisch noch als erste Fremdsprache unterrichtet wurde. Wegen der Nähe zum Elsass hatte man damals viel Wert darauf gelegt, dass die Sprache erlernt wurde. Heutzutage waren wir zwar immer noch in Grenznähe, aber Englisch war nun mal unbestritten die wichtigere Sprache und wurde von den jungen Leuten favorisiert. Seltsamerweise schlummerten die französischen Vokabeln das ganze Jahr über in einer unbenutzten Ecke meines Gehirns, kamen aber im Urlaub zuverlässig zurück ans Tageslicht. Und es machte richtig Spaß, sie mal wieder zu benutzen und zumindest den Willen zu zeigen, sich dem Land anzupassen.

»Was meinst du, reicht das erst einmal?«, fragte Daniel und zeigte auf die Waren, die sich mittlerweile neben der Waage angehäuft hatten. Außer dem Käse wurden hier auch Wurstwaren verkauft, darunter eine wunderbare Salami, durch deren Variationen wir uns zuvor getestet hatten.

»Bis morgen sicher«, gab ich spöttisch zurück. »Und dann können wir ja einfach Nachschub kaufen.«

»Gut. Dann sollten wir uns noch den Weinstand da drüben ansehen. C'est tout«, sagte er zur Verkäuferin und bezahlte, ehe er die Sachen in seiner neuen Tasche verstaute.

Beim örtlichen Weinbauern verzichteten wir auf eine Kostprobe und erstanden aufs Geratewohl drei verschiedene Weißweine, dazu zwei Flaschen Rosé und einen Roten.

»Das reicht sicher eine Weile«, sagte ich und sah zu, wie auch sie in der Tasche verschwanden. »Dann brauche ich jetzt nur noch etwas Obst.«

Als auch das erledigt war, sah ich auf die Uhr und konnte einen erstaunten Ausruf nicht unterdrücken.

»Die machen ja gleich schon Schluss! Ich habe gar nicht bemerkt, wie die Zeit verging.«

»Brauchst du noch etwas?«

Ich schüttelte den Kopf. »Falls du nicht doch noch eines dieser schicken Miederhemdchen willst …«

Daniel lachte und verdrehte die Augen.

»Dann sollten wir uns so langsam auf den Rückweg machen. Es ist später, als ich dachte.«

»Hast du noch etwas vor?«

»Ja. Faul am Strand herumzuliegen, das süße Nichtstun zu genießen und mir die Sonne auf den Bauch scheinen zu lassen.«

»Das klingt perfekt. Hast du etwas dagegen, wenn ich mich anschließe? Ich hätte ein leckeres Picknick anzubieten«, er schwenkte mit vielsagendem Blick seine schwere Tasche. »Und eine Sonnenliege für Madame. Wobei es natürlich auch in Ordnung ist, wenn du eine Weile deine Ruhe haben willst.«

Ich warf ihm einen Seitenblick zu und konnte mir einmal mehr ein fettes, glückliches Grinsen nicht verkneifen.

»Hm. Für eine Sonnenliege werde ich dich in Kauf nehmen, denke ich.«

»Très charmant«, gab er zurück und legte seinen Arm um meine Schulter. Wie ein alter Freund zog er mich kurz an sich, eher sein Arm wieder verschwand. »Na dann, gehen wir.«

»Anna? Hörst du mich? Kommst du mit ins Wasser?«

»Nein. Ich stehe nicht mehr auf, das ist wirklich zu bequem«, murmelte ich.

Daniel lachte laut und amüsiert auf. »Deine Entscheidung. Ich werde mich abkühlen gehen.«

Ich brummte zustimmend und drehte den Kopf auf die andere Seite. Himmel, was war das angenehm, auf dieser Liege zu faulenzen, den Wellen zu lauschen, überlagert vom Lachen und Geplapper der Strandbesucher. Die Wärme um mich herum, die Sonne, die trotz des schattenspendenden Schirmes sanft meine Haut streichelte. Und dieser Mann, der stumm neben mir gelegen hatte und dessen Anwesenheit dennoch immer zu spüren war. Wie eine mollige Decke, die einen einhüllte und ein behagliches Gefühl vermittelte.

Als ich am Strand ankam, war von Daniel noch nichts zu sehen gewesen. Die Mädels hatten nach dem aufregenden Morgen beschlossen, sich vorerst am Pool herumzutreiben, wo sie sich mit ein paar anderen treffen wollten. Ich hatte meine Matte ausgebreitet, den Sonnenschirm aufgestellt und mich dann erst einmal in die Wellen gestürzt.

Mein Arm war beinahe wieder verheilt und machte keine Probleme mehr und nach dem Vormittag auf dem Markt war ich dankbar für ein Bad. Daniel tauchte auf, als ich noch im Wasser war, und während er wie üblich erst eine Weile schwamm, spielte ich einmal mehr toter Mann und war rundum zufrieden.

Dann hatte er mir mit übertrieben großen Gesten die Liege aufgebaut und unter meinen Sonnenschirm geschoben. Seinen eigenen hatte er so dicht daneben aufgestellt, dass wir eine einzige ausladende Schattenfläche hatten. Wir hatten uns niedergelassen, ich hatte mich angemessen begeistert gezeigt, wie bequem diese Dinger waren, und schließlich mit einem glücklichen Seufzer die Augen geschlossen. Anfangs hatte ich sie immer wieder geöffnet, um ihm einen Blick zuzuwerfen, und manchmal hatte ich dann ein Zwinkern geerntet oder ein kleines Lächeln. Wir hatten nur ein paar belanglose Sätze ausgetauscht wie »Alles klar?« oder »Geht's dir gut?« und gelegentlich ein zufriedenes »Das ist so schön, oder?« Dann hatte ich bemerkt, dass Daniel, wenn ich ihn ansah, seine Augen geschlossen hielt, mit einem entspannten Lächeln und mit auf dem Bauch gefalteten Händen dalag, und ebenfalls erst mal nicht mehr hinübergeblickt. Das hier war mehr als schön, es war perfekt. Wieder schoss mir das Wort *friedlich* durch den Kopf, aber auch *vertraut, wohlig* und *richtig*. Es fühlte sich so richtig an, hier nebeneinanderzuliegen, so völlig frei von dem Zwang, reden zu müssen, um ein peinliches Schweigen zu übertönen. Ich hatte mich den angenehmen Gedanken überlassen und dem Wunsch, hier und jetzt einfach die Zeit anhalten zu können. Und dann war ich sanft eingeschlummert. Zumindest hoffte ich, dass ich das getan hatte und nicht, wie Martin manchmal behauptete, laut schnarchend dagelegen hatte. Und Daniels Frage, ob ich schwimmen gehen wollte, am Ende nur eine clevere Methode gewesen war, das zu unterbinden.

Dieser Gedanke sorgte dafür, dass ich sofort deutlich wacher wurde. Mein Blick wanderte automatisch zur Liege nebenan. Leer, vermutlich war Daniel noch im Wasser. Ich angelte nach meinem Handy und sah auf die Uhr. Es war bereits später Nachmittag, ich musste tatsächlich eine Weile geschlafen haben. Ich checkte die Nachrichten, aber es war nichts Wichtiges dabei. Louis hatte endlich auf meinen morgendlichen Gruß geantwortet und einmal mehr bestätigt, dass bei ihm alles in Ordnung war. Überrascht stellte ich fest, dass ich mich langsam an den Gedanken gewöhnt hatte, dass er alleine zu Hause war und mit jedem Tag einen weiteren Schritt in sein eigenes, unabhängiges Leben machte. Ich schirmte mit der Hand meine Augen ab und spähte hinunter zum Meer. Daniel stand im hüfthohen Wasser und strich sich eben das Haar aus der Stirn. Dann machte er sich auf den Weg und hielt dabei zügig auf mich zu. Ich setzte mich auf und sah ihm entgegen. Wie braun er in den wenigen Tagen bereits geworden war. Beneidenswert. Bei mir dauerte es immer ewig, bis ich ein bisschen Farbe hatte. Und wie selbstsicher und zufrieden er sich bewegte. Nicht dieses Stolzieren, mit dem manche Kerle ihren vermeintlichen Traumkörper präsentierten. Auch nicht dieses peinliche Baucheinziehen, das man den Menschen dann ansah, weil sie dabei auch die Atmung einstellten. Wobei er auch nichts von beidem nötig hatte. Ich fand, dass er einfach richtig aussah, ein bisschen kernig und ganz sicher perfekt, um sich an ihn zu schmiegen und sich dann geborgen, beschützt und aufgehoben zu fühlen. Er sah meinen Blick und winkte. Ich winkte zurück und befahl mir, ganz schnell jegliche Art Gedanken aus meinem Kopf zu verbannen, die damit zusammenhingen, sich auf der Suche nach irgendeinem Gefühl an ihn zu kuscheln. Auch wenn das hier eine Urlaubsfreundschaft war, dann sicher keine, die solche Aktionen beinhalten würde.

Zum Glück tauchten beinahe zeitgleich mit ihm unsere Mädels auf, kichernd und endlos quatschend und vor allem hungrig. Daniel hatte wie versprochen ein Picknick mitgebracht und da wir das Mittagessen hatten ausfallen lassen, machten wir uns mit Appetit über die Sachen her. Danach ließen wir uns zu ein paar Runden Karten überreden und saßen lachend zusammen auf dem warmen Sand. Wir lauschten den Erzählungen unserer Mädels, die sich heute anscheinend endgültig einer Gruppe angeschlossen hatten und nun ausführlich von jedem berichten wollten. Ich registrierte, dass dabei manche Namen häufiger fielen. Besonders zwei Jungs, Brüder, wie ich mitbekam, wurden immer wieder erwähnt. Ich warf Daniel einen vielsagenden Blick zu und wackelte mit den Augenbrauen. Er zuckte beinahe unmerklich mit den Schultern.

Dann sprangen Leni und Sina auf und verkündeten, dass sie von ebenjenen Jugendlichen erwartet würden und sie sich deshalb erneut an den Pool verziehen wollten. Wir sahen ihnen nach, wie sie nebeneinander und eifrig tuschelnd mit ihren Handtüchern über der Schulter verschwanden.

»Na, das kann ja noch was werden«, sagte ich.

»Wir sollten uns darauf einstellen, dass wir sie nur noch mit Essen in unsere Nähe locken können«, bestätigte Daniel. »Und du solltest dich darauf einstellen, dass du wohl mit mir vorliebnehmen musst, wenn du die nächsten Tage nicht ganz alleine verbringen willst.«

»Das will ich nicht. Von daher bleibt mir leider keine andere Wahl.«

KAPITEL 22

Als ich mir wünschte, dass Leni Anschluss fand, war das wirklich ein völlig uneigennütziger Gedanke gewesen. Ich hatte mir dabei vorgestellt, dass ich dann geduldig und voller mütterlichem Glück alleine vor unserem Häuschen sitzen würde, mich endlich einmal durch meine Bibliothek lesen könnte und mich dabei vielleicht auch ein bisschen edel und gut fühlen würde, weil ich sie so klaglos ihrem Spaß überließ. Jetzt jedoch hatte ich beinahe ein schlechtes Gewissen. Sie hatte zwar all das gefunden, was ich ihr wünschte, ich selbst hatte dafür aber Daniel bekommen. Und noch war nicht raus, wer von uns die Glücklichere in diesem Deal war.

Auch an diesem Abend las ich nicht wirklich viel. Und in der Zeit, in der ich so tat als ob, schweiften meine Gedanken immer wieder ab, huschten meine Augen zur Ecke des Häuschens, um die Daniel auftauchen würde. Auftauchen sollte. Hoffentlich irgendwann kam. Ich seufzte und versuchte, mich endlich auf mein Buch zu konzentrieren. Weshalb hatten wir uns nicht verabredet? Weshalb hatte ich ihn nicht einfach eingeladen? Und warum nur war ich heute Abend so zappelig? Genervt stand ich auf und ging ins Haus, nur um dann dort herumzustehen und mich immer noch so unruhig zu fühlen. Ich öffnete den Kühlschrank und überlegte, ob ich mir ein Glas

Wein einschenken sollte, schloss ihn dann aber. Erst mal abwarten, dachte ich. Vielleicht kommt er ja noch. Also ging ich unverrichteter Dinge wieder hinaus und zündete schon mal die Kerzen an. Dann griff ich nach dem Handy und schrieb Nanni eine Nachricht.

Wir waren heute auf dem Markt!

Ich hängte ein Emoji mit Herzaugen an und natürlich auch ein Bild meines neuen Einkaufskorbes. Nanni war ebenfalls ein echter Fan dieser Taschen und jedes Jahr mit mir auf dem Markt gewesen. Wie ich liebte sie es, sich dort herumzutreiben und die Atmosphäre aufzusaugen. Das zeigte auch ihre prompte Antwort.

Cool. Die ist superschön. Ich beneide dich, wäre auch gerne dort. Wie geht es euch denn?

Super! Perfektes Wetter. Leni ist den ganzen Tag mit ihrer neuen Freundin unterwegs und ich genieße die Ruhe und mache einfach mal nichts.

Nichts? Ich dachte, das Mädel hat einen Vater? Du sollst nicht nichts machen, sondern dir den schnappen, Süße!

Ich schüttelte lachend den Kopf. Wenn das nur so einfach wäre, schoss es mir durch den Sinn. Ich überlegte, welchen coolen Spruch ich zurücktexten sollte, als mich eine Bewegung an der Hausecke aufblicken ließ.

»Hallo.« Daniel stand da und hob grüßend eine Flasche Wein. »Ich dachte, wir könnten heute Abend mit der Verkostung beginnen. Wenn du Zeit und Lust hast?«

Ich strahlte. »Ich habe beides. Setz dich, ich hole uns Gläser.« Ich legte das Handy auf den Tisch und eilte ins

Haus. Ich saß bereits, als mir auffiel, dass die Flasche noch immer zu war.

»Oh, ich habe den Flaschenöffner vergessen. Der hat ja noch einen echten Korken.«

»Bleib sitzen. Ich habe einen.« Daniel zog ein Taschenmesser heraus und klappte das entsprechende Werkzeug auf. Geschickt entkorkte er den Wein, roch daran und schenkte uns ein.

»Na dann, zum Wohl«, sagte ich und hob das Glas.

»Zum Wohl.«

Wir stießen an, grinsten beide ein bisschen und nahmen den ersten Schluck.

»Hm, der ist gut«, befand ich. »Ich bin zwar kein Weinkenner, aber mir schmeckt er.«

Daniel nickte und sah zu meinem Handy, das eben wieder einen Ton von sich gab. Ich hatte es bereits einmal piepsen gehört, als ich die Gläser holte, und zog es nun zu mir, um einen Blick auf das Display zu werfen.

»Stört es dich, wenn ich kurz antworte?«

»Quatsch. Lass dir Zeit.«

Ich hatte schon den Messenger geöffnet und las Nannis Nachrichten.

Und du sollst mir alles haarklein berichten!

Ich warte!!!

Ich grinste, als ich die Zeilen las. Ich konnte sie förmlich vor mir sehen mit klopfendem Fuß und erwartungsvollen Augen. So war das immer gewesen, wenn eine von uns etwas Aufregendes erlebte. Die andere hatte stets begeistert mitgefiebert und sich auch mitgefreut. Wobei es schon sehr lange her war, dass es dabei um Kerle ging. Und als es um einen ging, waren die Nachrichten anders gewesen, weil der Grund ein anderer gewesen war. Plötzlich war es, als wären wir wieder fünfzehn und das Leben noch voller Möglichkeiten und Überraschungen.

Der Vater ist eben aufgetaucht. Mit einer Flasche Wein und ohne jegliche Absichten. Wir vertreiben uns nur gegenseitig die Zeit. Ich melde mich morgen.

Die Häkchen sprangen augenblicklich auf gelesen und eine Sekunde später tippte meine Freundin bereits. Erst kamen eine ganze Reihe Emojis, angefangen bei der Tänzerin über das mit dem Hütchen und der Tröte bis hin zu den Herzaugen und diesem Herzen, das so aussah, als klopfe es, weil um es herum diese zarten Linien waren. Dann hatte sie noch eine Botschaft für mich.

Klar, keine Absichten! Viel Spaß und wehe, du lässt dir diese Chance entgehen! Ich will morgen einen genauen Bericht und ich will, dass es sich lohnt, den zu hören.

Ich hatte die Nachricht eben gelesen, als eine letzte eintrudelte. Ich sah, dass Nanni direkt danach offline ging, ihr Zeichen an mich, dass ich mich jetzt anderen Dingen widmen sollte. Ich schüttelte lachend den Kopf, als ich auf das einzelne Emoji blickte. *Die Nase.* Eigentlich ein völlig überflüssiges und harmloses Teil. Aber ich wusste noch, wie wir beide einmal einen feuchtfröhlichen Abend hatten und dabei auch ein paar Textnachrichten geschrieben wurden. Und irgendwann hatte Nanni auf ihr Handy gestarrt und es mir dann unter die Nase gehalten.

»Was ist das eigentlich für ein Ding?«, hatte sie kichernd gefragt.

»Eine Nase.«

»Ach so? Ich finde ja, es sieht aus wie ein Schniedel.«

Wir hatten beide losgeprustet.

»Nanni, du brauchst definitiv eine Lesebrille und eine weniger versaute Fantasie.«

»Vielleicht. Aber wer um Himmels willen braucht eine Nase? Hast du schon jemals gedacht: *Oh, jetzt bräuchte ich eine Nase, die aussieht wie ein Schniedel, um diesem Satz den rechten Kick zu verpassen?*«

»Nein. Aber ich hätte auch noch nie einen Schniedel gebraucht.«

»Leider«, hatte sie geseufzt und das Handy weggelegt. »Man sollte die viel öfter brauchen. Unser Leben ist langweilig geworden, Anna.«

Nun, offensichtlich fand sie, dass jetzt die Zeit gekommen war, um *die Nase* zum Einsatz zu bringen. Ich schickte das Tränen lachende Emoji zurück, den Affen mit den Händen auf den Augen und den mit dem Kussmund. Dann schloss auch ich den Messenger und legte das Handy auf den Tisch.

»So, fertig. Das war meine Freundin Nanni.«

»Eine gute Freundin, oder? Es ist schön, zu sehen, wie sie dich mit wenigen Worten zum Lachen bringt.«

»Sie kennt mich vermutlich besser als jeder andere. Und sie kennt das hier.« Ich ließ den Arm schweifen. »Es ist das erste Mal, dass ich ohne sie hier bin, und ich mache sie ab und zu ein wenig neidisch.«

Daniel nickte. »Der neue Job. Du hast es erwähnt.«

»Ganz genau.« Ich griff nach dem Weinglas und drehte es in den Händen. »Der Grund, weshalb ich mit Leni alleine bin. Wenn man davon absieht, dass mein Ex-Mann sich von mir getrennt hat.«

Es klang ein wenig bitter, wie ich überrascht feststellte. Daniel musterte mich auch nur schweigend und ich stellte das Glas wieder ab und zog die Mundwinkel nach oben.

»Ersteres bedauere ich mehr. Wenn ich mir jemanden aussuchen könnte, der jetzt hier wäre, dann tausendmal lieber Nanni.«

»Stattdessen hast du nur mich.«

»Och, du bist gar kein so schlechter Ersatz. Immerhin hast du jedes Mal Wein dabei.« Ich blinzelte ihm zu, damit er den Satz richtig verstand.

»Da bin ich aber froh.«

»Und ich bin froh, dass du ebenfalls alleine in Urlaub gefahren bist.« Ich ließ den heiteren Unterton weg und sah ihm in die Augen. »Im Ernst, du bist wirklich kein schlechter Ersatz.«

Er hielt dem Blick stand und um seine Augen kräuselten sich kleine Fältchen, als er lachte. Dann hob er das Glas und wir stießen stumm noch einmal an, ehe wir tranken. Ich lehnte mich zurück, rutschte bequemer auf meinem Stuhl zurecht und betrachtete ihn nachdenklich.

»Weshalb bist du eigentlich alleine gefahren? Hast du nicht gesagt, dass du immer mit deinem Bruder verreist bist? Oder ist das etwas, worüber du nicht reden magst?«

Er holte tief Luft und schien einen Moment in sich zu gehen.

»Das ist eine längere Geschichte.«

Ich schürzte die Lippen. »Nun, ich hätte gerade Zeit.«

KAPITEL 23

»Mein Bruder ist fünf Jahre jünger als ich«, begann Daniel nach einer winzigen Pause. Ich hörte an seinem Tonfall, dass es für ihn in Ordnung war, über all das zu sprechen, und dass jetzt keine allzu tragische Geschichte kommen würde. Deshalb konnte ich mich entspannen und ihm aufmunternd zunicken, dass er fortfahren sollte.

»Wir standen uns immer nahe, schon als Kinder. Und das hat sich bis heute nicht geändert. Nun ja, doch, das hat es. Ich liebe ihn noch immer, aber Andy …« Er suchte nach den richtigen Worten. »Er ist anders. Ich verstehe ihn nicht mehr.«

»Inwiefern?«

»Nun ja, ich weiß, dass jeder sein eigenes Leben lebt und dass nur du damit zufrieden sein musst, wie es ist. Deshalb habe ich auch versucht, es zu verstehen und mich mit ihm zu freuen. Bis da diese Sache auftauchte, die ich nicht tun wollte.« Er rieb sich nachdenklich über den Bart.

»Und was war das für eine Sache? Himmel, mach es doch nicht so spannend! Ich bekomme ja richtig Angst.«

»Das brauchst du nicht. Es ist weniger etwas Schlimmes denn etwas … *Skurriles* passt vermutlich am besten. Zumindest in meinen Augen, denn Andy fand diese Sache wohl total normal. Was zeigt, wie sehr er sich verändert hat.«

Ich wedelte ein wenig mit der Hand, um ihn anzutreiben, und er lachte zu meiner Erleichterung leise auf.

»Also, es war so. Andy und ich, wir waren ein Team. Besonders nach Marens Tod. Er war immer für mich da und er war für Sina da. Er hat mir so oft geholfen, dass ich es gar nicht mehr zählen kann. Er war für sie eine Art Elternersatz, zu dem sie gehen konnte, wenn sie nicht mit mir reden wollte. Der coole junge Onkel, bei dem sie auch mal etwas tun durfte, was ich ihr verbieten musste. Dem sie sich anvertrauen konnte und bei dem sie übernachtete, wenn ich mal unterwegs war. Vielleicht kommt großer Bruder der Wahrheit näher, auch wenn der Altersunterschied viel größer ist, als das bei Geschwistern üblich wäre. Auf alle Fälle war er ein Teil unserer Familie. Und das bleibt er natürlich. Dennoch … Nun ja, Andy liebt Sina, aber er sehnte sich all die Jahre nach einer eigenen Familie. Ich hoffte für ihn, dass sich sein Wunsch erfüllte, denn er hat das Zeug zu einem guten Vater, das sah man jeden Tag, wenn er mit meiner Tochter zusammen war. Seine Beziehung zu Annette blieb allerdings all die Jahre kinderlos. Sie war eine tolle Frau und die beiden waren ewig ein Paar. Nur dass sie eben keinen Nachwuchs wollte. Irgendwann wurde das zu einem zu großen Problem und die beiden trennten sich. Annette war natürlich auch immer mit von der Partie gewesen und sie war fabelhaft. Ich habe vermutlich mehr unter der Trennung gelitten als er. Andy schien besser als gedacht damit zurechtzukommen, dass die Beziehung scheiterte. Er war zuversichtlich, dass er sein Glück finden würde, und ich wünschte mir, dass er recht behielt.« Er unterbrach sich, um einen Schluck zu trinken. »Wie sich herausstellte, hatte er bereits eine andere Frau kennengelernt. Ich glaube ihm, wenn er beteuert, dass er Annette nicht betrogen hat und sich die Beziehung erst nach der Trennung entwickelte. Es würde nicht zu ihm passen, wenn es anders wäre. Und ich freute mich, als es abzusehen war, dass sich mit dieser Frau etwas Ernstes anbahnte. Es dauerte nicht lange, bis er sie uns vorstellte. Sybille.«

Wieder machte er eine Pause, wie um dem Namen genug Gewicht zu verleihen.

»Sie ist völlig anders als Annette. Nicht so unkompliziert. Sie hat zu allem eine klare Meinung und keine Probleme, die auszusprechen und jedem zu sagen, wie man etwas besser machen könnte. Sie wirkt, nun ja, ein bisschen zu forsch für meinen Geschmack. Ich habe trotzdem versucht, mich mit ihr anzufreunden, auch wenn ich bald spürte, dass wir beide nicht auf einer Wellenlänge sind. Und ich habe eingewilligt, zusammen in Urlaub zu fahren, dem ersten in der neuen Konstellation. Das war letztes Jahr und es war … nett. Aber auch anstrengend. Sybille ist wie gesagt nicht besonders gut darin, sich zurückzunehmen. Sie hat mir unverblümt mitgeteilt, dass ich zwar gerne tagsüber mit ihnen am Strand abhängen kann, mich aber abends nicht blicken lassen sollte, weil andere Menschen im Gegensatz zu mir ein aktives Liebesleben hätten. Etwas, was ich mir ihrer Meinung nach auch wieder suchen sollte.«

»Hm«, machte ich und dachte über diesen Satz nach.

»Es war nicht einmal das, was sie sagte, sondern die Art, wie sie es tat. So gönnerhaft, als hätte sie alle Weisheit der Welt gefressen. Ich glaube, das stört mich am meisten an ihr. Dass sie nie nachdenkt oder andere Meinungen auch nur in Erwägung zieht. Sie ist in dieser Hinsicht reichlich egoistisch. Es kümmerte sie nicht, dass es Sina peinlich war, wenn sie oben ohne neben uns am Strand lag und Andy bat, sie einzucremen. Überall«, setzte er hinzu und zog die Brauen hoch. »Es kümmerte sie auch nicht, dass es Sina unangenehm war, wenn sie ständig zu hören bekam, dass sie sich unschöne Abdrücke holen würde und ebenfalls ihr Bikinioberteil ausziehen sollte oder wenn Sybille nach jedem Bad ohne Umstände ihre nasse Hose gegen eine trockene eintauschte. Ohne Handtuch, denn *wir sehen doch alle gleich aus, oder nicht?«* Er ahmte einen recht arroganten Tonfall nach. »Nun ja, alles in allem war es schwierig, mit ihr umzugehen. Aber sie liebt meinen Bruder, daran zweifle ich nicht, auch wenn sie ihn ein wenig behandelt, als wäre er ihr Kind und nicht sie seine fünfzehn Jahre jüngere Freundin. Und er ist so verliebt, dass er es gar nicht merkt. Er übernimmt fraglos alles, was sie sagt oder will oder beschließt, selbst wenn er früher anderer Meinung gewesen wäre. Tja, und dann zeigte sich, dass der Urlaub und meine Rücksichtnahme«, er verzog grinsend das Gesicht, »Früchte trug. Andy war außer sich vor Freude, dass er endlich Vater werden würde. Und Sybille hatte eine neue Aufgabe: ihre Schwangerschaft zu zelebrieren. Wir gewöhnten uns daran, dass wir in den nächsten Monaten zu Experten wurden und über jedes Detail haarklein Bescheid wussten. Sie freuen sich eben, dachte ich und hörte weiter zu, wenn sie uns Details erzählte, die man nicht unbedingt wissen will. Sina fand das besonders schlimm. Sie war fünfzehn und hatte absolut kein Interesse daran, jede Unannehmlichkeit zu hören oder über natürliche Geburten zu reden. Ich glaube, sie ist nur wegen Andy immer noch mitgegangen, wenn ein Besuch anstand, und sie hat tapfer versucht, sich mit Sybille zu arrangieren. Aber es war ihr anzumerken, dass sie Schwierigkeiten hatte. Anstatt darauf einzugehen und das zu respektieren, begann Sybille, sich das Mädchen vorzunehmen. *Es ist ja kein Wunder, dass sie in diesen Dingen etwas verklemmt ist. Sie ist im Prinzip mit zwei Vätern aufgewachsen. Und ich wette, keiner von euch hatte den Mumm, mit ihr über Menstruation oder Tampons zu reden, von Selbstbefriedigung ganz zu schweigen. Sie braucht eine weibliche Vertraute, die ihr solche Dinge beibringt,* erklärte sie eines Tages.«

»Uff«, sagte ich und verzog den Mund. »Wenn ich mir vorstelle, dass ich Leni beizubringen versuche, wie sie sich am besten selbst befriedigen soll, dann kann ich mir ausmalen, was jetzt kommt. Zumal man das ja alleine herausbekommt, oder nicht?«, setzte ich, ohne nachzudenken, hinzu. »Mir hat das meine Mutter auch nie gezeigt.«

Daniel grinste. »Und dann kam eben dieser Tag.«

Ich beugte mich gespannt nach vorne. »Als sie es ihr vorgeführt hat?«

»Nein! Himmel nein, an so was will ich gar nicht denken. Der Tag, als sie uns unterrichtete, dass nun der Plan für die Geburt steht.«

»Was?«

»Sie hat ihre Geburt geplant. Was ja vollkommen legitim ist. Aber sie hat auch uns darin involviert und nun wollte sie nicht fragen, ob das in Ordnung sei, sondern uns einfach darüber in Kenntnis setzen, worin unsere Aufgaben beständen.«

»Und was waren eure Aufgaben?« Ich begann, immer mehr Spaß an dieser Geschichte zu entwickeln. Daniels Stimme war anzumerken, dass er sich auch jetzt wieder fragte, wie es dazu gekommen war, und dass es tatsächlich auf etwas Skurriles hinauslief, wie er versprochen hatte.

»Nun, Sybille plante eine Hausgeburt. In der Badewanne. Und im Familienkreis.«

Ich riss die Augen auf. »Wie weit sollte der Familienkreis gezogen werden?«, fragte ich ahnungsvoll.

»Außer meinem Bruder, der Hebamme und zwei ihrer besten Freundinnen, die bereits Erfahrung auf dem Gebiet haben und sie *durch die Geburt führen sollten*? Tja, außer diesen Menschen bestand sie darauf, dass auch Sina und ich dabei sein sollten, um das Kind willkommen zu heißen.«

»Nein!«, rief ich.

»Das war auch Sinas spontane Antwort. Und man sah ihr an, wie schrecklich sie alleine den Gedanken fand. Sybille meinte, dass es doch großartig wäre, die Kraft dieses Momentes mitzuerleben, und zudem sei eine Geburt die natürlichste Sache der Welt.«

»Aber nicht immer die tollste. So eine Geburt ist ja kein Kaffeekränzchen. Da gibt es außer Kraft auch jede Menge Schmerz, Fluchen und Blut. Selbst ich wäre nicht scharf darauf, dabei zu sein, wenn ich es nicht selbst bin, die das Kind zur Welt bringt.«

»Sina war absolut schockiert. Ich habe ihr versichert, dass sie natürlich nicht dabei sein muss, auch wenn mich das ein paar sehr hitzige Diskussionen kostete, in denen ich mir anhören musste, dass wir einfach zu verklemmt seien und das Wunder der Natur nicht als solches begreifen würden.«

»Ich gehe mal davon aus, dass du die Einladung ebenfalls ausgeschlagen hast?«, vermutete ich süffisant.

»Ohne Frage. Und damit auch ihr zweites Ansinnen.«

»Was könnte jetzt noch kommen?«

»Nun, ich sollte nicht nur das Wunder der Natur bestaunen, sondern es zeitgleich auf Film bannen. Oder auf eine Speicherkarte. Auf alle Fälle sollte ich am Ende der Badewanne stehen und das Ereignis für die Nachwelt festhalten.«

Ich brauchte einen Moment, dann brach ich in lautes Lachen aus.

»Du«, sagte ich und japste ein wenig. »Du solltest mit dem Smartphone dastehen und während der ganzen Aktion zwischen ihre Beine filmen?«

»Und im entscheidenden Moment bitte heranzoomen, ja.«

»Oh Gott!« Mehr brachte ich gerade nicht zustande.

Daniel schien sich von meinem Heiterkeitsausbruch nicht missverstanden zu fühlen. Er begann zu grinsen und nickte bedeutsam.

»Du kannst dir vorstellen, wie es endete. Sie hat einen anderen gefunden, der alles filmte, und wir haben den kleinen Ruben erst begrüßt, als er sauber, trocken und angezogen war. Und Sybille ebenfalls aus der Wanne und wieder bekleidet war. Und nun ja, seither ist das Verhältnis etwas abgekühlt. Leider hat auch Andy nicht ganz verstanden, weshalb ich Sybilles Wunsch ausgeschlagen habe. Was einmal mehr zeigt, dass er sich verändert hat. Ich meine, mal im Ernst? Muss ich seine Frau so sehen? Will ich das? Ehrlich gesagt, nicht. Dann lasse ich mich lieber auch weiterhin bei jeder Gelegenheit mit den Worten *Und das ist Daniel, Andys prüder Bruder* vorstellen.«

Ich japste noch einmal und amüsierte mich ungeniert weiter.

»Was für eine grandiose Geschichte. Andys prüder Bruder! Sorry, aber das ist leider geil!«

»Besten Dank! Auf alle Fälle haben Sina und ich dieses Jahr beschlossen, erwachsen zu werden und alleine in Urlaub zu fahren.«

»Eine gute Entscheidung. Und mein Glück, dass du so prüde bist.«

KAPITEL 24

Wir ergötzten uns noch eine Weile an dieser Geschichte. Nun gut, ich tat es, aber ich liebte derart verrückte Begebenheiten und ich mochte es, wie er damit umging. Und dass er mir das anvertraut hatte.

»Was hat dein Bruder zu deinem Entschluss gesagt, getrennt zu verreisen? Die Entscheidung muss ja recht kurzfristig gefallen sein«, fragte ich schließlich.

»Das ist sie und er war aufrichtig traurig. Er mag Sina wirklich und sieht in ihr so eine Art Ersatzkind. Aber ich glaube, er spürt bei aller Verliebtheit auch, dass Sybille und ich nie echte Freunde werden und es besser ist, wenn wir in Zukunft ein bisschen Distanz halten. Und er ist zudem voll damit beschäftigt, für seine kleine Familie zu sorgen. Er ist glücklich und darauf kommt es am Ende an. Ich muss nur ab und an mit Sybille zurechtkommen. Er hat sich für sie entschieden und er möchte mit ihr alt werden. Ich respektiere das und gebe mein Bestes.«

»Sehr erwachsen.«

Er zuckte mit der Achsel. »Ich bin der große Bruder.«

»Der prüde Bruder«, korrigierte ich und kicherte schon wieder.

»Es war ein Fehler, dir das zu erzählen«, stellte er mit gespielt resignierter Stimme fest.

»Nein! Ich stelle mir das nur vor, wie ihr da alle sitzt, an einem Geburtstag oder so, und sie dich dann vorstellt. *Das ist meine Freundin Clara und das ist Daniel, Andys prüder Bruder*. Wie oft musst du dich in diesen Situationen erklären?«

»Erstaunlich selten. Diejenigen, die die Geschichte nicht kennen oder direkt brühwarm erzählt bekommen, sind meist zu wohlerzogen, um nachzufragen.«

»Oder zu prüde.« Ich konnte einfach nicht aufhören zu kichern.

»So langsam kommt mir der Verdacht, dass du dich in meiner Familie bestens amüsieren würdest.«

»Ich würde zumindest die skurrilen Begebenheiten genießen. Aber nur, weil ich nun mal einen Hang zu Verrücktheiten habe.«

»Und ausreichend Humor«, befand er.

»Stimmt.« Ich hielt ihm mein leeres Glas hin und sah zu, wie er es auffüllte. Endlich bekam ich dieses alberne Gickeln wieder in den Griff und grinste nur noch wie eine Bekloppte. Eine tiefe Zufriedenheit überkam mich und ein irres Glücksgefühl, weil dies ein so schöner Abend war. Und natürlich auch prompt jede Menge verrückter Gedanken. »Also bereust du es nicht, dich so entschieden zu haben«, resümierte ich, als ich mich wieder halbwegs beruhigt hatte.

»Absolut nicht«, gab er zu.

Ich nahm einen Schluck Wein und sah ihn herausfordernd an. »Und was bereust du?«

»Bitte?«

»Nicht in Bezug auf deinen Bruder, sondern allgemein betrachtet. Was bereust du in deinem Leben?«

»Nichts«, sagte er prompt.

»Jeder bereut etwas. Und ich meine damit nichts wirklich Schlimmes oder dass man vor der Ziehung der Lottozahlen saß und sich plötzlich denkt: *Oh! Das sind ja meine Lieblingszahlen! Hätte ich doch nur dieses eine Mal Lotto gespielt und die angekreuzt.* Nein, ich meine etwas, was dein Leben hätte verändern können, oder eine Chance, die danach unwiderruflich vertan ist. Eine Wegkreuzung, an der du den linken Weg gewählt hast und dich fragst, was passiert wäre, wenn du nach rechts abgebogen wärst. Jeder von uns war doch schon mal in einer Situation, in der man eine Chance hatte, eine Gelegenheit, und sich dagegen entschied. Aus Gründen, die einem in dem Moment richtig erschienen. Aber mit Abstand betrachtet, einige Jahre später, könnte man sich in den Hintern beißen, weil man nicht spontaner oder mutiger war.«

»Bereust du denn etwas?«, stellte er die Gegenfrage.

»Hm.« Ich drehte wieder das Weinglas in den Händen. »Einiges vermutlich.«

»Wirklich? Ich hätte gedacht, dass du hinter jeder deiner Entscheidungen stehst.«

»Das tue ich, und das hat auch nichts damit zu tun. Was ich meine, ist vielleicht auch eher das Bedauern, etwas nicht getan zu haben, wozu ich nie mehr die Gelegenheit haben werde. Verstehst du, was ich meine?«

Er nickte. »Ich denke schon.«

»Also, was hast du nicht getan, was du heute bedauerst?«

Wieder zuckte er mit der Schulter. »Wenig, wie es aussieht. Wobei …« Sein Blick schweifte kurz ab und er sah über mich hinweg in die Nacht. »Was ich manchmal bedaure, ist, dass ich nach der Schule nicht durch die Welt gereist bin. Das hätte ich gerne getan.«

»Und weshalb hast du es nicht gemacht?«

»Keine Ahnung. Ich hatte kein Geld. Ich wollte meinen Eltern nicht auf der Tasche liegen. Und ich hatte diesen Ausbildungsplatz, den ich antreten sollte.«

»Und später? Nach der Ausbildung?«

»Da wollte ich meinen Meister machen. Das ist nicht billig und es ist zeitaufwendig, den neben dem Job durchzuziehen. Und danach habe ich meine eigene Firma gegründet, da reist man nicht eben ein paar Wochen durch die Welt.«

»Vermutlich nicht. Aber das ist etwas, was du korrigieren kannst. Du kannst das auf deine Bucketlist setzen und es spätestens als Rentner tun.«

Er nickte bedächtig. »Und was ist mit dir? Was hast du nicht getan und bereust es heute?«

Ich zögerte nur kurz. Er war eben auch ehrlich zu mir gewesen und irgendwie bekam ich diese Sache seit Tagen nicht aus dem Kopf.

»Dass ich damals mit Torsten zu schüchtern war, um aufs Ganze zu gehen.«

»Okay«, sagte Daniel schließlich langsam und runzelte kurz die Stirn. »Lass hören.«

»Nein«, wehrte ich ab und wurde ein bisschen rot.

»Hast du Angst, dass der prüde Bruder nicht damit klarkommt?«

»Da gibt es wenig, was zur Herausforderung für deine sensible Seele werden könnte.«

»Ich bin ganz Ohr.«

»Na gut. Es war in einem Sommerurlaub, hier in Südfrankreich. Ich war sechzehn und voller Hunger auf das Leben. Und da war dieser Junge, Torsten. Er machte ebenfalls mit seinen Eltern Ferien auf dem Campingplatz und wir waren in derselben Clique. Den Rest kannst du dir vermutlich denken.«

»Ihr habt euch verliebt?«

»Und wie! Ich war hin und weg von diesem Kerl. Und ich war im siebten Himmel, weil auch er sich in mich verliebt hatte. Das hatte vor ihm noch keiner getan. Es war unglaublich. Wir haben uns abends am Meer zum ersten Mal geküsst. Plötzlich hatte mein Leben das perfekte Drehbuch. Ich meine, der erste Kuss! Den vergisst kein Mädchen, aber ich hatte die traumhafteste Kulisse, die man sich denken kann. Nicht angetrunken in einem schäbigen

Partykeller oder so, mit grölenden Mitschülern im Hintergrund, sondern nur er und ich, das Meer, das im Mondlicht glitzerte, und die leise Musik der Strandparty, die wir eben verlassen hatten.« Ich machte eine kleine Pause. »Es war der schönste Urlaub meines Lebens, auch wenn ich danach noch ein paar wirklich tolle hatte. Aber das war einfach ...« Ich hob die Hände. »Perfekt, es gibt kein anderes Wort dafür. Obwohl wir die meiste Zeit einfach nur mit Händchenhalten verbracht hatten, war es unfassbar schön. Und dann, am letzten Abend, küssten wir uns endlich. Der allerschönste erste Kuss der Welt, voller Gefühl und Hingabe. Und der Kuss, der sozusagen die Büchse der Pandora geöffnet hat. Wir hatten nur noch diesen Abend und es machte zu viel Spaß. Und es gab noch so vieles, was ich entdecken wollte, ehe er heimfahren musste. Wir haben am Meer geknutscht, wie es sich für Teenager gehörte. Als uns auch das nicht mehr ausreichte, haben wir uns in mein Zelt verzogen. Und im entscheidenden Moment habe ich einen Rückzieher gemacht«, schloss ich die Geschichte recht brüsk ab.

»Du warst sechzehn«, sagte er und dachte vermutlich an seine Tochter. »Es war zu früh. Du hast gespürt, dass du noch nicht bereit warst.«

»Ich war schon sechzehneinhalb und ich war bereit.«

»Was war es dann?«

Ich drehte das Weinglas etwas energischer, dann stellte ich es ab und sah nachdenklich auf meine Hände. »Meine Schenkel«, gab ich zu.

»Bitte?«

»Und mein Bauch. Ich hatte plötzlich Angst davor, dass er mich nackt sehen wird. Und dass er mich dann plötzlich nicht mehr mag, weil ich nicht so dünn war wie die anderen.«

»Aber ihr wart am Meer. Ihr seid sicher schwimmen gegangen. Er wusste es also, wie du aussiehst.«

»Natürlich. Und trotzdem war es so. Total bescheuert.«

Er überging es höflich. »Habt ihr euch nie mehr gesehen? Wenn du so verliebt warst?«

»Wir haben uns noch eine Weile geschrieben. Aber es war klar, dass es auseinandergehen würde. Und ich habe den Liebeskummer vermutlich viel zu sehr genossen, es war also in Ordnung.« Ich wurde wieder etwas heiterer. »Im Ernst, es war nicht die große Liebe. Aber es war eine gute Liebe und er war der ideale erste Kerl. Er war so unglaublich verständnisvoll, als ich ihn wider Erwarten doch ausgebremst habe, und hat mich zu nichts gedrängt. Er hat mich wie eine Kostbarkeit behandelt und mir eine unvergessliche, wunderschöne Nacht geschenkt. Er wäre ein viel besserer erster Kerl gewesen als der, der am Ende diesen Posten bekommen hat.«

»Okay«, sagte er lapidar.

»Tja, das ist es, was ich anders machen würde, wenn ich zurückreisen könnte. Es wäre etwas ganz Besonderes gewesen und es wäre an einem magischen Ort passiert. Nicht in einer kalten Gartenhütte, in der es nach dem Komposthaufen roch.« Ich verzog den Mund. »Sondern am Meer, meinem Sehnsuchtsort schlechthin. Es wäre etwas gewesen, was mich cool und verwegen gemacht hätte. Eine Erinnerung an eine andere Anna, die begehrt wurde und das genossen hat. Es ist so, ich habe es verbockt. Und leider ist das nichts, was ich auf meine Bucketlist setzen kann.«

»Und weshalb kannst du es nicht draufsetzen?«

»Hallo? Weil ich mein erstes Mal mittlerweile hinter mir habe?«

»Das schon. Aber ist nicht jedes Mal mit einem neuen Partner ein erstes Mal?«

Ich sah ihn überrascht an. »Irgendwie schon, vermute ich.«

»Eben. Und außerdem muss man auch mal ein paar Kompromisse eingehen. Dann ist es eben nicht das weltberühmte und meiner Meinung nach völlig überbewertete erste Mal, sondern ein anderes erstes Mal. Würde es damit weniger schön sein?«

»Du überraschst mich! Du kannst ja richtig philosophisch sein.«

»Tja, nicht nur prüde, sondern auch klug«, gab er zurück und grinste frech.

»Und nur ein ganz klein wenig prüde. Immerhin haben wir gerade über diverse erste Male gesprochen.«

KAPITEL 25

Ich hätte durchaus noch länger über dieses Thema sprechen können. Es gab so vieles, was ich dazu fragen wollte. Zum Beispiel, wie sein zweites erstes Mal gewesen war. Oder das wievielte auch immer, auf alle Fälle das erste nach dem Tod seiner Frau. Denn das musste es doch gegeben haben, oder? Immerhin war er seit elf Jahren alleine. Und wenn es noch nicht stattgefunden hatte, dann aus welchem Grund? Weil er nach wie vor trauerte? Weil keine andere ihren Platz einnehmen konnte? Ich war drauf und dran, einfach zu fragen, auch wenn mir bewusst war, dass sich das nicht gehörte und ich die Antwort mitunter gar nicht hören wollte. Was, wenn er meine Befürchtungen bestätigte? Nun, dann wäre das zumindest geklärt, dachte ich und sah zu, wie er den restlichen Wein auf unsere Gläser verteilte.

»Daniel«, begann ich eben, als mich leises Gekicher unterbrach und die Mädels um die Hausecke kamen. Wir hatten nicht auf die Zeit geachtet, Rabeneltern, die wir waren. Wir hatten keinen Gedanken daran verschwendet, zu überprüfen, ob die zwei sich an die Zeitvorgaben hielten. Daniels hastiger Blick auf die Uhr zeigte mir, dass auch er noch nicht mit den beiden gerechnet hatte.

»Ihr seid aber früh«, sagte ich überrascht.

Leni und Sina tauschten einen Blick.

»Da hätten wir uns ja nicht so beeilen müssen«, murrte Leni. »Du hast gar nicht auf die Uhr gesehen, oder?«

»Weil ich weiß, dass ich dir vertrauen kann und du pünktlich heimkommst«, sagte ich hoheitsvoll.

Leni verdrehte die Augen und zog sich einen Stuhl heran. »Klar.«

»Und, Paps, wie war euer Abend?«, wollte Sina wissen und schnappte sich ebenfalls einen Stuhl.

»Ruhig«, sagte der und verzog kaum merklich den Mund. »Wir haben uns unterhalten, ein Glas Wein getrunken, und das war es schon.«

»Also so ähnlich wie bei uns. Nur dass wir natürlich keinen Wein hatten.«

»Das will ich hoffen«, gab Daniel zurück.

»Dafür waren wir am Meer. Ach, ich wünschte, wir könnten hier leben.«

»Dann wäre es nichts Besonderes mehr.«

»Doch, das wäre es. Glaubt ihr, dass das Meer sich irgendwann abnutzt? Dass man es irgendwann ansieht und nicht überwältigt ist, wie groß und weit und wunderschön es ist?«, fragte sie in die Runde.

»Ich nicht«, versicherte ich.

»Ich auch nicht«, stimmte Leni zu.

»Na siehst du, Paps? Du bist überstimmt.«

»Weil ihr vermutlich recht habt. Und trotzdem bleibe ich dabei, dass es so etwas Besonderes bleibt. Dass man die Zeit doppelt genießt, weil sie begrenzt ist. Und man sich hier deshalb die besten Erinnerungen schafft.«

Täuschte ich mich oder blinzelte er mir bei diesen Worten kaum merklich zu?

»Das stimmt! Dieser Abend, oder, Leni? Den werden wir so schnell nicht vergessen.«

»Ach ja? Aus einem bestimmten Grund?«, erkundigte ich mich interessiert.

»Möglich«, gab Leni ausweichend Antwort.

»Lass mich raten. Ein doppelter Grund? Brüder vielleicht?«

Leni schüttelte nur mit einem zufriedenen Lächeln den Kopf. »Sagen wir einfach, wir beide hatten einen tollen, unvergesslichen Abend und mehr braucht euch nicht zu interessieren.«

»Okay«, gab ich zurück und schaltete den Entspannte-Mutter-Modus ein. Die Erfahrung hatte mich gelehrt, dass man so am ehesten irgendwann erfuhr, was los war. Dann sah ich den Blick, mit dem Daniel seine Tochter musterte. Ups. Vielleicht hätte ich nicht erzählen sollen, dass sich Mädchen mit sechzehn Jahren durchaus reif genug fühlten, um echte erste Male zu haben. Die arme Sina würde in nächster Zeit bestimmt ein wenig mehr unter Beobachtung stehen. Zum Glück war ihr Vater prüde und würde sie von daher nicht direkt fragen. Ich kicherte, als mir dieser Gedanke durch den Kopf schoss.

»Alles klar, Mam?«

»Was? Ja, klar.« Ich konnte nicht anders, ich musste schnell zu Daniel schauen, der daraufhin minimal die Augenbrauen hob.

»Wie viel habt ihr getrunken?«, fragte Leni und klang nun, als wäre ich der Teenager und sie meine Mutter.

»Nur das, was auf dem Tisch steht. Mir ist eben bloß etwas eingefallen, was ich neulich gehört habe und das gerade gut passte.«

»Und zwar?«

Jetzt schüttelte ich meinen Kopf. »Du hast deine Geheimnisse und ich meine.«

Wir blieben noch eine halbe Stunde sitzen und flachsten ein wenig herum, ehe sich Daniel streckte und aufstand.

»Wir müssen langsam los.«

»Sagt wer?«, wollte Sina wissen. »Es ist gerade so witzig.«

»Und es ist weit nach Mitternacht. Anna und Leni möchten vielleicht ins Bett.«

Sina sah zu mir. Ich hätte nun ehrlicherweise mit dem Kopf schütteln müssen, denn mir ging es wie ihr. Aber Eltern fallen sich nicht so einfach in den Rücken und Leni hatte wirklich ein paar Mal verstohlen gegähnt.

»Wir sehen uns ja morgen wieder«, tröstete ich Sina und stand ebenfalls auf. »Das tun wir doch, oder?«, fragte ich in Daniels Richtung.

»Natürlich. An unserem Platz am Strand?«

Ich nickte und war plötzlich sehr glücklich. Unser Platz, das klang gut. So gut, dass ich diesen Satz in meinem Kopf wiederholte, bis ich endlich einschlief und ihn loslassen konnte. Weil erst im Schlaf keine Gefahr mehr lauerte, dass ich anstatt über diese Worte viel zu intensiv über den Mann nachdenken würde, der sie ausgesprochen hatte.

Auch der nächste Tag begann mit strahlendem Sonnenschein. Wahnsinn, schon der neunte hier, wie ich erschrocken nachrechnete, als ich meine täglichen Runden im Pool drehte. Schon weit über Halbzeit. Hastig verdrängte ich dieses Wissen wieder. Geht es nur mir so, dass sich der Urlaub anfangs endlos vor einem zu erstrecken scheint? Hat man aber erst mal die Hälfte hinter sich, dann rennen die Tage nur so dahin? Und plötzlich rechnete man genauer nach und realisierte, dass die vierzehn Tage, die man gebucht hatte, auch die Anreise und die Abreise beinhalteten. Den ersten Tag verbrachte man folglich damit, im Auto zu sitzen und sich einzurichten. Allerdings konnte man, wie wir das gemacht hatten, richtig früh losfahren und somit zumindest einen halben Tag dazugewinnen. Aber der letzte Tag? Um zehn mussten die Häuschen gereinigt und übergeben sein, das Auto vom Gelände entfernt. Und da dann noch mehr als neun Stunden Fahrt vor einem lagen, tat man gut daran, sich auf den Weg zu machen. Ich zog das Tempo etwas an, um diesen

Gedanken davonzuschwimmen. Ich würde mich jetzt nicht von solchen Überlegungen herunterziehen lassen. Ich würde jeden Tag, jede Minute so gut als möglich auskosten und nicht heute schon grübeln, was hinterher sein würde. Ob sich hier eine Freundschaft entwickelte, die sich in den Alltag retten ließ. Und wie sehr es mir fehlen würde, wenn ich wieder alleine zu Hause sein würde.

Nach dem Schwimmen machte ich einen Abstecher in den kleinen Supermarkt und kaufte mir ein noch warmes Croissant. Ich hatte zwar jeden Morgen eines für Leni mitgenommen, mir selbst aber nur am ersten Tag diese Sünde gegönnt. Weil man ja auch im Urlaub diszipliniert sein sollte und es hinterher bedauern würde. Pfft, dachte ich jetzt und biss genüsslich hinein, während ich zurück zu unserem Häuschen schlenderte. Gar nichts würde ich bereuen und verbieten würde ich mir hier schon überhaupt nichts. Weder ein Croissant noch den Wein abends. Zu Hause trank ich nur selten Alkohol. Mit Nanni, wenn wir uns mal trafen, oder auf Geburtstagsfeiern. Aber sonst? Ich kam alleine gar nicht auf den Gedanken, mir einen Drink zu genehmigen, und es fehlte mir auch nicht. Was mir eher fehlte, waren die Gelegenheiten, also die netten Runden, die gemeinsamen Abende, die Gesellschaft eines Menschen, mit dem ich mich einfach rundum wohlfühlte.

Leni saß auf der Terrasse und hatte eben ihr Frühstück beendet, als ich wieder heimkam. Ich hängte das Handtuch auf den Ständer und ging in meinem noch feuchten Tankini hinein, um mir einen Kaffee zu brühen. Auch so etwas, was ich daheim nie machen würde. Nur mit Badesachen bekleidet in der Öffentlichkeit herumzuspazieren wäre natürlich ein wenig krass, aber ich ging ja nicht mal in kurzen Hosen aus dem Haus. Hier jedoch marschierte man lässig derart leicht bekleidet in den Laden. Ich nahm mir vor, einen Teil dieser entspannten Haltung in den Alltag zu retten. Wenn hier niemand schreiend davonlief, wenn ich mal ungeschminkt und unfrisiert war und dabei meine

Cellulitis ausführte, dann sollten das doch auch meine Mitmenschen in Deutschland überleben.

»Gehen wir gleich an den Strand?«, fragte Leni, als ich mich mit meinem Kaffee zu ihr setzte.

»Natürlich. Seid ihr nicht mit euren neuen Freunden verabredet?«

Leni zuckte mit den Schultern. »Erst nachmittags am Pool. Da sind heute Wasserspiele geplant.«

»Klingt gut.« Ich sah ihren Blick und lachte. »Keine Angst, ich habe kein Interesse, mitzumachen. Und ich freue mich, wenn du vorher mit mir an den Strand gehst.«

»Cool. Sina hat eben geschrieben. Die sind schon fertig und wollen gleich los.«

»Dann werden wir uns beeilen. Gib mir nur fünf Minuten, um den hier auszutrinken.« Ich hob die Tasse und wedelte kurz damit durch die Luft. »Du kannst gerne schon mal die Kühltasche packen. Im Kühlschrank ist die restliche Wassermelone, die könnten wir mitnehmen.«

Leni stand auf und hob ihr benutztes Geschirr an. »Haben wir auch noch Kekse oder so?«

»Ich fürchte nicht. Puh, ich sollte dringend einkaufen, aber ich habe so gar keine Lust. Unsere mitgebrachten Vorräte gehen zur Neige und vorne im Laden ist alles dreimal so teuer wie im Supermarkt.«

»Das ist auch die letzte Flasche Wasser«, rief Leni aus dem Inneren des Häuschens.

Ich trank den Kaffee aus und stand seufzend auf. Es nutzte ja nichts, ich würde eine Stunde abzweigen müssen, um irgendwo einen Großeinkauf zu starten. Das Frühstück hier auf dem Platz zu kaufen war okay. Aber wenn ich uns für die restlichen Tage nur im campingeigenen Markt versorgen würde, käme ich mit unserem Budget schnell an seine Grenzen. Am besten plante ich mir das für den späten Nachmittag ein, dann hatte ich es hinter mir und vor allem heute Abend etwas Nahrhafteres anzubieten als trockene Nudeln mit einem Rest Käse.

KAPITEL 26

Als wir an den Strand kamen, waren Daniel und Sina bereits da. Sogar meine Liege wartete schon fertig aufgebaut. Daniel stand auf und nahm mir den Sonnenschirm ab.

»Ich mach das schon«, sagte er zu meiner Freude und vergrub den Schirmständer schnell und geschickt so, dass wir wieder eine große Schattenfläche hatten. Leni breitete ihr Handtuch neben Sinas aus und ich meines auf der Liege, als wäre das selbstverständlich.

»Geht ihr mit ins Wasser?«, wollte Sina wissen und sah uns an.

Daniel warf mir einen Blick zu, als ob seine Antwort von meiner abhängig wäre, und einen Moment klopfte mein Herz schneller. Dann beruhigte es sich und ich nickte. Wir ließen die Mädchen vorausssprinten und schlenderten langsamer hinterher.

»Und? Hast du gestern Abend noch Ärger bekommen, weil du so früh auf eurem Aufbruch beharrt hast?«

Daniel lachte. »Es war auszuhalten.« Er sah zu den Mädchen, die bereits bis zur Brust im Wasser waren und sich lachend bespritzten. »Sie mag Leni sehr. Am liebsten würde sie rund um die Uhr mit ihr abhängen. Und dich«, nun wandte er den Blick zu mir. »Dich mag sie ebenfalls.«

Ich fürchte, dass ich ein wenig rot wurde bei diesen Worten. »Ich mag sie auch total. Sie ist ein tolles Mädchen. Und so höflich. Gut gemacht.«

»Oh, sie kann auch anders.«

Ich lachte. »Alles andere wäre auch nicht normal. Ich habe schließlich zwei von der Sorte. Himmel, habt ihr nicht gesagt, das Wasser wäre warm? Das ist scheißkalt.«

Daniel lachte. »Nur bis man mal drin ist. Los, wer zuerst bei den beiden ist.«

Natürlich verlor ich haushoch. Und ich machte mich ein wenig zum Gespött, weil ich es einfach nie schaffte, ohne mittelschwere Flüche unterzutauchen. Verrückt, weil man ein paar Minuten zuvor noch geschwitzt hatte und sich nach ebendieser Abkühlung sehnte.

Ich ließ den gutmütigen Spott über mich ergehen und schwamm dann gemächlich ein bisschen hin und her. Im Gegensatz zu Daniel, der sich wieder einmal in kraftvollen Schwimmbewegungen hinaus aufs Meer bewegte, hielt ich mich dabei parallel zum Strand. Die Mädels hüpften einfach ein wenig auf der Stelle und waren hauptsächlich daran interessiert, miteinander zu quatschen. Wir ließen die beiden im Wasser zurück, als Daniel wieder bei mir auftauchte, und machten es uns im Schatten bequem.

»Herrlich! Diese Liegen sind mein Untergang. Ich könnte mich den ganzen Tag hier aalen und gar nichts tun.«

»Dann mach das. Wir sind im Urlaub, es ist alles erlaubt.«

»Theoretisch schon. Aber praktisch werde ich mich heute noch zu einem Einkauf aufraffen müssen. Wir sind total abgebrannt. Ich werde also einen Großeinkauf starten, der uns durch die restlichen Tage bringt.«

Daniel hob interessiert den Blick. »Willst du in einen Supermarkt fahren?«

Ich nickte. »Ja. Um zumindest die Grundnahrungsmittel aufzufüllen.«

Er rieb sich über den Bart. »Das sollte ich auch dringend tun. Hast du was dagegen, wenn ich mich anschließe?«

»Ganz und gar nicht. Zu zweit ist es nur halb so schlimm. Und ich hätte jemanden, der mir dann die Wasserflaschen ins Haus trägt.«

Er lachte. »Das kann ich machen. Wo willst du hin? Gibt es hier im Ort einen Markt?«

Ich überlegte. »Ja, allerdings einen recht kleinen. Ein paar Kilometer weiter ist ein tolles Einkaufszentrum. Das hat ein viel besseres Angebot.«

»Dann fahren wir dorthin. Du musst mir nur den Weg zeigen.«

»Das bekomme ich hin. Aber erst nachher. Vorher muss ich dringend noch ein wenig diese Liege genießen.«

Als die Mädels sich auf den Weg zum Pool machten, packten Daniel und ich unsere Habseligkeiten zusammen. Wir hatten die beiden gefragt, ob sie mitkommen wollten, aber nur eine abschlägige Antwort erhalten.

»Ich brauche den Schlüssel noch, ich habe mein Portemonnaie im Haus. Soll ich ihn dir an den Pool bringen, ehe wir fahren?«, fragte ich meine Tochter.

Die sah mäßig begeistert aus. Ich konnte mir vorstellen, dass sie eine Mutter, die ihr den Schlüssel brachte, peinlich fand.

»Ne, ich brauch den nicht. So lange werdet ihr ja nicht unterwegs sein.«

»Und wenn, dann kann Leni doch mit zu uns kommen, oder? Du kannst mir ja einfach unseren Schlüssel dalassen, Paps.«

»Das könnte ich. Die Autoschlüssel und Geld habe ich bei mir. Nur die Strandtasche muss ich irgendwo abstellen. Kann ich die bei dir lassen?«

Ich nickte. »Klar.«

»Dann viel Spaß. Bis nachher. Und bringt Schokolade mit, ja?« Sina küsste Daniel flüchtig auf die Wange.

»Und Gummibärchen«, sagte Leni in meine Richtung. Sie begnügte sich mit einem Winken und verschwand mit ihrer Freundin ins Schwimmbad.

Fünfzehn Minuten später entwich mir erneut ein kleiner Fluch. Dieses Mal nicht, weil mir kalt war, sondern weil wir eben das Ende eines Staus erreicht hatten. Wir waren auf einer Schnellstraße unterwegs, die uns eigentlich in zehn Minuten zum Supermarkt bringen sollte.

»Shit, das hatte ich vergessen. Um die Uhrzeit ist hier immer so viel los.«

»Wir haben ja Zeit«, bemerkte Daniel entspannt.

»Der vor uns anscheinend nicht.«

Ich spähte ungeniert in den Wagen vor uns. Es war ein älterer Kleinwagen und wir hatten beste Sicht hinein. Das Nummernschild wies den Fahrer als Einheimischen aus, wie ein schneller Blick verriet. Ich konnte erkennen, dass ein Mann hinter dem Steuer saß, mit einem dunklen, dichten Lockenschopf und einer langen, schmalen Nase. Das konnte ich deshalb so gut sehen, weil er sich eben nach hinten beugte, etwas vom Rücksitz angelte und nach vorne zog. Dann musste ich grinsen, als ich sah, dass der Kerl sich sein Shirt über den Kopf zog und es nach hinten warf. Das Auto ruckelte ein Weilchen, anschließend folgte ein weiteres Kleidungsstück.

»Oha. Der zieht sich aus.« Ich sah zu Daniel hinüber. »Wenn es jetzt weitergeht, dann fährt der im Schlüpfer nach Hause.«

»Oder er kennt das hier und weiß, dass er alle Zeit der Welt hat.«

Der Mann wandte sich wieder um und schob sich ein weiteres Mal zwischen die Sitze. Er drehte ein paar Mal suchend den Kopf, dann schob er sich noch ein Stückchen weiter und schien jetzt etwas aus dem Fußraum zu angeln.

Ungeniert präsentierte er uns dabei einen prominenten Blick auf seinen Hintern.

»Wenigstens trägt er einen Schlüpfer«, kommentierte ich süffisant. »Echt jetzt, ich liebe dieses Land. Die sind so entspannt. Mach das mal bei uns im Stau, dann hast du ruckzuck eine Anzeige wegen Erregung eines öffentlichen Ärgernisses am Hals.«

»Kennst du dich damit aus?«

Ich verpasste ihm einen kleinen Rippenstoß. »Natürlich nicht. Was Umkleiden in der Öffentlichkeit angeht, bin ich ein prüder Bruder. Oh, ist das ein Anzug, was er jetzt aus dem Fußraum zaubert? Hoffentlich ist der bügelfrei.«

Wir sahen zu, wie dunkler Stoff auf einem Bügel in den Fahrerraum gezerrt wurde. Der Mann beugte sich über den Beifahrersitz, nestelte eine Weile herum, dann wackelte das Auto erneut ein wenig, während sein Kopf ein paar Mal hochschnellte und dann verschwand.

»Die Hose hat er wieder an«, kommentierte ich, als das Wackeln aufhörte.

Im Stau tat sich etwas und die Autos vor uns rollten ein paar Meter. Auch unser Vordermann schloss auf, dann ging die Show weiter. Jetzt war es definitiv ein weißes Hemd, das vom Vordersitz geklaubt wurde und relativ zügig übergestreift war.

»Warum der das wohl macht?«, überlegte ich laut.

»Vielleicht hat er einen Termin und ist knapp dran?«

»Hm. Er könnte auch auf dem Weg von einem Job zum anderen sein. Vielleicht ist er ein Kellner.«

»Oder er hat ein Date.«

»Mittags um vier? Eher nicht, oder? Vielleicht ist er aber auch ein ganz mieser Typ und kommt gerade von seiner Geliebten. Und nun zieht er sich um, damit seine Frau die Lippenstiftspuren nicht sieht und ihr Parfüm nicht riecht.«

»Und trägt plötzlich einen Anzug?«

»Er hat eben nichts anderes zur Hand.«

»Anna, du bist nicht ein wenig zynisch, oder?«

Ich schüttelte den Kopf. »Nur realistisch. Aber bitte, überzeuge mich von etwas anderem.«

Daniel überlegte kurz. »Er ist auf dem Weg zu seiner Hochzeit. Eigentlich wollte er sich vor Ort umziehen, aber dieser Stau macht ihm einen Strich durch die Rechnung. Und damit er nicht in Jeans und T-Shirt aufkreuzt, hat er beschlossen, sich eben hier umzuziehen.«

Ich warf ihm einen überraschten Blick zu. »Bist du am Ende etwa ein Romantiker?«

»Weshalb nicht? Es ist auf alle Fälle ein schönerer Gedanke als deine Fremdgeh-Theorie.«

»Stimmt. Vielleicht muss er aber auch zu einer Beerdigung.«

»Nein. Das wäre zu traurig. Und zudem hätte er sich dann zu Hause fertig gemacht, oder nicht?«

Die Wagen vor uns setzten sich langsam in Bewegung. Der Mann im Anzug steckte sich eine Zigarette an, lehnte seinen Ellenbogen auf das heruntergekurbelte Fenster und lenkte das Auto lässig mit einer Hand.

»Wenn er wirklich heiratet, hoffe ich für sie, dass er auch Pfefferminzdrops herumliegen hat.«

»Vielleicht macht er das auch nur zum Spaß«, schlug Daniel vor. »Um neugierigen Mitmenschen wie dir etwas zum Grübeln zu geben.«

»Das ist es! Er ist professioneller Stau-Unterhalter.« Ich lachte. »Ich gebe mich geschlagen. Deine Idee ist die beste, du hast gewonnen.«

»Und was?«, wollte Daniel interessiert wissen.

»Ein Eis«, sagte ich spontan. »Ein richtig großes Eis, heute Abend, auf dem Platz.«

Er nickte. »Abgemacht.«

Nachdem wir wieder in Bewegung gekommen waren, dauerte es nur noch ein paar Minuten, ehe wir den Supermarkt erreichten.

»Ist es nicht seltsam?«, sinnierte ich, als wir zügig über die Straße glitten. »Da steht man und nichts geht mehr und plötzlich«, ich schnippte mit den Fingern, »setzt sich der Tross wieder in Bewegung. Und man passiert keine Baustelle, keinen Unfall, nichts. Als ob es nie einen Grund gab für den Stau.«

Daniel grinste. »Kann es sein, dass ich eine kleine Philosophin im Wagen sitzen habe?«

»Eher eine wirklich schrecklich neugierige Person. Und eine, die sich einfach gerne die Zeit damit vertreibt, sich Geschichten auszudenken. Da könnte zum Beispiel eine Omi vor uns hergezockelt sein, die beide Fahrspuren in Anspruch nahm und an der letzten Ausfahrt endlich abgebogen ist.« Ich sah ihn auffordernd an.

»Oder der Abschleppwagen hat gerade das Unfallauto aufgeladen und abtransportiert.«

Ich runzelte kurz die Stirn. »Nein, viel zu langweilig. Die zweite Runde Eis habe definitiv ich gewonnen.«

KAPITEL 27

»Sieh dir diese Fischauswahl an!«

Wir waren mittlerweile im Supermarkt und Daniel zeigte sich recht begeistert vom Angebot. Wir hatten schon allerlei Grundnahrungsmittel – und ja, dazu zähle ich auch Schokolade, Gummibärchen und Kekse – sowie eine Packung Klopapier eingeladen, die wir uns teilen würden, als wir die beeindruckende Fischabteilung passierten. Daniel scherte mit seinem Wagen aus und besah sich das Sortiment genauer.

»Die haben hier alles, was das Herz begehrt. Und ganz frisch!«

»Wir sind am Meer. Natürlich haben die hier frischen Fisch.«

»Und die Garnelen! Wie sieht es aus? Hast du Lust auf gegrillte Garnelen?« Er wandte sich mit leuchtenden Augen zu mir um.

»Theoretisch schon. Aber ich habe leider keinen Grill. Wobei ich die ja auch in der Pfanne zubereiten könnte«, überlegte ich.

»Ich habe einen Grill. Einen kleinen elektrischen, aber das reicht.« Er schien kurz zu überlegen. »Anna, was denkst du? Wir könnten doch heute Abend gemeinsam grillen.«

»Gute Idee.« Ich versuchte erst gar nicht, meine Begeisterung zu verbergen.

»Dann nehmen wir die mit?« Er zeigte auf die Garnelen. »Und zusätzlich Lachs? Oder lieber Fleisch?«

»Nein, Lachs wäre super. Und wir könnten Salat dazu machen.«

»Und frisches Baguette natürlich.«

»Ich sehe, wir passen perfekt zusammen«, sagte ich, ohne nachzudenken. Daniel ließ ein Lächeln aufblitzen und plötzlich war ich einen Moment beinahe verlegen. »Zumindest sind wir beide verfressen«, fügte ich deshalb an und feixte. »Oh, wir sind dran. Wie heißen Garnelen auf Französisch?«

Wie bereits auf dem Markt mussten wir unsere spärlichen Französischkenntnisse in einen Topf werfen, um uns zu verständigen. Es machte Spaß, in der Landessprache zu kommunizieren, auch wenn wir an den grinsenden Gesichtern ablesen konnten, dass nicht jedes Wort das war, welches wir eigentlich meinten. Dennoch versuchten wir tapfer, die richtigen Vokabeln zu finden.

»Oh, Pommes de terre. Was denkst du, wären ein paar Rosmarinkartoffeln nicht super zum Fisch?«, rief ich zum Beispiel.

Oder Daniel sagte: »Cacahuètes. Ich liebe Erdnüsse. Wir sollten welche zum Wein mitnehmen. Und gesalzene Chips.«

»Aber nur, wenn die allesamt bei dir gelagert werden! Ich würde die sonst gegessen haben, noch ehe wir den Wein entkorken können.« Ich griff nach einer Packung Chips und reichte sie ihm, damit er sie in seinen Wagen packen konnte.

»Merci, Madame«, gab er zurück und legte eine weitere Packung dazu. »Nur nicht so bescheiden. Wir haben noch ein paar Abende vor uns.«

Ich lachte übermütig und spürte ein warmes Gefühl in meinem Brustkorb aufglühen. Noch ein paar Abende, das klang großartig.

Als wir uns schließlich an der Kasse einreihten, hatten wir die Wägen voll mit kalorienhaltigen Sünden. Mein Vorsatz, im Urlaub auf nichts zu verzichten und einfach mal, was das Essen betraf, fünf gerade sein zu lassen, würde umgesetzt werden und es war ein verdammt gutes Gefühl.

»Gönn dir«, hatte Nanni gesagt und auch wenn sie damit nicht gemeint hatte, dass ich mir zwei Kilo drauffutterte, fühlte ich mich dennoch gut und wild.

Die Heimfahrt verlief staufrei und damit flott. Als wir wieder auf den Campingplatz einbogen, verkündete Daniel, dass er mir zuerst helfen würde, meine Sachen in unser Haus zu bringen. Dann könnte er gleich seinen Strandkrempel mitnehmen und danach seine Einkäufe verstauen.

Wir passierten die Schranke und Daniel bog nicht ab, um zu seinem Haus zu kommen, sondern fuhr ein Stück geradeaus weiter, in Richtung unseres Viertels. Die Häuschen der unterschiedlichen Preisklassen, Ausstattungen und Größen waren immer in Siedlungen aufgestellt. Jeder Bereich hatte seinen eigenen Parkplatz, um die Wege einigermaßen kurz zu halten. Wir waren, wie bereits erwähnt, in einem Areal mit kleineren und auch etwas bescheideneren Unterkünften. Daniel und Sina logierten zwar ebenfalls in einem kleineren Container, aber im Premium-Viertel, wie Leni berichtet hatte. Mit zwei Schlafzimmern, die jeweils einen direkten Zugang zu einem eigenen Badezimmer hatten. Das hatte meinen Teenager natürlich mächtig beeindruckt.

Wir wollten gerade in die Straße abbiegen, die zu uns führte, als Daniel stoppte.

»Das sind doch unsere Mädels.«

»Stimmt.« Ich sah etwas genauer hin.

Da standen Leni und Sina und daneben zwei Jungs. Die vier lachten und gestikulierten, berührten sich dabei immer wieder wie zufällig am Arm. Nun beugte sich einer zu Sina und flüsterte ihr etwas ins Ohr. Sina strich sich die Haare zurück und warf lachend den Kopf in den Nacken. Dann neigte sie sich zu Leni und sagte etwas zu der. Die nickte und lachte ebenfalls. Danach wandten sie sich wieder den Jungs zu und offensichtlich verabschiedeten sie sich jetzt, denn sie beugten sich vor und gaben sich flüchtige Wangenküsschen.

Daniel stand immer noch vor der Abzweigung, aber da hier kaum Verkehr herrschte, störte das niemanden. Die beiden Mädels drehten sich um und erkannten den Wagen. Sie kamen angespurtet, ein breites Grinsen im Gesicht.

»Seid ihr auch endlich wieder da? Das ging ja ewig. Brauchst du den Schlüssel, Paps?«

Daniel hatte seinen Blick noch auf die beiden Jungs gerichtet, sah jetzt aber zu Sina.

»Wir bringen erst Annas Einkäufe heim, dann komme ich. Gehst du zum Haus?«

Sina nickte. »Leni kommt noch mit, wenn es recht ist.«

Ich nickte und sah dann ebenfalls zu den beiden Jungs. Sie lungerten betont lässig auf dem Weg herum und warfen immer wieder Blicke zu unseren Mädels. Nun, da hätten die zwei es schlechter treffen können. Die Kerle sahen ganz niedlich aus, fand ich, und sehr nett.

»Dann bis nachher. Wann gibt es Abendessen?«, wollte Sina wissen.

»Gegen acht? Wir haben beschlossen, dass wir heute Abend gemeinsam grillen.«

»Cool.« Sina drehte sich zu Leni um und hob die Hand, um sie abzuklatschen. »Und hinterher wollen wir noch zum Pool. Wir treffen uns da mit ein paar anderen. Ist das in Ordnung?«

Wieder nickten wir, dann sah Daniel in den Rückspiegel. »Da kommt einer. Ich muss weiterfahren. Bis gleich.«

Da es schon nach sechs war, begnügte sich Daniel damit, meine Taschen und Flaschen ins Haus zu tragen, lehnte aber einen Kaffee ab. Stattdessen schlug er vor, dass ich mich jetzt um meine Einkäufe kümmern sollte und wir dann in einer Stunde gemütlich mit den Vorbereitungen beginnen könnten. Das war mir recht, so würde ich genügend Zeit haben für die dringend benötigte Dusche. Ich hatte noch immer den Geruch des Meeres auf der Haut und meine Haare waren vermutlich stumpf und zerzaust vom Salzwasser. Und wenn ich schon dabei war, dann könnte auch ein wenig Wimperntusche nicht schaden.

Ich gönnte mir eine Spülung und eine nach Zitronen duftende Bodylotion und beschloss, dass ich heute Abend mal wieder ein wenig mehr Sorgfalt auf meine Erscheinung legen könnte. Ich wählte ein luftiges Sommerkleid und kramte auch nach dem schönen Dessous-Set. Nicht weil das relevant wäre, außer für mich und das gute Gefühl, das es vermittelte, wenn ich es trug. Und dann griff ich sogar zum Lippenstift. Ja, vielleicht war das zu viel für eine kleine Grillparty, aber wen kümmerte es? Vermutlich würde es sowieso keinem auffallen, mich jedoch machte es glücklich und selbstbewusst, und das war doch alles, was zählte.

KAPITEL 28

Auch Daniel war frisch geduscht, als ich ankam. Im Gegensatz zu mir war er jedoch nicht so verrückt gewesen, bei den immer noch vorherrschenden sechsundzwanzig Grad mit dem Föhn zu hantieren. Sein Haar war einfach adrett gekämmt, aber nach wie vor feucht. Dafür hatte er sich zu seinen Shorts ein flottes hellblaues Hemd angezogen und bereits einen kleinen elektrischen Tischgrill aufgebaut.

»Komm rein. Gut siehst du aus.«

Ich lächelte erfreut.

»Danke. Und danke«, sagte ich und folgte ihm ins Haus.

Die Tür zu Sinas Zimmer war offen und ich konnte die Mädels hören.

»Hallo, ihr zwei«, rief ich.

»Hi, Mam.« Leni tauchte in der Küche auf. »Nice. Du hast dich ja richtig schick gemacht.«

Ich war froh, dass die Klimaanlage hier drin so gute Arbeit leistete, denn sonst wäre mir jetzt noch wärmer geworden.

»Danke. Man bemüht sich«, gab ich lässig zurück.

»Ich werde auch schnell duschen gehen. Gibst du mir den Schlüssel?« Sie griff danach und rief Sina einen Abschiedsgruß zu.

Ich trat zu Daniel an die winzige Küchenzeile und sah mich um. »Also, legen wir los.«

Auch wenn dieses Häuschen etwas großzügiger ausfiel als unseres, war es recht beengt und die Kochnische überschaubar. Da der Fisch erst mal keine Aufmerksamkeit brauchte, widmete ich mich den Tomaten, während Daniel geschickt die Kartoffeln schälte. Wir stießen dabei immer mal wieder aneinander, woraufhin wir lachten und uns ansahen und dann weitermachten. Es war toll, hier zu stehen und zu plaudern und währenddessen gemütlich das Essen vorzubereiten. Daniel schnitt die Kartoffeln in akkurate kleine Würfel, ich den Mozzarella in Scheiben, um ihn dann ansprechend mit den Tomaten und dem Basilikum zu arrangieren. Er hatte die Kartoffeln bereits in der Pfanne, als ich die Vinaigrette über den Salat goss und mir zufrieden die Hände wusch.

»So, die kann ich jetzt runterdrehen, dann müssen wir sie nur ab und zu wenden. Ich hole den Fisch und die Garnelen, dann können wir draußen schon mal ein Glas Wein trinken, bis alles fertig ist.«

»Gute Idee.«

Wir schnappten uns Gläser und eine Flasche Wein und gingen hinaus auf die Terrasse. Daniel schaltete den Grill ein und machte es sich dann gemütlich. Ich sah zu, wie er den Wein entkorkte, lehnte mich zurück und schlug die Beine übereinander.

»So sollte es immer sein, was?«, sagte ich gedankenverloren. »Das wäre ein Leben.«

»Stimmt.«

Ich sah sein Lächeln und fühlte mich plötzlich um zwanzig Jahre jünger. Nicht nur das Leben an sich sollte so sein wie hier, entschleunigt und mit Zeit für die Dinge, die wirklich wichtig waren, wie ein Gespräch oder ohne Zeitdruck zu kochen. Auch die Gesellschaft würde mir fehlen, die Leichtigkeit, dieses Gefühl, nicht alleine zu sein. Zufrieden saßen wir da, plauderten ein wenig über Nichtigkeiten und ließen die Minuten verstreichen.

»Ich denke, wir können jetzt anfangen«, meinte Daniel schließlich und stand auf. Er prüfte den Grill und legte mit einem zufriedenen Nicken die Garnelen und den Lachs darauf. Ich stand auf und ging in die Küche, um die Kartoffeln zu wenden. Dann sah ich mich um. Auch wenn das hier nicht wirklich Daniels Zuhause war, fühlte es sich falsch an, einfach Schranktüren zu öffnen und nach dem Geschirr zu suchen.

»Wo sind die Teller?«, rief ich deshalb.

»Hier.«

Ich fuhr herum, als Sina plötzlich im Raum stand. Sie hatte ebenfalls geduscht und sich aufgehübscht.

»Ich helfe dir«, sagte sie und reichte mir vier Teller.

Ich nickte dankbar und trug die Teller hinaus. Sina folgte mit Besteck und Gläsern. Zusammen arrangierten wir alles, holten Wasser und schnitten das Baguette. Als wir mit den Vorbereitungen fertig waren, duftete es vom Grill bereits verführerisch und Leni kam wieder ums Eck.

»Das riecht lecker«, sagte sie zur Begrüßung.

»Es dauert nicht mehr lange«, versprach Daniel. »Wie weit sind die Kartoffeln?«

Ich sprang auf. »Die müssten auch fertig sein. Ich seh mal nach.«

Beim Essen verfielen wir wieder in die kindische Angewohnheit, französische Brocken in die Unterhaltung einzustreuen.

»Das Baguette, Madame. Und donne moi doch bitte les tomates«, sagte Daniel.

»Aber tout de suite, Monsieur. Hier, bitte schön«, gab ich zurück.

Leni und Sina verdrehten lachend die Augen.

»Diese Garnelen sind die besten, die ich je gegessen habe«, schwärmte ich schließlich.

»Die sind ja auch ganz frisch. Und mit Liebe gegrillt«, erwiderte Daniel und zwinkerte mir zu. »Aber ich muss sagen, Ihr Tomatensalat, Madame! Délicieux!«

Ich zuckte mit den Achseln wie eine Diva, die lässig ein Kompliment abschmetterte.

»Merci, chérie«, bedankte ich mich übermütig und ohne nachzudenken.

»Puh«, sagte Leni und schüttelte den Kopf. »Ihr seid ganz schön verrückt, wisst ihr das? Zum Glück haben wir noch was vor.«

»Und was?«, fragte ich neugierig.

»Wir haben uns verabredet.«

»Mit den beiden Jungs von vorher?«

»Ja.« Lenis Stimme war etwas gedehnt und klang ein ganz klein wenig genervt. »Was dagegen?«

»Nein, wieso denn? Die sehen nett aus.«

»Das sind sie auch.« Sie sah zu Sina, die zustimmend nickte. »Wir hängen einfach ein wenig ab.«

»Na, das ist doch ein guter Plan. Einfach abhängen. Das könnten wir doch auch tun, oder?« Ich grinste zu Daniel hinüber. »Nachdem wir das Geschirr gespült haben.«

»Das kommt gar nicht infrage. Die jungen Damen werden alles abräumen, ehe sie verschwinden. Schließlich haben wir gekocht«, setzte er mit erhobener Stimme an, als Sina Einwände erheben wollte. »Ihr räumt ab und lasst dann auch gleich die Spülmaschine laufen.«

»Ihr habt eine Spülmaschine? Dann werden wir jetzt jeden Abend hier kochen. Unsereins muss nämlich von Hand abwaschen.«

Daniel lächelte breit. »Darüber können wir reden.«

KAPITEL 29

Nachdem die Mädels alles erledigt hatten und munter plaudernd abgezogen waren, sah mich Daniel fragend an.

»Wie wäre es mit einem kleinen Verdauungsspaziergang?«

»Gerne. Du hast hoffentlich nicht vor, dabei am Pool vorbeizugehen?«

»Natürlich nicht. Obwohl ich schon neugierig wäre.«

»Bist du einer dieser Kontroll-Väter?«, fragte ich überrascht. »Sina erweckt nicht den Eindruck, dass sie das nötig hätte.«

Daniel seufzte und stand auf. »Das hat sie auch nicht. Sie ist ein vernünftiges Mädel. Aber manchmal«, er zuckte die Schulter und wir setzten uns langsam in Bewegung.

»Was manchmal?«, hakte ich schließlich nach, als er nicht weitersprach.

»Nun ja, manchmal habe ich Angst, dass ihr Maren fehlt. Eine Mutter, mit der sie reden kann oder an die sie sich wenden kann, wenn sie Fragen hat.«

»Sie hat doch dich. Sie könnte keinen besseren Vater haben.«

Er lachte leise. »Danke. Es ist albern. Vergiss es.«

Leichter gesagt als getan. Ich nickte zwar und begann, wie so oft, heiter von Nichtigkeiten zu plaudern, auf die Schönheiten des Platzes hinzuweisen, über allzu eifrig dekorierte Vorzelte zu kichern und in regelmäßigen Abständen glücklich zu seufzen, weil es so wunderbar war, durch die hereinbrechende Nacht zu schlendern, aber vergessen, das konnte ich nicht.

Doch erst als wir wieder an seinem Haus waren und erneut den Weißwein aus dem Kühlschrank geholt hatten, kam ich darauf zurück. Mittlerweile war es beinahe dunkel und ich hoffte, dass ihm dies helfen würde. Es ist manchmal leichter, Dinge auszusprechen, wenn man sich einreden kann, dass niemand dabei ist. Wie kleine Kinder, die sich die Augen zuhalten und dann überzeugt sind, dass auch sie nicht gesehen werden können, wenn sie nichts sehen. Obwohl man natürlich weiß, dass man nicht alleine ist, und obwohl man sich wünscht, gehört zu werden. Aber es fällt halt weniger auf, wenn man dabei rot wird oder sich sonst wie behämmert vorkommt.

»Also, was ist so albern, dass du es nicht sagen kannst?«, kam ich direkt zur Sache.

»Was?« Ich hörte an seinem Tonfall, dass auch er es noch nicht ganz aus dem Kopf hatte.

»Diese Sache, von der wir vorher beinahe gesprochen hätten. Warum hast du Angst, als Vater nicht zu genügen? Ich meine, über das allgemeine Maß hinaus? Ich weiß, dass diese Angst uns alle manchmal erwischt. Kaum ein Elternteil kann doch aus vollem Herzen sagen, dass er nicht gelegentlich zweifelt, ob er genügt.«

Daniel nickte bedächtig. »Du hast recht. Es ist nur so …« Wieder verstummte er, griff nach seinem Glas, trank einen Schluck. Als er weitersprach, klang seine Stimme anders. Heiterer, wenn auch mit einem Unterton, der ein wenig zu entspannt war. »Egal. Wie ist es bei euch? Hat Leni schon einen Freund?«

»Nein.« Ich war erstaunt über den Themenwechsel, entschied aber, darauf einzugehen. »Sie sagt, dass sie daran kein Interesse hat. Die meisten ihrer Freundinnen hatten bereits ihre erste Beziehung und ganz unter uns, es ist ein fröhliches Bäumchen-wechsel-dich-Spiel, was die da treiben. Heute ist der Typ mit Maria zusammen, morgen schon mit Lina. Nun ja, die probieren sich aus, was ich durchaus verstehen kann. Leni jedoch hat nicht einmal einen Schwarm. Ich sollte froh darüber sein, das erspart ihr eine Menge Kummer. Ich weiß noch zu gut, wie es war, verliebt zu sein und keine Chance zu haben. Andererseits könnte sie einfach eine tolle Zeit haben. Nun ja, in der Hinsicht kommt sie nicht nach mir.«

»Nein? Dann warst du eine von denen, die ständig das Bäumchen gewechselt haben?«

Ich lachte. »Leider nein. Ich war nie so begehrt. Ich war eher eine von denen, die ständig hinter einem Kerl hergeschmachtet haben und zusehen mussten, wie er eine andere auswählte.«

»Das ist kaum vorstellbar. Die müssen alle dumm und blind gewesen sein.«

Ich hob überrascht den Blick. »Nein. Aber danke, es tut gut, das zu hören. Was ist mit Sina?«, wechselte ich dann schnell das Thema. »Sie hat bestimmt einen Freund, oder?«

»Nein«, antwortete er und strich sich über den Bart. »Zumindest sagt sie das. Sie hat einen Kumpel, der oft bei ihr ist. Ein netter Junge, ich mag ihn. Die beiden haben jede Menge Spaß und sie lachen viel und schreiben sich ständig Nachrichten und so. Aber sie sagt, dass sie nur Freunde sind und das gut ist.«

»Und du glaubst ihr das nicht?«

»Doch.«

»Aber?«, hakte ich nach.

»Was, wenn sie sich einfach schämt, solche Dinge mit mir zu besprechen?«, platzte es plötzlich aus ihm heraus. »Dinge, die man mit seiner Mutter bespricht?«

»Oder auch nicht«, warf ich ein. Ich dachte an so manches Gespräch mit Leni, das ich im Monolog geführt hatte, während sie mit versteinertem Gesicht dasaß und sich am liebsten die Ohren zugehalten hätte. Gespräche, für die ich die Zeit als gekommen sah, die Leni aber nicht führen wollte.

»Ich scheue mich davor«, gab Daniel zu und klang jetzt entschlossener. »Ich kann doch nicht einfach fragen, ob sie schon mit einem Kerl geschlafen hat. Ich weiß nicht, wie ich sie auf Verhütung ansprechen soll. Ich habe es mal versucht, es ist nicht besonders gut gelaufen.« Er verzog den Mund. »Sie hat mich recht schnell unterbrochen und mir versichert, dass sie alles wüsste, was es zu wissen gibt.«

»Das stimmt vermutlich. Mal davon abgesehen, dass die heute schon in der Grundschule mit der Aufklärung beginnen, haben die nicht nur die *Bravo*, um sich zu informieren, sondern auch das Internet und Freundinnen.«

»Aber es sollte mein Job sein. Unser Job als Eltern. Sie soll sich nicht auf irgendwelche obskuren Tipps verlassen, die sie irgendwo liest, oder sich von falschen Fakten verunsichern lassen, die im Internet massenhaft zu finden sind. Als ich sie heute Mittag sah, mit diesem Jungen, da dachte ich plötzlich, dass ich vielleicht den richtigen Zeitpunkt verpasst habe. Was, wenn sie ihre Meinung ändert und etwas passiert? Wenn sie doch nicht so gut vorbereitet ist, wie sie mich glauben lässt? Wenn sie eine Dummheit macht? Sie sollte fragen können, wenn sie vor dieser Situation steht, und ich fürchte, da bin ich nicht ausreichend. Es ist doch peinlich genug, so etwas mit seiner Mutter zu besprechen. Aber mit dem Vater?«

»Vielleicht. Aber möglicherweise spielt das Geschlecht da weniger eine Rolle, als du denkst. Es muss einfach ein Mensch sein, dem man vertraut. Und das bist du für sie.«

»Früher hatte ich gehofft, dass Annette bei solchen Themen einspringt. Die Ex von meinem Bruder«, rief er mir wieder ins Gedächtnis. »Die beiden hatten einen guten Draht und Annette hatte ein Gespür für sensible Themen. Sie hat mich damals zur Seite genommen und gefragt, ob Sina schon ihre Tage hat. Das war so ein Moment, in dem ich erkannte, dass ich Hilfe brauchte. Sina war damals nicht ganz zwölf, für mich noch immer das kleine Mädchen. Annette hat mir erklärt, dass sie das eben nicht mehr ist. Und deshalb müsste ich auf das Thema vorbereitet sein, meinte sie und hat mir diverse Produkte in die Hand gedrückt.«

»Wie umsichtig.«

»Ja. Aber als es dann so weit war, hat Sina natürlich nichts gesagt. Bis ich es mitbekam, hatte sie sich bereits alles besorgt, was sie brauchte. Ich habe das Zeug dennoch hervorgekramt und ihr angeboten, darüber zu reden. Sie hat es abgelehnt. Wieder hat sie versichert, Bescheid zu wissen. Nun ja, vermutlich wusste sie wirklich mehr als ich. Was sollte ich ihr sagen? Dass ich die Schmerzen kenne? Was mir dagegen geholfen hat?«

Ich dachte an die Zeit zurück, als ich mit Leni in dieser Situation war. Nein, in dem Alter war es nicht leicht, solche Gespräche zu führen. Auch wir hatten zwei Anläufe gebraucht, bis sie endlich zuließ, dieses Thema anzuschneiden, und sich dann öffnete und Fragen stellte, Emotionen zuließ.

»Redet ihr denn generell über Gefühle?«, fragte ich nachdenklich.

»Nun ja, schon«, gab Daniel ein wenig abweisend zu. »Ich sage ihr jeden Tag, dass ich sie liebe und dass ich immer für sie da sein werde.«

»Das ist gut. Aber ich meine, redest du mit ihr darüber, wie es dir geht? Was du empfindest? Was dich umtreibt?«

»Was mich umtreibt? Du meinst, dass ich mir manchmal Sorgen um sie mache? Natürlich reden wir darüber.«

»Nun«, gab ich zu und stärkte mich mit einem Schluck Wein. »Ich meine eher, wie es dir generell geht. Als Mann ohne Frau. Dass du es verstehst, wenn man Bedürfnisse hat. Dass du es kennst. Dass du es verstehen könntest, wenn sie sich nach Zärtlichkeiten sehnt, einem Kuss, einem Partner.«

Er brummte etwas Unverständliches, was ich als Nein interpretierte. Hieß das jetzt, dass er es nicht tat oder dass er nicht darüber sprach? Und sollte ich die Gelegenheit nutzen und nachhaken oder war das gerade unpassend?

»Das wäre doch unangemessen, oder?«, sagte er entschieden.

»Weshalb? Wenn du dich bei ihr dafür interessierst, dann tut sie das vielleicht umgekehrt ebenfalls.«

»Ich bin ihr Vater«, warf er ein.

»Und sie ist deine Tochter. Und ihr habt beide denselben Antrieb. Liebe. Es interessiert dich nicht aus Neugier, sondern weil du sie liebst. Weil du sie schützen willst. Weil du sie vor Schaden bewahren willst. Weil du möchtest, dass sie glücklich ist. Weshalb sollte es umgekehrt nicht ebenso sein?«

»Weil wir damit über ihre Mutter reden. Weil sie unweigerlich mit hineinspielen würde.«

»Aber wäre das schlimm? Zu sagen, dass du sie immer noch liebst, und dennoch …« Ich zuckte mit der Achsel und holte Luft, ehe ich weitersprach. »Dein Leben weiterleben willst? Wieder eine Beziehung eingehen möchtest? Sina ist doch ein kluges Mädchen. Und sie ist nett und aufgeschlossen. Und vor allem liebt sie dich. Würde sie dir das nicht gönnen? Glaubst du wirklich, dass sie es nicht verstehen könnte, wenn du nicht ewig alleine sein willst?«

KAPITEL 30

Daniel schwieg so lange, dass ich ein ungutes Gefühl bekam.

»Es tut mir leid. Ich sollte solche Fragen nicht stellen. Es geht mich nichts an.«

»Schon gut. Ich bin nicht brüskiert. Ich denke nach.«

»Das ist gut. Weißt du, als ich euch die ersten Male beobachtet habe, da dachte ich, was für ein tolles Team ihr seid. So vertraut und so nah.«

»Du hast uns beobachtet?«

»Natürlich.« Ich lachte und machte eine entschuldigende Geste. »Kennst du mich immer noch nicht? Ich beobachte den ganzen Tag die Leute um mich herum. Das ist spannend.«

»Richtig. Und du redest gerne über das, was du siehst.«

»Ja. Weil ich generell gerne rede. Und ihr zwei, weißt du, dass ich dich beneidet habe? Dass ich dachte, dass du ein Glückspilz sein musst, weil ihr eine so gute und entspannte Beziehung habt? Zu der Zeit war Leni nämlich gerade etwas schwierig und hat damit gehadert, dass sie nur ihre alte Mutter als Begleitung hat. Sina hingegen wirkte, als wärst du alles, was sie braucht.«

»Weil ich immer alles war, was sie hatte. Ich habe ihr versprochen, immer für sie da zu sein. Dass ich sie nie alleine lasse. Sie war mein Mittelpunkt und sie ist es bis heute.«

»Und du fürchtest, wenn du dich wieder verlieben würdest, dann sähe Sina darin einen Wortbruch? Oder hat es einen anderen Grund?«

Wieder brauchte Daniel einen Augenblick, bis er antwortete. »Beides vermutlich.«

»Liebst du Maren noch so sehr, dass du keine andere willst? All die Jahre keine wolltest?«, fragte ich leise und hielt unweigerlich den Atem an.

»Maren war eine ganz besondere Frau. Ja, ich liebe sie noch immer.«

Er machte eine Pause, in der ich versuchte, nicht auf meine Emotionen zu hören. *Keine Chance*, flüsterte es in meinem Kopf. Was für ein wunderbarer, liebenswerter Mann, und keine Frau wird je eine Chance haben. Und schon gar nicht ich. Wie sollte ich auch mit einer perfekten Frau konkurrieren, die noch dazu keinen Fehler mehr machen konnte? Plötzlich bereute ich es, das Thema in diese Richtung gelenkt zu haben. Und ich bedauerte ihn, weil er sein ganzes Leben der Trauer widmen würde.

»Und doch spüre ich, dass sich diese Liebe verändert hat. Das klingt falsch, aber ich spüre, dass es Platz gibt neben ihr. Dass es irgendwann sein könnte …«

»Dann hast du all die Jahre keine Freundin gehabt?«, platzte es aus mir heraus.

»Nein.«

»Und auch keine … Frau?«

Er schüttelte den Kopf.

»Fehlt dir das nicht? Ich meine, die Berührungen? Die Nähe? Dieses ganz besondere Gefühl, das dir eine Freundschaft nicht geben kann?«

Das Wort »Sex« stand plötzlich fast plakativ im Raum. Ich bemerkte zu spät, dass ich hier nicht mit Nanni saß und dass ich vermutlich aus anderen Gründen danach fragte, als das eine Freundin tun würde. Dass ich aus persönlichen Gründen nachbohrte, weil ich es in meinem eigenen Interesse wissen wollte. Dass ich forsch und neugierig klingen musste. Was ich war, keine Frage. Wieder hatte ich ein Thema aufgebracht, das man nicht so einfach anschnitt, und schon gar nicht bei einem eigentlich Fremden. Und erst recht nicht, wenn man es nicht nur aus Nächstenliebe ansprach.

»Hm. Martin hat mir glaubhaft versichert, dass ein Mann das nicht kann.« Ich tat mein Bestes, sein Unbehagen zu lindern und dafür mich selbst ein wenig aufs Korn zu nehmen. »Vermutlich lag es an mir. Ich war eben keine besondere Frau, also suchte er das, was er von mir nicht mehr wollte, bei einer anderen.«

»Du bist eine besondere Frau, Anna.«

»Danke. Mist, jetzt klingt das so, als wollte ich das hören. So war das nicht gemeint.«

»So klang es auch nicht.«

»Dann bin ich beruhigt. Es ist nur … Ich kann mir das nun mal kaum vorstellen. Du bist ein toller Kerl und du bist immer gut drauf und hast gerne Spaß. Und du bist ein sinnlicher Mensch, zumindest was das Kulinarische angeht.«

»Du weißt doch, was man über Essen und das Alter sagt.«

»Aber so alt sind wir noch nicht. Ich bin es nicht. Ich würde durchaus …« Ich zuckte schon wieder mit der Schulter. »Nur weil ich es mit Martin nicht mehr wollte, will ich es doch nicht gleich ganz aufgeben. Und zudem«, setzte ich rasch nach. Ich hatte mal wieder das eine Glatteis verlassen, nur um direkt auf das nächste zu schlittern. Und ja, ich hatte das bewusst getan, aber plötzlich war es doch ein wenig peinlich. »Zudem steht Essen in meinem Fall nicht als dauerhafte Ersatzlösung an. Ich nehme ja schon zu, wenn ich eine Torte nur ansehe. Ich muss mich also entscheiden: Entweder suche ich nach neuen Optionen oder ich muss ernsthaft anfangen, Sport zu machen.«

Daniel tat mir den Gefallen zu lachen und auch, sich hinterher meine Erfahrungen damit anzuhören, ernsthaft sportlich zu werden. Er ließ sich zu freudig darauf ein, was mir zeigte, dass er ziemlich froh war, meiner Befragung zu entkommen. Und so saßen wir, als die Mädels heimkamen, munter plaudernd da und mussten keine Angst haben, dass sie etwas aufschnappen könnten, was nicht für ihre Ohren bestimmt war.

Erst später, als ich im Bett lag, gab ich meinen wahren Empfindungen nach. Und ärgerte mich darüber, dass ich so eine Memme war und immer wieder einknickte. Dass ich zu unsicher war, um weiterzufragen oder richtig Tacheles zu reden, aber voll peinlich stets darauf zurückkam. Ich hatte mich immer schön um den Kern der Sache gewunden und gehofft, dass er es plötzlich beim Namen nannte. Wie machten andere Frauen das? Wie führte man so ein Gespräch und signalisierte dabei nicht, eine neugierige Tante zu sein, sondern ein Angebot? Argh! Ich drückte den Kopf in das Kissen. Ein Angebot, das sich aufdrängte. Ich würde so langsam begreifen müssen, dass dies hier eine andere Freundschaft war, als ich mir das in meinen geheimsten Fantasien erhoffte. So, jetzt hatte ich das endlich zugegeben. Ich hatte gehofft, dass er mich ansah und dachte: *Hm, ganz nett und ich bin schon viel zu lange Single. Das könnte ich jetzt doch beenden und mal sehen, ob ich es noch kann.* Ich hatte, seit wir hier waren, immer diesen Gedanken im Kopf gehabt, dass ich so gerne in der Zeit zurückreisen würde, dass ich an jenem Sommerabend mit Torsten eine andere Entscheidung fällen würde. Und ich hatte mir geschworen, eine zweite Chance dieser Art anders zu nutzen. Und nun musste ich ausgerechnet an den einen geraten, den meine Bereitschaft nicht interessierte.

Am nächsten Tag beschloss ich, dass ich damit aufhören würde, mich immer wieder in Situationen zu bringen, für die ich mich im Nachhinein genierte. Schluss mit dem Versuch, eine lockere Frau zu sein, die bei einem Glas Wein mit einem Fremden ihr Sexleben – oder besser gesagt, ihr nicht existentes Sexleben – besprach und mit dem Holzhammer winkte, dass dieser Zustand schnellstmöglich beendet werden musste.

Es war zur Gewohnheit geworden, dass wir uns um die Mittagszeit am Strand trafen. Ich hatte meine morgendliche Routine hinter mir und war bestens gelaunt. Wie ich es liebte, im Sonnenschein meine Bahnen zu ziehen! Der Himmel war klar und die Sonne schien auf das glitzernde Wasser. Mit jedem Tag, der verging, hatte ich den Pool so früh am Morgen ein wenig mehr für mich alleine. Das war der Vorteil, wenn man in einem Bundesland lebte, das erst spät Ferien hatte, und man so die Nachsaison ausnutzen konnte. Nachdem ich meine Zeitvorgabe erfüllt hatte, legte ich mich noch eine Viertelstunde auf eine Liege, ließ meinen Tankini antrocknen und schloss zufrieden die Augen. Das Leben war schön, wenn man in der Sonne lag und die Wärme auf der Haut spürte. Es fühlte sich an, als ob die Sonne meinen Glücksspeicher auffüllte, bis der überzulaufen begann und sich die Gefühle ungehemmt in meinem Körper ausbreiteten. Als ich zurück zu unserem Häuschen schlenderte, entspannt in meinen feuchten Badeklamotten und in ein Handtuch gewickelt, spürte ich ein Glühen in meiner Brust, das mich breit grinsen ließ. Was ein wenig Sonnenschein, eine schöne Umgebung und ein bisschen Bewegung doch ausmachten, dachte ich. Und die Aussicht, einen Freund zu treffen und einen weiteren Tag einfach zu genießen, nichts zu tun zu haben außer zu lachen und sich an dem zu erfreuen, was man hatte.

Als ich mit einer Tasse Kaffee auf unserer Terrasse saß und darauf wartete, dass Leni abflugbereit war, griff ich nach dem Handy und schickte Louis wie jeden Tag eine Nachricht. Dann sah ich, dass sich Nanni gemeldet hatte. Kurz flackerte das schlechte Gewissen auf, weil ich völlig vergessen hatte, ihr zu schreiben. Ich las ihre Mitteilung, in der sie mich erneut aufforderte, ihr brühwarm alles zu berichten, und überlegte, was ich darauf antworten sollte. Alles zu erzählen kam leider nicht infrage. Mit meiner Ein-Finger-Tippmethode würde ich bis übermorgen dasitzen. Leni lachte sich immer schlapp, wenn sie das sah, und rümpfte mitleidig die Nase, während sie selbst lässig mit beiden Daumen und in einem Affenzahn textete.

Nein, die ganze Geschichte würde ich mir für daheim aufsparen. Dann würde ich sie ihr erzählen und mich darüber lustig machen, wie mich mein vorschnelles Mundwerk wieder einmal in ein paar peinliche Situationen katapultiert hatte. Und dann könnte ich ihr auch gestehen, dass ich diesen Mann durchaus sehr anziehend gefunden und seine Gesellschaft mehr genossen hatte, als es gut war. Aber vorerst würde ich das nicht zugeben. Sonst käme sie wieder mit ihren verrückten Anfeuerungen und würde mich auf noch dümmere Ideen bringen.

Es war ein toller Abend. Nun ja, jetzt waren es schon zwei tolle Abende, sorry, dass ich mich nicht eher gemeldet habe. Und er ist wirklich nett. Vor allem ist er so nett, mich hier nicht ganz alleine herumsitzen zu lassen. Ach, und er ist Witwer und hat vor, diesen Status beizubehalten. Ich schnappe mir also nicht ihn, sondern seinen Wein. Und ich genieße das Leben, auch wenn es unaufgeregt ist und bleiben wird. Und bei dir? Was Neues, das ich wissen sollte?

Ich las die Nachricht noch einmal durch und war mäßig zufrieden damit. Aber ich schickte sie dennoch ab, weil Leni endlich kam und ich plötzlich schnellstmöglich zu meinem unaufregenden Rendezvous am Strand wollte.

KAPITEL 31

Heute gaben sich Sina und Leni die Ehre und gönnten uns eine Stunde in ihrer Gesellschaft. Sie lagen nebeneinander auf ihren Handtüchern und quasselten ununterbrochen, während wir schweigend auf den Liegen dösten und mit einem Ohr der Unterhaltung folgten.

»Die haben das total geglaubt«, sagte Leni eben. »Echt jetzt, wir sehen uns doch gar nicht ähnlich.«

»Muss man ja auch nicht. Und weshalb sollten sie es nicht glauben?«

»Weil wir uns zu gut verstehen? Glaub mir, das ist nicht normal, ich weiß das.«

»Was ist nicht normal?«, fragte ich meine Tochter.

»Dass sich Geschwister so gut verstehen.«

»Okay«, kommentierte ich verwirrt. »Und wer versteht sich so gut?«

»Leni und ich.« Sina grinste.

»Okay«, sagte ich wieder und die beiden kicherten zufrieden ob meiner irritierten Miene.

»Sina hat Leon und Paul weisgemacht, dass wir Schwestern sind«, platzte Leni schließlich heraus.

»Was?«

»Die beiden haben das sowieso angenommen. Ich habe also nicht wirklich gelogen, bloß ihren Irrtum nicht aufgeklärt«, berichtigte Sina.

»Werden die nicht sauer auf euch sein, wenn sie es rausbekommen?«

»Wie denn?«, fragte Leni.

»Nun, ganz einfach deshalb, weil wir in zwei Häusern wohnen?«

»Das wissen die doch nicht. Und wie sollen sie das merken?«

»Indem sie es sehen? Manche Leute gehen spazieren, da sieht man das.«

»Alte Leute gehen spazieren«, erwiderte Leni spitz. »Junge chillen anders.«

»Na dann.« Ich gab mich geschlagen und verzichtete auf eine Ansprache über Wahrheit und Schwindeleien, die viele Gesichter haben konnten.

»Und ihr hängt ja auch den ganzen Tag zusammen ab. Passt doch alles.« Sina grinste. »Und ich find's voll cool. Ich habe mir immer eine Schwester gewünscht.«

Ich warf einen Seitenblick zu Daniel. Er runzelte die Stirn und senkte den Blick.

»Eine Schwester wie dich hätte ich auch liebend gerne genommen. Aber du kannst auch Pech haben und einen Bruder bekommen.« Leni verzog den Mund.

»Das ist gemein. Louis ist ein toller Bruder«, sprang ich in die Bresche.

»Ja, schon. Aber er ist halt keine Schwester.«

»Und außerdem hatte ich keine Lust zu sagen, dass meine Mutter tot ist.« Plötzlich wurde Sina ernst. »Sonst ist das okay, aber hier … Ich hatte keinen Bock auf diese betretenen Gesichter und das Herumgestammel. Das geht mir manchmal echt auf die Nerven. Und dann haben die alle Mitleid mit mir oder sie sind so verlegen, dass sie sich sofort davonmachen. Daheim ist es anders, da ist das eine Tatsache, aber hier …« Sie zuckte die Schulter und warf ihrem Vater einen entschuldigenden Blick zu. »Ich wollte nicht lügen, Paps. Ich wollte einfach auch mal eine normale Familie haben.«

Daniel nickte nur. Das Lächeln, das er dann folgen ließ, sah recht gezwungen aus, fand ich.

»Da hinten sind sie«, zischte Leni in dem Moment. »Wollten die nicht am Pool sein?«

»Doch, und wir wollten ebenfalls dort sein. Die wollen uns doch nicht etwa abholen?« Sina drehte den Kopf und sah wieder zu uns. »Ihr lasst uns nicht auffliegen, oder? Bitte!«

Wir hatten uns nur einen kurzen Blick zugeworfen, ehe wir beide knapp nickten. Die Mädels sprangen auf, rafften ihre Handtücher zusammen und spurteten los, den Jungs entgegen. Sie begrüßten sich mit scheuen Wangenküssen, dann drehte sich Leni noch einmal um.

»Bis nachher!«

»Kommt bitte nicht zu spät zum Abendessen, ihr zwei!«, rief ich und war mir bewusst, wie sehr ich in diesem Moment nach einer nervenden Mutter klang.

»Klar.« Auch Sina drehte sich um und winkte flüchtig. »Viel Spaß euch!«

Wir sahen der kleinen Truppe nach, bis sie über die Rampe verschwand. In meinem Kopf begannen die ganzen Rädchen einmal mehr, sich zu drehen. Hau jetzt bloß keinen dummen Spruch im Stil von: *So, nun sind wir verheiratet* raus, befahl ich mir selbst. *Denk zur Abwechslung erst nach, ehe du was sagst.*

»Tja, wir sind also verheiratet«, sagte Daniel und zeigte ein schiefes Grinsen.

Ich lachte. »Zum Glück hast du das gesagt. Nun ja, es könnte schlimmer sein, was?« Ich feixte und brachte damit sein Lächeln etwas in die Gerade. »Und nein, wir haben eben keinen Erziehungsauftrag vermasselt. Es wäre zu peinlich gewesen, aufzustehen und das klarzustellen. Es ist ein Spiel. Lassen wir ihnen die Freude, es tut niemandem weh.«

Daniel nickte und sein Lächeln schwächte sich ein wenig ab.

»Lust auf einen kleinen Spaziergang?«, fragte er dann und erhob sich bereits.

Ich rappelte mich ebenfalls hoch. »Klar. Wenn am Ende ein Kaffee wartet.«

»Ich hatte es nicht gewusst.« Daniel rührte den Milchschaum unter und sah derart konzentriert auf seinen Becher, als würde er eben Atome spalten oder so. »Ich hatte keine Ahnung, dass es Sina so an die Nieren geht.«

Ich legte meine Hand auf seine. Mir fehlten nicht oft die Worte, aber jetzt gerade schon.

»Sie hat nie etwas gesagt. Und ich habe sie nie gefragt. Obwohl ich es kenne, mir geht es ja ähnlich. Ich weiß genau, was sie meint. Diese Stille, wenn du es sagst. Das peinliche Berührtsein.« Er hörte auf zu rühren und nahm einen Schluck. Sein Gesicht verzog sich, weil er das heiße Getränk zu schnell getrunken hatte. »Aber auf der anderen Seite gewöhnt man sich daran. Ich habe mich daran gewöhnt.«

»Du hast aber selbst gesagt, dass du nicht gerne davon sprichst und es nicht jedem sofort auf die Nase bindest. Aus genau diesem Grund, oder?«

Er zuckte mit der Schulter. »Nun ja. Zudem ist das meine Privatsache.«

»Es ist aber auch nichts, was man verheimlichen muss. So läuft das nun mal. Die Menschen versuchen, sich gegenseitig einzuordnen. Man klärt die Randdaten, so dumm das klingt. Und dazu gehört in unserem Alter eben auch, ob man Kinder hat, eine Familie, verheiratet ist. Ich muss zugeben, dass ich mir selbst auch nie Gedanken darum gemacht habe, solche Informationen als gegeben hinzunehmen.«

»Trotzdem hast du nicht sofort danach gefragt.«

Jetzt war es an mir, mit der Achsel zu zucken. »Weil du den Anschein erweckt hast, es nicht ansprechen zu wollen.« *Und weil in meinem speziellen Fall die Neugier anders gelagert war. Weil ich Angst hatte, dass du raushörst, aus welchem Grund mich dein Familienstand interessiert.*

»Ich wusste nicht, dass sie sich Geschwister wünscht. Nicht in diesem Maß. Natürlich klang es manchmal durch, dass sie es toll findet, wenn Freundinnen Geschwister haben. Ich dachte, es geht ihr wie mir. Dass sie es schade findet, dass wir keine Chance hatten, die Familie zu vergrößern. Maren und ich hätten gerne ein zweites Kind gehabt. Wir hatten darüber geredet, dass es bald sein sollte, damit der Abstand nicht zu groß wird. Bis es zu spät war und das Leben uns die Entscheidung abnahm. Der krasseste Weg, die Familienplanung zu beenden. Wobei wir das ja anscheinend nicht sind. *Eine normale Familie*«, wiederholte er dumpf ihre Worte. »All die Jahre dachte ich, auch für Sina …« Er brach ab und widmete sich wieder seinem Kaffee.

»Dass du ihretwegen alleine bleiben musst?«, wagte ich es, seinen Satz zu vervollständigen.

»Ist das ein so dummer Gedanke gewesen?«, fragte er und hob den Blick. Seine Augen waren ernst und seine Stimme klang beinahe hart. »Dass ich dachte, ich muss unsere kleine Familie schützen und erhalten? Dass ich ihr zeigen wollte, dass wir beide ausreichen? Dass ich ihr vorleben wollte, dass man Menschen nicht so einfach ersetzen kann wie ein defektes Haushaltsgerät?«

»Nein«, beruhigte ich ihn und drückte seine Finger. »Nein, ich kann das verstehen.«

Ich spürte seinen Blick, der in meiner Miene zu forschen schien, ob ich es wirklich verstand. Dann stieß er die Luft aus und strich sich das Haar aus der Stirn.

»Vielleicht hätten wir einfach mal darüber reden sollen. Sina ist nicht mehr das kleine Mädchen, das ich noch immer in ihr sehe. Und sie war so jung, als Maren starb. Sie hat so wenige Erinnerungen an sie. Das hat mir stets sehr leidgetan. Auf der anderen Seite kann man so vielleicht einfacher loslassen.«

»Sie muss nicht loslassen und du genauso wenig. Es geht doch beides, oder nicht? Du darfst trotz allem nach vorne blicken und dein Leben leben. Deshalb vergisst du sie doch nicht. Oder denkst du, sie hätte es gewollt, dass du alleine bleibst?«

Zum ersten Mal an diesem Nachmittag lachte er. Ein leises, feines Lachen, das mein Herz erfreute.

»Nein, im Gegenteil. Sie hätte darauf bestanden, dass ich mich nicht hängen lasse. Wenn man jemanden liebt, dann will man, dass es ihm gut geht, das hat sie oft gesagt.«

»Na dann«, sagte ich und löste meine Hand von seiner. »Dann weißt du jetzt ja Bescheid. Vielleicht solltest du einfach mal mit Sina reden, wenn sich ein günstiger Moment ergibt. Und du bist ein Mann. Du kannst immer noch Kinder bekommen.« Ich wusste, dass ich damit vermutlich wieder zu forsch rüberkam, und stoppte rechtzeitig meinen Mund, um nicht auch noch kundzutun, dass er sich außerdem eine Schwester für Sina sozusagen direkt mit einer neuen Partnerin ins Haus holen könnte. Das klang dann doch zu sehr nach Angebot, selbst wenn es neutral betrachtet in seinem Alter die wahrscheinlichste Alternative war. »In dieser Hinsicht habt ihr einen klaren Vorteil. Bei uns ist irgendwann der Ofen aus. Ihr jedoch müsst euch nur eine jüngere Frau schnappen und könnt munter in die zweite Runde gehen.« Ich hob bei diesen Worten meine Augenbrauen und gab meiner Stimme einen Unterton, der ihn amüsiert das Gesicht verziehen ließ.

»Würdest du in unserem Alter noch ein Kind bekommen wollen?«, fragte er.

»Ich? Nein, bewahre. Ich habe zwei prächtige Exemplare und es war toll, sie aufwachsen zu sehen. Aber noch einmal von vorne beginnen? Noch einmal die ganzen durchwachten Nächte, dieses permanente Da-sein-Müssen, nicht in Ruhe duschen oder auch nur auf Klo gehen können? Gott, und wieder die Elternabende im Kindergarten! Mein Hintern war damals schon zu dick für diese Ministühle. Heutzutage würden die vermutlich einfach zusammenbrechen.«

Ich grinste, als ich sein Lachen hörte. Wie schön es war, ihm dabei zuzuhören. Ich konnte gar nicht anders, als mitzulachen. Es war, als ob sein Glück das meine hinter sich herzog. Weil es so ist unter Freunden, sagte ich mir in Gedanken streng. Das ist eine andere Art der Liebe, aber auch bei Freunden will man einfach, dass es ihnen gut geht und sie glücklich sind. Weil man dann selbst glücklich ist. Mein Kopf war ziemlich damit beschäftigt, mir das einzureden. So beschäftigt, dass er wieder einmal meinen Mund aus den Augen verlor. Und der benahm sich wie ein Dreijähriger, der dem strengen Blick der Eltern entwischt war und nun schnell mächtig auf den Putz hauen musste, ehe er wieder unter Aufsicht gestellt wurde.

»Wenn ich noch ein weiteres Kind bekommen sollte, dann will ich bitte ein fix und fertiges. Eines, das schon trocken ist und durchschläft und idealerweise bereits den Großteil der Pubertät hinter sich hat. Das würde vermutlich auch Lenis Vorstellungen einer Schwester näher kommen als ein Baby, das dann immer eine Außenseiterrolle hat, weil der Altersunterschied einfach zu groß ist.«

KAPITEL 32

Glücklicherweise wirkte diese Bemerkung auf Daniel einfach nur erheiternd. Wieder einmal durchfuhr mich der Gedanke, wie gut wir zusammenpassten. Dass wir ernste Themen besprechen konnten und dann aber auch fröhlich sein durften.

»Du wieder«, sagte er und schüttelte den Kopf. »Du bist nie um einen Witz verlegen, was?«

Ich grinste wie eine Cartoonfigur mit zusammengebissenen Zähnen, was ihn noch mehr amüsierte, und dachte darüber nach, wie seltsam es mit Worten manchmal war. Wie unterschiedlich man sie hörte, je nachdem, mit welchen Emotionen man ihnen begegnete. Für mich war das schon fast eine Offenbarung gewesen und hätte er sie gesagt, dann hätte ich mir zumindest ein paar Gedanken darüber gemacht. Umgekehrt schien er sie als Witz aufzufassen, als Stimmungsbrecher. Was darauf schließen ließ, dass wir nicht mit denselben Gefühlen hier saßen. Das war ein Gedanke, der überraschend schmerzhaft in mein Herz schoss und es kurz stocken ließ. Leider nicht auf diese angenehme Art und Weise, bei der es dann hinterher leicht wie eine Feder zu tanzen begann.

»Ich bin froh, dass wir uns getroffen haben. Ich glaube, dass die Begegnung mit dir mein Leben tatsächlich ändern könnte«, sagte Daniel und griff nun seinerseits nach meiner Hand, um sie dankend zu drücken. Und sie dann wieder loszulassen, als er das getan hatte.

Ich riss mich zusammen und deutete eine kleine Verbeugung an. »Avec plaisir, Monsieur.«

Er erhob sich mit einer dieser leichten Kopfschüttelbewegungen, die er so oft zeigte, wenn ich etwas sagte, das er als ungemein spaßig empfand.

»Na los. Machen wir uns auf den Rückweg. Ich könnte jetzt eine kleine Abkühlung gebrauchen.«

»Hast du dir schon Gedanken wegen des Abendessens gemacht?«, fragte Daniel eine Weile später, als wir uns lange genug müßig auf den Liegen gefläzt hatten und unsere Badesachen wieder trocken waren.

»Hm, nein. Ich denke, es wird etwas Schnelles und Einfaches geben.«

»Spaghetti Bolo?«

»Richtig. Der Klassiker, oder?«

»Und immer wieder gut. Wir könnten nachher im Laden frisches Hack mitnehmen und einen Salat dazu machen.«

»Wir?«, fragte ich und sah ihn interessiert an.

»Ich dachte, wir essen wieder gemeinsam? Schließlich habe ich einen Geschirrspüler, schon vergessen?«

Ich lachte. »Nein, das vergesse ich nicht. Klar, gerne. Dann können die Mädels auch ohne zu schwindeln vom Familienessen erzählen.«

»Die beiden«, sagte Daniel nur und schnitt eine Grimasse. »Ich weiß immer noch nicht, ob ich diese Lüge gut finden soll.«

»Lass ihnen den Spaß. Manchmal ist es ganz nett, sich für eine Weile seinen Träumen hinzugeben. Und du profitierst schließlich auch davon. Du wirst heute in den Genuss meiner Bolognese kommen und ich verspreche dir, die ist ziemlich gut.« Ich wollte nicht, dass wir uns wieder mit diesem Thema beschäftigten, das ihn belasten würde.

»Oh, ich habe ebenfalls ein sehr gutes Rezept. Ich mag nicht der beste Koch sein, aber dieses Gericht kann ich im Schlaf.«

»Dann bist du das nächste Mal dran.« Ich grinste breit und schloss noch einmal meine Augen. Ja, es war manchmal zu schön, sich seinen Träumen und Wünschen hinzugeben.

Für die Mädels war es keine Überraschung, dass wir auch heute gemeinsam essen würden. Sie machten sich für den restlichen Tag rar und als ich Leni eine Nachricht schickte und ihr mitteilte, wann sie sich bei Daniel zum Essen einfinden sollten, antwortete sie nur mit einem Daumen-hoch-Emoji. Wir hatten beschlossen, dass wir heute früher kochen würden. Mein Magen knurrte jetzt schon, dieses Herumliegen am Strand machte wirklich hungrig. Also packten wir schließlich unsere Sachen zusammen und gingen gemeinsam in Richtung Laden. Ich hatte gestern außer dem Fleisch alles für dieses Gericht gekauft und bestand darauf, dass ich die Zutaten mitbringen würde. Allerdings wollte ich zuvor unter die Dusche springen und das Strandkleidchen gegen etwas anderes eintauschen. Das Ding rangierte wirklich eher unter der Kategorie »praktisch und bequem« denn »schmeichelhaft und attraktiv«. Als ich es mir kaufte, hatte ich trotzig gedacht, dass es sowieso keinen interessieren würde, wie ich am Strand herumlief, und dass ich mich ab sofort nicht mehr darum kümmerte, ob es anderen zusagte oder nicht. Tja, damals hatte ich auch nicht gedacht, dass ich hier wirklich jemanden kennenlernen würde. Und als ich das dann tat, war es bereits zu spät. Daniel hatte mich längst in diesem Fähnchen gesehen und ich hatte mich schon viel zu sehr daran gewöhnt, wie angenehm es war, so luftig gekleidet zu sein. Nun ja, sieh es positiv, dachte ich und klopfte mir in Gedanken selbst auf die Schulter. Dadurch kannst du dann viel mehr Eindruck schinden, wenn du mal wieder ein richtiges Kleidungsstück trägst. Und vielleicht auch wieder den Lippenstift zum Einsatz bringst. Wäre ja schade, wenn du den völlig umsonst mitgenommen hättest.

Als Daniel mit dem Hack in Richtung seines Bungalows verschwand, hatten wir uns darauf geeignet, dass er sich ebenfalls frisch machen und dann einfach abwarten würde, bis ich auftauchte. Diese entspannte Haltung gefiel mir sehr. Trotzdem beeilte ich mich, möglichst schnell zu ihm zu kommen. Weil ich Hunger hatte, sagte ich zu meinem Spiegelbild. Immerhin hatten wir heute, ohne die Gesellschaft der Mädels, nur ein wenig Obst zu Mittag gehabt. Und ein paar Salzchips, aber die zählten nicht wirklich. Schließlich hatte Daniel die meisten bereits ungeniert gefuttert, bis mir endlich wieder eingefallen war, dass ich mir in diesem Urlaub nichts versagen wollte und dass es mich zur Abwechslung nicht kümmerte, ob die neben uns mich ansahen und sich dachten, dass ich mir das lieber verkneifen sollte. Und deshalb würde ich mich jetzt auch nicht dafür geißeln, nachgegeben zu haben, sondern meine neue, entspannte Haltung weiter kultivieren und heute Abend sogar zum roten Lippenstift greifen.

»Oh, là, là, Madame«, kommentierte Daniel meinen Aufzug. »Très français, wenn ich das sagen darf.«

»Merci«, erwiderte ich mit keckem Unterton.

»Ist das nicht zu schade für uns? Eine solche Pracht sollte man nicht hier bei einem Teller Spaghetti verstecken.«

»Es ist nur ein wenig Lippenstift«, wehrte ich sofort ab. »Kein Grund für diese Aufregung.«

»Aber es steht dir. Na dann, komm rein und lass uns beginnen. So langsam habe ich Hunger.«

Wie am Tag zuvor begannen wir Schulter an Schulter in der kleinen Kochnische zu werkeln. Daniel kümmerte sich um den Salat, während ich mich an die Hackfleischsoße machte. Ich hatte nicht nur die Tomaten und die Nudeln mitgebracht, sondern auch Kräuter und meine Geheimzutat, ein Fläschchen Sojasoße. Schon bald zog ein verführerischer Duft durch das Zimmer.

»Jetzt muss ich nur noch den Käse reiben, dann sind wir fertig, oder?« Ich sah zu Daniel, der eben hochkonzentriert die Salatsoße abschmeckte.

»Wenn du das übernimmst, decke ich den Tisch.«

»Klar.« Ich griff nach der Reibe und summte leise vor mich hin. Wir sind ein ziemlich perfektes Team, dachte ich. Als hätten wir das ein Leben lang geübt, ergänzten sich unsere Handgriffe oft ohne Worte. Ich wusste instinktiv, dass sein suchender Blick dem Salz gelten musste, das ich auf meiner anderen Seite abgestellt hatte. Und er reichte mir wie selbstverständlich den Kochlöffel, als ich ihn brauchte.

Ich probierte ein letztes Mal die Soße und nickte zufrieden. Sehr gut. Dann hörte ich draußen Stimmen und schaltete den Herd aus. Die Mädels waren da, genau zur rechten Zeit. Dann musste ich jetzt nur noch die Nudeln abschütten, ehe es losgehen konnte.

»Mam«, rief Leni überrascht, als ich mit den Spaghetti auf die Terrasse trat. »Hast du noch was vor?«

»Außer zu essen? Nein.«

»Und weshalb hast du dich dann so aufgebrezelt?«

»Das ist nur Lippenstift«, erklärte ich einmal mehr und zog das letzte Wort in seine einzelnen Silben auseinander. »Man wird sich doch mal ein wenig zurechtmachen dürfen, ohne dass gleich alle misstrauisch werden. Und außerdem weiß man hier nie, wann man plötzlich seinem neuen Ehemann gegenübersteht.« Ich hob vielsagend die Augenbrauen und sah die beiden Mädels an, die verstanden und verlegen den Blick senkten. »Und jetzt wäre es toll, wenn ihr den Salat und die Soße holen könntet, ich habe nämlich wirklich einen Riesenhunger.«

Das Essen war auch an diesem Abend eine heitere Angelegenheit. Ich genoss es von Herzen; mit Martin hatte es schon lange keine so ausgelassenen Familienessen mehr gegeben. Wobei das kein Familienessen war. Aber es war eine Mahlzeit, die nicht nur meinen Körper, sondern auch meine Seele satt und glücklich zurückließ. Die beiden Mädchen trugen sogar ohne weitere Aufforderung das Geschirr in die Küche, ehe sie sich trennten. Sina holte sich ein trockenes Handtuch vom Ständer auf der Terrasse, um unter die Dusche zu hüpfen, Leni verschwand zu uns, um sich für den Abend herzurichten, und Daniel und ich blieben alleine zurück. Ich setzte mich bequemer hin und begann einmal mehr, einfach draufloszuplappern.

»Weißt du, wen ich auf dem Weg hierher gesehen habe? Dieses Paar, das immer links hinter uns seinen Platz aufschlägt.« Ich sah seine fragende Miene und seufzte. Nanni wüsste sofort, wen ich meinte. »Echt nicht? Na, der Typ mit diesem aufblasbaren Liegeteil, das aussieht wie eine Riesenwurst? Der jeden Mittag damit auf und ab läuft, bis es endlich voll ist? Und seine Frau, die mit der Hammerfigur, die jeden Tag einen neuen Bikini anhat? Solche Lippen?« Ich stülpte meine eigenen, soweit es mir möglich war, nach vorne, um die Pracht zu imitieren.

Daniel lachte. »Ja, jetzt weiß ich, wen du meinst.«

»Die wohnen da vorne, in einem der blauen Häuschen. Und sie hatte schon wieder einen anderen Bikini an. Himmel, wie ich sie beneide! Ich könnte es mir nie leisten, im Bikini zu essen. Das würde sogar mir den Appetit verderben, wenn ich dabei zufällig einen Blick nach unten auf meine Schenkel werfen würde. Und weißt du, was sie dazu getragen hat? Zum Bikini und zum grünen Salat, der auf dem Tisch stand?« Ich grinste. »Eine Tuchmaske. Das ist so ein dünnes Vlies, das du dir ins Gesicht klatschst und das dann da rumklebt und deine Haut straffen soll. Meist verrutscht es und wenn du Pech hast, tropft es zudem, weil das Tuch mit einem Feuchtigkeitsserum getränkt ist.« Ich zog die Stirn in Falten. »Hm. Ich sollte es auch mal versuchen.«

»Und wieso? Ich kann mir nicht vorstellen, dass man so seine Mahlzeit genießen kann.«

»Eben! Vielleicht ist das der Trick, weshalb sie so schlank ist.«

»Und weshalb sie immer so grimmig dreinschaut. Kein Wunder, wenn man nie anständig essen kann. Du hattest übrigens recht. Deine Soße war sehr lecker.«

»Danke. Und ich glaube nicht, dass sie grimmig dreinschauen will. Ich denke, das liegt eher daran, dass sie Mimikfalten verhindern möchte.« Ich verzog das Gesicht. »Auch etwas, bei dem ich noch reichlich Luft nach oben habe.« Nachdenklich legte ich beide Hände an meine Schläfen und zog die Haut nach hinten. »Eine Bekannte von mir hat sich neulich Botox spritzen lassen. Die sieht wirklich zehn Jahre jünger aus.«

»Gruselig.«

»Dachte ich auch immer, aber bei der hat es wirklich gut ausgesehen. Als ob sie einfach in der Zeit zurückgereist ist. Nicht so, dass man erschrickt und denkt, dass da jemand rumgepfuscht hat.«

»Du denkst doch hoffentlich nicht ernsthaft darüber nach, so etwas zu tun?«

Ich zuckte die Achseln. Wer weiß, was man alles in Betracht zog, wenn man sich wieder dem freien Markt stellen wollte.

»Und dann? Hast du ein glattes Gesicht, kannst aber deine Stirn nicht mehr bewegen.«

»Eben! Du schlägst zwei Fliegen mit einer Klappe, zumindest in meinem Fall. Ich und meine ewigen Grimassen! Ich bekomme das einfach nicht abgestellt, obwohl ich weiß, wie dämlich ich dann aussehe. Und jedes Mal, wenn ich welche ziehe, fräsen sich die Furchen tiefer in mein Gesicht.«

Daniel beugte sich vor und sah mir in die Augen. »Und das ist gut so. Ich mag deine Grimassen und ich finde, dass es dir gut steht. Man sieht deinem Gesicht an, dass du lebst.«

»Danke.« Ich biss mir kurz auf die Unterlippe, um meine Freude nicht ganz so offensichtlich zu zeigen. »Aber hättest du nicht charmant hinzufügen müssen, dass meine Falten gar nicht so tief sind, wie ich denke?«

»Nein, weil du hoffentlich selbst weißt, dass du maßlos übertreibst. Was ist denn heute mit dir los?«

»Keine Ahnung.« Ich ließ die Luft in einem prustenden Geräusch entweichen. »Du hast ja recht. Eigentlich stehe ich über diesen Dingen. Es ist nur«, ich zuckte schon wieder mit den Schultern. Dann streckte ich die Hand aus und griff nach meinem Weinglas. »Irgendwann würde ich gerne wieder jemanden haben. Einen Mann. Und den muss ich erst mal dazu bringen, mich zu bemerken.« Ich hob das Glas wie zum Toast in die Luft. Leider hatte ich nicht bedacht, dass diese kleinen Dinger meinem Temperament nicht gewachsen sein könnten und deutlich leichter waren als normale Weingläser. Auf alle Fälle hatte ich zu viel Schwung und der Wein schwappte über und ergoss sich auf mein helles, geblümtes Sommerkleid.

»Mist!«, rief ich erschrocken und sprang auf.

Daniel grinste viel zu frech.

»Da mach dir mal keine Sorgen. Du hast eine natürliche Begabung dafür, aufzufallen. Oder hinzufallen«, setzte er hinzu und ich dachte wieder einen Augenblick an den entwürdigenden Moment, als er mich aus diesen Felsen hieven musste.

»Na komm.« Er stand auf und streckte mir eine Hand entgegen. »Ich bring dich ins Badezimmer. Dann kannst du das Gröbste sauber machen.«

KAPITEL 33

Vermutlich war mein heutiger Look ein ziemlich gutes Synonym für mein Leben. *Sie hat sich bemüht,* dachte ich achselzuckend. Hübsch frisiert, frecher Lippenstift, schmeichelhaftes Kleid. Und darauf ein unübersehbarer Rotweinfleck, der sich natürlich genau auf Brusthöhe befand und alle Blicke auf sich zog. Ich hatte ein Händchen dafür, in solche Situationen zu geraten und ein wenig peinlich zu sein. Und natürlich hatte der Besuch im Bad nicht wirklich geholfen. Ich hatte zwar ein bisschen daran herumgerieben und das Ärgste abgetupft, dann aber beschlossen, dass es nun eben so war. Irgendwie würde ich den später wieder herausbekommen. Ich war ziemlich gut im Fleckenentfernen, was auch mit daran lag, dass ich regelmäßig welche produzierte. Für mich war ein Abend erfolgreich, wenn ich in einer größeren Runde nicht die Erste war, die beim Essen die Tischdecke beschmutzte. Anstatt mir also übermäßig Stress zu machen, hatte ich mich lieber verstohlen in Daniels Bad umgesehen. Ich wusste von Leni, dass das Häuschen *voll cool* war, aber nun konnte ich mich selbst überzeugen. Bisher war ich nur im Wohnraum gewesen, in dem sich auch die Küche befand. Links und rechts gingen jeweils die beiden Schlafzimmer ab. Schöne Schlafzimmer, die mehr Platz boten als mein eigenes und sogar einen kleinen Frisierplatz mit Spiegel und Hocker hatten. Und eine Schiebetür, die in ein zwar kleines, aber sehr modernes Bad führte. Dusche und Klo waren so geschickt arrangiert, dass man sich dennoch bewegen konnte. Zu zweit war es zugegebenermaßen etwas eng, aber Daniel hatte sich höflich zurückgezogen, nachdem er mir einen Waschlappen gereicht und sich versichert hatte, dass ich damit zurechtkam. Ich hatte mäßig motiviert versucht, das gröbste Unheil zu beseitigen und mich dabei nicht zu sehr vom angrenzenden Schlafzimmer ablenken zu lassen. Es war nur ein Schlafzimmer und ich war nur hier, weil ich mich mit Rotwein begossen hatte. Das sollte doch kein Problem sein. Und dennoch zischte mein Gehirn ständig wenig hilfreiche Kommentare, versuchte mir einzuflüstern, dass es eine ganz tolle Sache war und ich doch genau das gewollt hatte. Tja, nur dass ich dabei eben ein etwas anderes Skript im Kopf gehabt hatte und überhaupt, beschloss ich, war ich erwachsen und konnte mit dem Anblick eines fantasieanregend zerwühlten Bettes umgehen.

Daniel sah mich fragend an, als ich immer noch befleckt wieder auf die Terrasse trat.

»Hat nicht geklappt, was?«

»Nein, da müssen härtere Geschütze ran. Trotzdem danke, dass ich dein Bad benutzen durfte.«

Zum Glück kam Sina eben auch wieder heraus und warf sich lässig auf einen Stuhl.

»Du siehst toll aus«, sagte ich ehrlich beeindruckt. »Cooles Top.«

»Danke. Nicht zu kurz?«, fragte sie und schielte dabei rasch zu ihrem Vater.

»Quatsch. Zumindest nicht hier. Wenn du jetzt auf dem Weg zur Schule wärst, wäre es anders. Wie ist das bei euch? Habt ihr auch Kleiderregeln? Leni darf weder in Jogginghosen noch bauchfrei auftauchen. Und die Shorts müssen mindestens so lang sein wie deine Hand, wenn du sie im Stehen an dir herabbaumeln lässt. Röcke ebenso.«

Sina nickte eifrig. »Ist bei uns auch so. Und keine zu tief sitzenden Hosen. Ätzend.«

»Das hat schon seinen Sinn«, mischte sich Daniel ein.

»Dann sollen sie doch Schuluniformen einführen. Das fände ich cool. Und man müsste sich nicht immer überlegen, ob das jetzt erlaubt ist, oder sich ein zweites T-Shirt überziehen, wenn man direkt nach der Schule noch was vorhat und …« Sie verstummte, als Daniel fragend eine Augenbraue hob.

Leni rettete sie, als er nachhaken wollte, was sie denn wohl vorhaben könnte, bei dem die normale Schulkluft nicht tragbar wäre.

»Hi. Da bin ich wieder. Oh, Mam. Hast du versucht, Rotwein zu trinken?«

Ich verdrehte die Augen, während die anderen lachten.

»Und, wollen wir los, Sis?« Leni sah Sina auffordernd an. »Die werden schon warten.«

Sina sprang augenblicklich auf. »Klar. Bis nachher, ja? Viel Spaß euch beiden.«

»Sis«, brummelte Daniel, nachdem die Mädchen verschwunden waren.

»Das sagen die so. Auch zur besten Freundin«, beruhigte ich ihn.

»Ich habe in den letzten Tagen das Gefühl, sie gar nicht wiederzuerkennen. Auch das mit den Klamotten. Was stimmt nicht mit den Sachen, die sie in die Schule trägt?«

Ich musste schmunzeln. »Alles stimmt damit. Aber sie sind nun mal in einem Alter, in dem sie sich ausprobieren. Sie wollen modisch gekleidet sein. Und sie wollen natürlich austesten, wie sie ankommen. Und unter uns: Das Top, das Sina heute trägt, gilt dabei noch als zurückhaltend.«

»In diesen Fragen fehlt mir manchmal einfach eine weibliche Meinung. Eine, der ich vertrauen kann. Jemand, der dann wie du lacht und mir sagt, dass ich mir zu viele Gedanken mache.«

»Kein Problem. Ich übernehme den Job gerne. Zumindest für die nächsten paar Tage«, setzte ich schnell hinzu und grinste schon wieder wie eine Comicfigur. »Wir machen einfach einen Crashkurs daraus.«

»Ich stecke wohl bereits mittendrin«, gab er zu. »Ich dachte immer, ich bin ein cooler Vater. Aber anscheinend habe ich mich getäuscht.«

»Nein. Du *bist* cool. Und Sina vergöttert dich. Sie ist ein tolles Mädchen, du hast alles richtig gemacht«, widersprach ich mit Nachdruck.

»Ich hätte gerne ein wenig von dir.«

»Ach ja? Und welchen Teil von mir hättest du gerne?« Ich sah ihn herausfordernd an. »Mein Talent, in Fettnäpfchen zu treten?«

»Nein. Deine Art, wie du mit den Mädels umgehst. Ich glaube, es liegt mit an dir, dass Sina plötzlich über Dinge spricht, die sie sonst nie thematisiert. Um dich herum herrscht eine lockere Atmosphäre und du scheust dich nicht davor, zu sagen, was du denkst.«

Jetzt musste ich doch lachen. »Was nicht von jedem als Vorteil angesehen wird. Meine Kinder finden es oft genug peinlich, dass ich so bin.«

»Aber du weißt Bescheid. Du weißt, was sie umtreibt und worüber sie sich Gedanken machen. Du kennst es, weil du auf eigene Erfahrungen zurückgreifen kannst.«

»Das mag stimmen.« Ich lehnte mich nachdenklich zurück. »Aber das bedeutet nicht, dass ich weiß, was sie wirklich empfinden. Ich bin nicht so naiv zu glauben, dass sie mir alles erzählen. Auch das gehört dazu. Dass man Geheimnisse hat, zumindest vor seinen Eltern.«

Daniel seufzte. »Ich dachte, wenn sie mal in diesem Alter sind, dann liegt das Schlimmste hinter einem. Aber wie es aussieht, habe ich mich getäuscht.«

Er sah so süß aus, als er das sagte, dass ich schon wieder lachen musste. »Sorry, ich lache nicht über dich. Falls es dir ein Trost ist: Du bist nicht alleine. Das sagt dir keiner, wenn du Kinder bekommst. Alle reden nur davon, dass du jetzt keine Nacht mehr schlafen wirst und dass du dennoch so glücklich sein wirst wie nie. Richtig gute Freunde flüstern dir vielleicht aufmunternd ins Ohr, dass es nur neun Jahre gedauert hat, bis ihr eigener Sprössling nicht mehr im Ehebett geschlafen hat. Aber keiner gibt zu, dass die kleinkindliche Trotzphase nur eine Aufwärmübung für die Pubertät war. Stattdessen erzählen sie dir ständig, welchen Preis ihr kleines Prachtexemplar gerade wieder gewonnen hat und wie unglaublich hilfsbereit es im Haushalt ist. Ich glaube, nirgends wird so viel gelogen wie bei Elternstammtischen und in Spielgruppen. Ich war damals dauerhaft verunsichert, weil es bei allen anderen so perfekt zu laufen schien. Selbst heute ist das noch so. Du gehst doch zu Elternabenden, oder?«

Er nickte grinsend.

»Das sind echte Selbstbewusstseinsprüfungen, zumindest für mich. Was ich da alles aufschnappe! Und dann musst du wissend nicken, wenn du erfährst, dass am nächsten Tag eine superwichtige Mathearbeit ansteht. Und bloß nicht zugeben, dass du noch nichts von diesem neuen Klassenprojekt weißt. So läuft das doch. Also lass dich nicht verunsichern. Als ich euch zum ersten Mal sah, da dachte ich, die beiden, die sind so eng.« Ich überkreuzte Zeigefinger und Mittelfinger und schwenkte sie durch die Luft. »Also entspann dich.« Ich löste meine verknoteten Finger und stupste sanft gegen seinen Oberarm. »Du hast es nämlich absolut nicht nötig, dir Sorgen zu machen, ganz im Gegenteil. Und nun«, ich stand auf und zupfte mein Kleid zurecht. Dabei fiel mir der unübersehbare Fleck wieder auf, der es zierte. »Und nun hätte ich Lust auf ein Eis. Ich schulde dir noch eines, das hast du hoffentlich nicht vergessen. Also, wenn es dir nicht zu peinlich ist, mit einer weingetränkten Begleitung gesehen zu werden, dann löse ich das jetzt ein.«

KAPITEL 34

Der kleine Stand, an dem das beste hausgemachte Eis verkauft wurde, das ich jemals gegessen hatte, war am Eingang zum Poolbereich und überraschend gut besucht. Anscheinend war die abendliche Show eben zu Ende gegangen und nicht wenige der munter schwatzenden, gut gelaunten Gäste gönnten sich noch eine Portion, ehe sie nach Hause gingen.

»Die hatten wohl mächtig Spaß.« Ich besah mir die lachenden Gesichter in der kleinen Schlange, die glücklichen Mienen derer, die an uns vorbeischlenderten.

»Sieht so aus. Vielleicht sollten wir uns auch mal eine Show ansehen«, gab Daniel zurück.

»Hättest du Lust?« Ich wandte mich ihm begeistert zu. »Da wäre ich sofort dabei.«

»Natürlich. Ich kann doch nicht verlangen, dass du jeden Abend mit mir altem Langweiler alleine vor dem Häuschen sitzt.«

»Du bist kein Langweiler.« Ich stieß ihn übermütig in die Seite und lachte, als er leicht schwankte. »Aber es wäre trotzdem cool, mal was anderes zu unternehmen.«

Die Schlange rückte weiter vor und ich richtete meine Aufmerksamkeit erst einmal auf das Eisangebot. Es gab zu viele gute Sorten und es musste sehr genau überlegt werden, welche beiden das Rennen machten.

Als wir mit unseren Waffeln dann wieder losschlenderten, kamen wir an einer Infowand vorbei. Ein Plakat zeigte die wöchentliche Animationsplanung und interessiert blieb ich stehen.

»Morgen ist eine Achtzigerjahre-Show. Das wäre doch was für uns. Eine Zeitreise in unsere besten Jahre.« Ich stieß Daniel erneut an, dieses Mal so fest, dass er richtig ins Schwanken geriet.

»Hey«, rief er lachend. »Vorsicht mit alten Männern.« Er grinste breit und ich tat es ihm nach. »Und außerdem, hast du nicht gesagt, dass die besten Jahre noch vor uns liegen?«

»Nein.« Ich runzelte die Stirn. »Das muss eine andere gewesen sein. Hast du noch ein Urlaubsliebchen außer mir?«

Wieder einmal hatte ich einfach geplappert und erst hinterher registriert, was da aus meinem Mund sprudelte. Zum Glück hatte Daniel denselben Humor wie ich und nahm den Spruch entspannt auf.

»Ich? Wo denkst du hin? Du bist so vereinnahmend, dass keine Zeit bleibt für andere.«

Ich sah ihn an und runzelte leicht die Stirn, doch er grinste so frech, dass ich mir keine Sorgen machen musste.

»Und ich würde auch keine andere wollen«, sagte er dann und plötzlich war mir sehr warm. »Du machst den Job toll.«

»Danke.« Tja, wenn es eine Sache gab, die mein Mundwerk stoppen konnte, dann Komplimente und Nettigkeiten. Das war etwas, mit dem ich nur bedingt umgehen konnte.

»Ich muss mich bedanken, Anna. Dafür, dass du mich so tapfer erträgst und dir keinen gesucht hast, der ein wenig mehr Unterhaltung zu bieten hat.«

»Tja, eigentlich musst du dich bei Leni bedanken.« Meine Wangen glühten jetzt vor Verlegenheit und Freude und ich tat das, was in solchen Situationen am besten half.

Ablenken und einen Witz reißen. »Sie hat sich dich ausgesucht. Nun ja, sie hat sich Sina ausgesucht und du warst halt das …«

»Unverzichtbare Zubehör?«, fragte er amüsiert.

»Das Bonuspaket für die gelangweilte Mutter«, korrigierte ich und senkte kurz den Blick. Als ich wieder zu ihm aufsah, verzog sich mein Mund zu einem breiten Lächeln. »Ich säße sonst schließlich ganz alleine herum. So wirklich viel Auswahl an allein reisenden Erwachsenen gibt es hier ja nicht.«

»Ich überhöre einfach mal den zweiten Teil und konzentriere mich auf das Bonuspaket.« Daniel schmunzelte. »Das klingt dann fast wie ein Kompliment.«

»Ist es auch«, gestand ich spontan und lächelte ihn an. »Es ist wirklich schön mit dir.«

Daniels Miene wurde leicht verlegen, was ziemlich süß aussah. Dann legte er überraschend einen Arm um meine Schulter und zog mich für einen Moment an sich. Unsere Schultern klackerten aneinander und wieder lachten wir laut auf. Als er noch einmal zudrückte, tat er es sanfter und hielt mich kurz an sich gedrückt.

»Danke, Anna. Das kann ich nur zurückgeben.«

Plötzlich fühlte ich mich wie ein Schulmädchen, das eben sein erstes Kompliment erhalten hatte. Ich hatte normalerweise keine Probleme damit, jemandem zu sagen, dass ich ihn toll oder gut aussehend fand. Aber dieser Moment war anders. Mein Herz klopfte sonst nie so verrückt und ich fühlte auch nicht dieses Kribbeln in meiner Körpermitte. Weil ich solche Sachen normalerweise Freunden sagte. Oder auch mal einem Fremden, wenn ich gut drauf war. Da konnte es schon sein, dass ich einer wildfremden Frau ein Kompliment machte und ihr gestand, dass mir ihre Frisur gefiel. Oder ich versicherte einem mir unbekannten Kerl, dass er meinen Tag gerettet hatte, weil er für mich die letzte Packung Nudeln aus dem höchsten Regal geangelt hatte, an das ich nicht heranreichte. Allerdings war es schon sehr lange her, seitdem ich so etwas zu einem Menschen gesagt hatte, der das Potenzial besaß, mehr als nur ein Freund zu sein. Bei dieser Erkenntnis begann mein Bauch noch viel heftiger zu rumoren.

»Hey! Was treibt ihr denn hier?«

Wir fuhren herum, obwohl wir die Stimme erkannten. Oder vielleicht genau deswegen?

»Leni.« Ich fühlte mich tatsächlich ein wenig von meinem eigenen Kind ertappt. Besonders, weil Daniels Arm noch immer um meine Schulter lag. »Wir gönnen uns, wie du das so nett beschreiben würdest.« Ich hob das Eis in die Luft und grinste nun doch.

»Das seh ich.«

»Und ihr? Was treibt ihr so?« Jetzt klang meine Stimme wieder mehr nach mir. Ich ließ meinen Blick über die beiden Mädels schweifen und auch über die Jungs, die sie flankierten und ein wenig verlegen lächelten. »Amüsiert ihr euch gut?«

»Jupp«, meinte Sina und stieß Leni an. »Fast so gut wie ihr vermutlich.«

»Wollt ihr auch ein Eis?« Daniel sah die Mädchen fragend an. »Ich lade euch ein.« Er zog sein Portemonnaie aus der Hosentasche und hielt den beiden einen Schein hin. Meine Schulter fühlte sich schlagartig einsam, so ohne seinen Arm. »Hier, das müsste für euch vier reichen.«

»Danke, Paps.« Sina griff nach dem Schein und sah die anderen an. »Wollen wir?«

Sie erntete erfreutes Nicken und Daniel ein paar gemurmelte Dankesworte von den beiden Jungs.

»Dann bis später.« Sina wedelte ein letztes Mal mit dem Schein und wandte sich ihren Freunden zu.

»Nicht zu spät«, konnte sich Daniel nicht verkneifen.

»Ja-ha«, kam es lang gezogen und ein wenig genervt von den beiden Mädels.

Ich musste grinsen, weil es so synchron klang, als hätten sie das über Jahre geübt. Dann steckten sie die

Köpfe zusammen und schlenderten gemächlich davon, während sie bereits überlegten, was sie sich gönnen sollten.

»Zwei Kugeln für jeden«, gab Sina eben bekannt.

»Chocolate Chips und Bueno für mich«, entschied Leni prompt.

»Das sind auch meine liebsten Sorten«, kam es von einem der Jungs.

»Ich will …« Sina machte eine kurze Pause. »Mango und Erdbeersorbet.«

»Hast du schon mal das Pfirsicheis gehabt? Das würde dir sicher auch schmecken. Ich glaube, ich nehm das, dann kannst du mal probieren.« Das war der andere Junge.

Sina lachte. »Ich soll an deinem Eis lecken?« Sie stieß ihn an und dann waren sie auch schon fast außer Hörweite. Wir konnten das vierstimmige Lachen hören, als er etwas erwiderte, und sehen, wie sich Sina zu ihm neigte und etwas sagte. Oder an ihm leckte, wer weiß.

»Viel Spaß noch«, rief ich und ohne sich umzudrehen hob Leni kurz eine Hand. »Und tut nichts, was wir nicht auch tun würden.« Ich war mir sicher, dass mindestens zwei Augenpaare verdreht wurden, und grinste zufrieden, weil nur unsere Töchter die wahre Botschaft hinter diesen Worten erkennen konnten.

»Unsere Mädels«, sagte Daniel und klang nachdenklich.

»Jupp«, antwortete ich und überlegte, wie schön sich das anhörte. *Unsere Mädels*. Hm, das waren sie, so oder so.

»Was denkst du …«, platzte er dann heraus. Nur um sich anschließend schweigend über den Bart zu streichen.

»Ich denke eine ganze Menge. Zu welchem bestimmten Thema möchtest du mehr erfahren?« Ich musterte ihn frech.

»Denkst du, dass sie … Dass das mehr ist als eine Bekanntschaft?« Sein Blick folgte den Jugendlichen, die nun um die Ecke verschwanden.

Ich dachte kurz nach. »Nein.«

»Aber es sah schon so aus, oder?«

»Das ist ein Übungsdate, mehr nicht.« Ich drehte mich zu ihm um und zuckte die Achseln. »Wollen wir langsam zurückgehen?«

Er nickte und wir schlenderten los.

»Ein Übungsdate?«, hakte er schließlich nach. »Und was übt man da so?«

»Alles, was man für den Ernstfall braucht.« Ich sah, wie er nachdenklich die Stirn furchte, und musste kichern. »Nun ja, man flirtet ein wenig. Man testet aus, wie auf bestimmte Blicke oder Sätze reagiert wird.«

»Wozu?«

»Weil man es dann weiß. Wenn man sein erstes richtig wichtiges Date hat, ist man nämlich viel zu aufgeregt und dann ist es hilfreich, wenn man schon ein bisschen geübt hat. Flirten ist eine Kunst, die man ebenso üben muss wie alles andere. Und je sicherer man ist, desto mehr kann man es genießen.«

»Okay«, meinte Daniel. »Du bist eine Spezialistin, nehme ich an.«

Ich lachte laut. »Absolut nicht. Wenn man es zu lange nicht macht, verlernt man es total. Dann stehst du wieder ganz am Anfang. Ich zumindest habe den Eindruck, dass es so ist. Im Ernst, wenn mir morgen der coolste Typ der Welt über den Weg liefe, wäre ich absolut aufgeschmissen. Ich wüsste nicht, was ich tun oder sagen soll, um nicht vollkommen peinlich zu sein. Und den Mädels geht es ähnlich. Deshalb hoffe ich, um ehrlich zu sein, einfach, dass die hier Übungsdates haben. Ist doch perfekt! Urlaub, alle sind gechillt und wenn es nicht klappt oder du dich total dämlich angestellt hast, dann fährst du bald wieder heim und triffst den anderen nie mehr.«

»Okay«, sagte Daniel erneut. »Nur flirten, oder wie?«

Ich verzog nachdenklich den Mund. »Nun ja, wer weiß? Die Jungs sind süß und scheinen nett zu sein. Vielleicht üben sie auch ein wenig küssen.«

»Das muss man üben?«

»Schaden kann es nicht. Hast du früher nie einen dieser eklig nassen Küsse bekommen?«

»Nein. Und hoffentlich auch nicht gegeben.«

»Nun ja, es schadet nicht, da ein wenig Übung zu haben. Und zudem macht es ja auch Spaß.« Ich sah seinen Blick und tätschelte beruhigend seinen Arm. »Sie werden es vermutlich eh nicht tun, also entspann dich. Am Ende essen sie einfach ihr Eis, quatschen ein wenig und gehen dann brav und ungeküsst ins Bett.«

KAPITEL 35

So wie wir am Ende einfach unser Eis aßen und dann brav jeder in sein Bett gegangen waren, sinnierte ich eine Weile später, als ich in meinem eigenen lag und auf den Schlaf wartete. Der wollte sich lange nicht einstellen, weil mein Kopf und mein Körper völlig unterschiedliche Auffassungen davon hatten, was es mit dem »Ungeküsst« auf sich hatte. Denn auch dieser Fakt traf auf mich zu, wenn man Küssen in seinem wunderschönen, genussvollen Kontext sah. Allerdings hatten wir uns zum Abschied umarmt und Daniel hatte mir einen freundschaftlichen kleinen Kuss auf die Wange gegeben, ehe wir uns trennten. Nichts, was eine erwachsene Frau schlaflos machen sollte. Und dennoch beharrte mein Körper darauf, dass es sich toll angefühlt hatte, kurz an ihn gedrückt zu werden und seine Haut an meiner zu fühlen. Dass der winzige Moment, in dem seine Lippen meine Wange streiften und sein Bart mich kitzelte, es durchaus wert war, dass er sich jetzt noch ein wenig aufregte und freudige Tänzchen in meinem Magen aufführen ließ.

Am nächsten Morgen war ich früh wach. Ich fühlte mich ausgeschlafen und aufgedreht, wollte keine Minute, die ich hier sein durfte, verpassen. Normalerweise gönnte ich es mir im Urlaub, mal ein wenig länger liegen zu bleiben, aber heute hätte ich es keine Sekunde mehr ausgehalten.

Der Morgen war sonnig und klar, die Luft noch nicht so heiß, wie es später sein würde. Wie frisch gewaschen, dachte ich und setzte mich mit meiner Kaffeetasse auf die Terrasse. Seltsam war das, oder? Ich war dieselbe wie immer. Ich war immer noch die sitzen gelassene Frau, die plötzlich alleine für zwei Teenager verantwortlich war und sich manchmal Sorgen machte, ob sie das hinbekam. Ich war immer noch eher der lustige Kumpel als die Frau, bei der man sofort romantische Gedanken bekam, und zu Hause warteten noch immer dieselben langen, arbeitsreichen und oft einsamen Tage auf mich. Und doch fühlte es sich hier anders an. Plötzlich war mein Herz zuversichtlicher, dass es schon werden würde, dass ich es schaffen konnte, mein Leben wieder in Bahnen zu lenken, in denen nicht nur die Arbeit und gelegentliche Mädelsabende auf mich warteten. Apropos Mädelsabend, dachte ich und angelte nach meinem Handy.

Ich hatte Nannis letzte Nachricht wieder einmal nur mit ein paar eiligen Smileys kommentiert und es verschoben, ihr ausführlicher zu antworten. Ich las die Worte, in denen sie sich über Witwer im Allgemeinen und im Besonderen ausgelassen hatte, noch einmal durch. Der abschließende Satz ließ mich kurz nachdenklich werden. *Heitere mich auf!*, hatte sie gefordert. Ich seufzte leise. Das verhieß nichts Gutes über ihr eigenes Leben.

Du brauchst eine Aufmunterung? Dann sollte ich wohl erzählen, dass ich mir gestern Rotwein über mein allerliebstes Sommerkleid gekippt habe, als ich elegant sein wollte und es wieder mal nicht hinbekommen habe. Aber der Wein passte perfekt zum Lippenstift, immerhin das. Und wir haben eine tolle Zeit, grandioses Wetter! Sogar meine Beine werden langsam braun. Die Mädels hocken den ganzen Tag aufeinander und Daniel und ich bewahren uns gegenseitig davor, gelang-

weilt zusehen zu müssen, wie sie sich amüsieren. Zum Glück ist er nicht nur total nett, sondern auch witzig und versteht meinen Humor.

Ich stoppte und überlegte, wie ich weiterschreiben sollte. Aber er will nicht mehr als ein wenig Gesellschaft? Ich will nicht mehr? Puh, das wäre, wie ich immer deutlicher spürte, eine faustdicke Lüge.

Schade, dass er tatsächlich mit Herz und Seele Witwer ist.

Ich starrte den letzten Satz lange an, aber es war nun mal so. Da lief mir ein attraktiver, alleinstehender Mann vor die Füße, der zudem noch supernett war und den ich rundum sympathisch fand. Mit dem ich mich auf einer Wellenlänge fühlte und der mich zum Lachen brachte. Und bei dem mein Herz anfing, wie wild zu klopfen, wenn er diesen speziellen Blick aufsetzte. Und dann fand der mich nett! Also einfach nur nett und nicht besonders nett. Das war doch, als hätte man einen Sechser im Lotto, mit Zusatzzahl und allem. Und dann schnappte man den Schein und die sorgsam verwahrte Quittung und rannte aufgeregt in den Laden, um den Gewinn anzufordern, und bekam mit einem mitleidigen Lächeln und echter Anteilnahme gesagt, dass es leider ein Problem beim Datentransfer gegeben habe. So etwas sei noch nie vorgekommen, die Technik habe da eine ganz neue Schwachstelle offenbart, die man nun erst mal genauer unter die Lupe nehmen müsse. Und ob man das nicht gelesen habe im Kleingedruckten? Leider könne die Lottogesellschaft in solchen Fällen nichts auszahlen, weil der Tipp ja nie in der Zentrale angekommen war und somit de facto als nicht abgegeben galt. Aber natürlich bekam man hier und jetzt seinen Einsatz zurück, das sei ja selbstverständlich. Und weil man es wirklich bedauere, packe man auf eigene Kosten noch ein Feuerzeug dazu, ist das nicht toll?

Ich stieß die Luft aus und schüttelte dann den Kopf, um diese verrückten Gedanken loszuwerden.

Und vermutlich ist das besser so. Ich fürchte, ich bin sowieso nicht die Richtige für eine kleine Urlaubsromanze. Was, wenn ich mich ernsthaft in ihn verliebe? Er hätte leider alles, was ich mir wünsche, nur eben keinen freien Platz in seinem Herzen. Deshalb bleibt es hier bei unaufgeregten Nachrichten und bei einer Freundschaft, die ich einfach genieße, solange ich die Gelegenheit habe.

Entschlossen drückte ich auf Senden, ehe ich es mir anders überlegte. Bei Nanni konnte ich so ehrlich sein und ich hatte diese Reflexion vermutlich gebraucht. Es nützte mir gar nichts, wenn sie immer weiter stichelte und Andeutungen machte, die bei mir auf allzu fruchtbaren Boden fielen. Und realistisch betrachtet war es von Anfang an utopisch gewesen, dass sich die Begebenheiten hier anders entwickelten. Auch das Leben hatte nämlich eine Menge im Kleingedruckten stehen. Mehr, als man je würde lesen können.

Ich saß lange in der Sonne und dachte nach. Seltsamerweise machte es mich ruhiger, mir selbst zu gestehen, wie es um mich stand. Es war, als müsste ich endlich nicht mehr dauernd in Bewegung bleiben, um dieser Erkenntnis davonzulaufen. Und da ich wusste, dass diese Gefühle einseitig waren und er in mir etwas anderes sah, brauchte ich auch nicht aufgeregt zu sein, weil ich ihn bald wieder traf. Ich musste seine Aussagen nicht auf Hinweise abscannen, die mehr bedeuten könnten, oder etwas in kleine Gesten hineininterpretieren. Ich musste einfach nur auf meine alten Erfahrungen zurückgreifen, gesammelt in meiner Jugend, als ich viel zu oft mehr empfunden hatte als der Kerl, der mir gerade gegenübersaß.

Als Leni schließlich verschlafen zu mir trat, hatte sich das unruhige Kribbeln in meinem Magenbereich noch nicht ganz beruhigt. Dafür hatte ich einen neuen Plan. Eine Weile hatte ich ernsthaft die Möglichkeit in Betracht gezogen, den Kontakt mit Daniel etwas einzuschränken, wieder alleine zu kochen oder mich abends erneut einem Buch zu widmen. Aber das müsste ich erklären, sowohl ihm als auch den Mädels. Und zudem wollte ich das nicht. Ich wollte es auskosten, solange ich das konnte. Ich wollte sogar seine Freundschaft, stellte ich fest. Auch die war kostbar, redete ich mir ein. Doch als wir uns dann auf den Weg zum Strand machten, begann mein Magen erneut zu flattern und mein Gehirn, sich schon mal ein paar coole Sprüche zurechtzulegen. Vielleicht sollte ich beiden eine Pause gönnen und ein wenig Gas rausnehmen. Je mehr Gelegenheiten Daniel bekam, mir zu zeigen, wie liebenswert er war, desto schlimmer würde der drohend näher rückende Abschied sein. Ich musste einen Mittelweg finden, um die restliche Zeit mit ihm verbringen zu können, ohne meinen Zustand weiterhin zu verschärfen.

Aus diesem Grund war ich den restlichen Tag faul und chillig. Das war zumindest meine Ausrede, weshalb ich nicht mit Daniel ins Wasser ging und auch sonst nicht so unbeschwert drauflosplapperte wie sonst. Er nahm das ohne weitere Diskussion hin. Leider war es auch zu schön, schweigend nebeneinander am Strand zu liegen, gelegentlich den Kopf zu heben und einfach einen Blick hinüberzuwerfen. Zu sehen, dass man nicht alleine war und dass ein Lächeln auf einen wartete. Und ein dampfender Milchkaffee, den ich an meine Liege gebracht bekam, damit ich meinen faulen Tag nicht unterbrechen musste.

»Danke«, sagte ich überrascht und rappelte mich auf.

»Kein Ding. Ich weiß ja mittlerweile, wie du ihn trinkst. Und ein fauler Tag muss auch mal sein. Auch wenn mir etwas fehlt. Ich habe mich wohl schon daran gewöhnt, dass neben mir ständig jemand plappert.«

»Autsch. Es ist manchmal zu anstrengend, oder?«, fragte ich und zog eine entschuldigende Miene. »Ich weiß, ich rede meistens zu viel.«

»Ich mag es. Aber ich gönne dir auch mal einen Tag Pause. Wenn du versprichst, dass du morgen wieder ohne Punkt und Komma alles kommentierst, was um dich herum passiert.«

Ich lachte und nickte dann, obwohl ich nicht wusste, ob es so sein würde. Vermutlich eher schon, dachte ich frustriert. Dieses Mundfaule war so gar nichts meins und viel zu oft musste ich mir auf die Zunge beißen, um nicht endlich mit irgendetwas herauszuplatzen.

»Hey, und weißt du, was ich mir gerade überlegt habe? Lass uns heute doch richtig faul sein. Wir werden das Kochen ausfallen lassen und gehen stattdessen Pizza essen. Ich kann nachher einen Tisch reservieren, die Pizzeria hier soll doch ganz passabel sein.«

»Gute Idee.«

»Und dein Lippenstift würde endlich mal ein breiteres Publikum bekommen.« Daniel zwinkerte. »Und hinterher gehen wir zu dieser Show. Oder bist du dafür zu faul?«

Ich schüttelte den Kopf. »Solange ich nicht selbst mittanzen muss, ist das im Rahmen meiner Möglichkeiten«, gab ich hoheitsvoll zurück.

»Gut. Dann schreibe ich Sina an und frage, ob es den jungen Damen auch genehm ist. Und du kannst dich weiterhin dem Nichtstun hingeben.«

Ich nickte und reichte ihm den leeren Kaffeebecher. Nichtstun, ja. Und dabei die Gedanken in Schach halten, die schon wieder viel zu laut verkündeten, wie nett dieser Mann doch war.

Kapitel 36

Da wir heute nicht kochen würden, waren wir etwas länger faul. Ich zumindest. Daniel lieferte sich eine wilde Wasserschlacht mit den Mädels, die aufgetaucht waren, als sie Hunger hatten, und sich mit einer grandiosen Selbstverständlichkeit über unsere Kühltaschen hergemacht hatten. Dann packten sie wieder die Karten aus und fragten, ob wir mitspielen würden.

»Ich bin dabei, aber Anna lassen wir heute ihren faulen Tag, ja?«

»Zu reizend«, brummte ich zufrieden und hörte mit halbem Ohr dem Geplapper zu. Selbst wenn es eine aus der Not heraus geborene Idee gewesen war, genoss ich es doch sehr, einfach mal einen ganzen Tag lang nichts zu tun. Ich musste nicht einmal aufstehen, um etwas von dem Obst abzubekommen, das ich fertig geschnitten und in einer Plastikdose verpackt mitgebracht hatte. Nachdem die Mädchen sich darauf gestürzt hatten und es sich, ohne mit der Wimper zu zucken, komplett einzuverleiben gedachten, hatte Daniel eingegriffen, sich den Deckel der Dose geschnappt und mir darauf hübsch arrangiert meinen Anteil an die Liege gebracht.

»Hm, ich könnte mich daran gewöhnen, so bedient zu werden.«

»Vergiss es. Morgen will ich die alte, muntere Anna zurück«, entgegnete Daniel und brachte mich damit auf noch mehr dumme Gedanken, denen ich mich beim Faulsein ungeniert hingeben konnte.

Erst als die Sonne bereits sehr tief stand und mein Magen begann, sich bemerkbar zu machen, erhob ich mich von meiner Liegestatt.

»Und? Ausgeschlafen?«, wollte Daniel wissen.

»Ich habe nicht geschlafen. Höchstens etwas gedöst.«

»Ach ja? Dann wird es dich interessieren zu hören, dass du beim Dösen schnarchst.«

»Was?« Mit einem Mal war ich wirklich wach. »Nein! Sag mir bitte, dass das gelogen ist.«

Er grinste.

»Und du hast einfach zugesehen? Du hast mich hier rumschnarchen lassen?«

Als Antwort bekam ich ein Schulterzucken.

»Oh nein! Wie peinlich ist das denn bitte?«

»Komm schon, Anna. In ein paar Tagen reist du ab und musst keinen dieser Menschen noch einmal sehen.«

»Denkst du! Aber wenn ich nächstes Jahr erneut hierherkomme, dann sind die plötzlich auch wieder da und sagen: *Ah, da ist die, die immer schnarcht*! Dabei mache ich das eigentlich nur, wenn ich auf dem Rücken liege. Nie in Bauchlage!« Ich sah sein freches Grinsen und wurde plötzlich misstrauisch. »Du nimmst mich hoch, oder?«

Nun zuckte er mit seinen Schultern und grinste so breit wie ein Schuljunge. »Es war ein ganz dezentes Schnarchen. Kaum zu hören. Aber recht niedlich.«

»Du!« Ich wollte mich empören, aber es ging nicht. Ein glückliches Lachen stieg in mir hoch. »Das war ziemlich gut«, gab ich deshalb zu. »Du kannst also auch schwindeln. Jetzt wissen wir ja, wo Sina das herhat.«

Ich hatte gedacht, dass wir uns in der Pizzeria treffen würden, doch Daniel bestand darauf, uns abzuholen.

»Stell dir vor, wir laufen dort diesen Jungen in die Arme. Nachdem ich mit meiner kleinen Schnarchlüge aufgeflogen bin, weiß ich, wie es sich anfühlt, überführt zu werden. Deshalb sollten wir den Mädels zuliebe mitspielen und gemeinsam hingehen.«

Wir machten eine Uhrzeit aus und ich beeilte mich, unter die Dusche zu kommen, ehe Leni das Bad mit Beschlag belegen würde. Dann nahm ich mir noch mehr Zeit als sonst, um mich präsentabel zu machen. Dem Himmel sei Dank für die Klimaanlage, dachte ich, als ich mich mit dem Föhn direkt darunter positionierte. Unter anderen Umständen wäre es immer noch viel zu warm, um sich diese Prozedur anzutun.

Als ich dann fertig war, dankte ich noch einmal für den Luxus, hier drin so angenehme Temperaturen erzeugen zu können. Mein Haar schien zu wissen, wie wichtig mir dieser Abend war. Es zeigte sich glänzend und umrahmte mit sanftem Schwung mein Gesicht. Meinem Make-up hatte ich mit dem roten Lippenstift und einem dünnen Lidstrich das verliehen, was ich mir unter einem französischen Look vorstellte, und mein zweitliebstes Kleid brachte meine neu erworbene Bräune toll zur Geltung. Bestmögliche Präsentation, dachte ich zufrieden und setzte mich hinaus, um auf Daniel zu warten und so zu tun, als wäre ich voll entspannt in kürzester Zeit derart vorzeigbar.

Auch diese Mahlzeit wurde von reichlich Geschnatter begleitet. Allerdings dem der Mädchen, ich hielt mich weiterhin vornehm zurück, auch wenn es zunehmend schwieriger wurde und ich immer öfter vergaß, dass ich eigentlich ein wenig zugeknöpfter agieren wollte. Wir luden die beiden ein, mit uns die Show zu besuchen, doch erwartungsgemäß winkten sie ab.

»Wir treffen uns mit Leon und Paul.«

»Und was ist mit dem Rest? Wart ihr nicht am Anfang mit einer größeren Gruppe unterwegs?«

»Die meisten von denen sind bereits abgereist. Und die, die noch da sind«, Leni verzog den Mund. »Die sind alle etwas langweilig. Oder sie wollen nur am Strand sitzen und Bier trinken.«

»Bier trinken?«, hakte Daniel sofort nach.

Sina zuckte die Achseln. »Und Party machen. Nicht so unser Ding. Das Bier, meine ich. Leon und Paul mögen das auch nicht. Wir hängen lieber so zusammen ab.«

»Kluge Entscheidung«, sagte ich stolz.

»Pft, das Zeug schmeckt doch nicht mal.« Sina winkte lässig ab. Dann sah sie zu ihrem Vater. »Ich habe es mal bei dir versucht, weißt du nicht mehr? Nein, ich bleib lieber bei Orangina. Schmeckt viel besser, auch wenn es sich nicht so cool anhört.«

»Ihr seid cool«, gab ich zurück und sah dann zu Daniel, der zustimmend nickte. »Es ist deutlich cooler, Nein zu sagen, als einfach mitzumachen, um dazuzugehören. Hab ich auch nie gemacht.«

Der Kellner trat an den Tisch, um den landestypischen Teller mit der Rechnung zu bringen und sich zu versichern, dass wir nichts mehr wollten. Danach folgte eine Diskussion mit Daniel, der partout die Zeche zahlen wollte, was mir aber unangenehm war. Schließlich gab er nach und ließ zu, dass ich die Hälfte beisteuern durfte, und dann war es auch schon Zeit, um sich einen guten Platz für die Show zu sichern.

Die abendliche Unterhaltungsshow fand am vorderen Poolbereich statt. Die Sonnenliegen waren in einer Ecke aufgestapelt worden und stattdessen standen nun winzige runde Plastiktische bereit. Wir ergatterten einen Platz direkt am Rand des Beckens und glücklich sah ich eine Weile einfach auf das blau leuchtende Wasser hinab. Der Abend war wie alle vorangegangenen warm und mild, hatte aber eine sanfte Brise mitgebracht, die sehr angenehm war. Um uns herum leuchteten die Kerzen auf den Tischchen und bildeten dezente Lichtinseln in der schnell hereinbrechenden Nacht.

»Schade, dass man Momente nicht einfach so einfrieren kann. Wenn man das könnte, dann wäre das einer von ihnen.« Ich stützte mein Kinn auf und sah versonnen auf den Pool.

»Stimmt«, sagte Daniel und ich wandte den Kopf vom Wasser ab, um ihn anzublicken.

»Manchmal braucht es so wenig, um glücklich zu sein. Wobei«, ich überlegte kurz, »ein Pool schon nicht ganz so selbstverständlich und ziemlich cool ist.«

»Auch ohne Pool wäre es dieser Abend wert, konserviert zu werden.« Daniels Stimme hatte einen so warmen Klang, dass ich trotz der milden Luft eine Gänsehaut bekam. »Der ist nur eine nette Beigabe. Viel wichtiger ist es, wer an diesem Pool sitzt.«

Ich schluckte und spürte, wie mir die Hitze in die Wangen stieg.

»Oh, und dass man ein gut gekühltes Bier hat«, sagte er und klang dabei so leichthin, dass ich mich einen Moment fragte, ob ich mir den warmen Ton eben nur eingebildet hatte. Dann sah ich, dass der Kellner an unseren Tisch getreten war und geduldig auf die Bestellung wartete. »Was ist mit dir, Anna? Auch ein Bier oder lieber einen Wein?«

Ich überlegte nur kurz. »Nein. Heute ist ein besonderer Tag, und das verlangt nach etwas anderem. Ich hätte gerne einen Cocktail.«

Ich griff nach der Karte und wählte aus dem recht überschaubaren Angebot eine Piña colada. Der Kellner nickte und verschwand, dafür wurde es auf der Bühne turbulent. Ein Mann in einem schreiend neonfarbenen Jogginganzug und mit passendem Schweißband im Haar hatte sich eben hinter dem Mischpult eingerichtet und öffnete jetzt das Mikrofon. Er begrüßte uns kurz und knackig und legte den ersten Song auf. Und zauberte direkt ein Grinsen in mein

Gesicht. Gott, ja, dachte ich. Zu dem Lied hatten Nanni und ich damals oft getanzt.

Drei Songs später war aus meinem Grinsen ein fettes Strahlen geworden. Mein Fuß wippte unaufhörlich mit und auch an den Nebentischen herrschte gute Laune. Man sah den Gästen, die überwiegend in unserem Alter waren, an, wie sehr sie den Abend genossen. Ich trank den letzten Schluck meines Cocktails und beschloss, dass ich heute nicht auf das Geld schauen und bei diesem Getränk bleiben würde. Sobald der Kellner wieder auftauchte, würde ich Nachschub ordern.

»War die Musik früher einfach besser oder liegt es daran, dass wir so viele Erinnerungen damit verknüpft haben?«, fragte ich Daniel. Ich musste ein wenig schreien, weil es so laut war.

»Beides vermutlich.«

»Man kann gar nicht anders, als gute Laune zu haben, oder?«

Daniel neigte den Kopf ein wenig wie Opa früher, wenn er sein Hörgerät nicht eingeschaltet hatte. Ich rutschte mit meinem Stuhl um den Tisch herum und näher an ihn heran. Es war zu dämlich, sich hier ständig anzuschreien. Dann beugte ich mich zu seinem Ohr und wiederholte die Frage.

»Unbedingt«, gab er zurück.

»Bei dem Song haben wir immer die Tanzflächen gestürmt. Wahnsinn, was waren das für tolle Zeiten.«

»*Girls Just Want To Have Fun* von *Cyndi Lauper*. Ich hatte den sogar als Single. So was kann man sich heute gar nicht mehr vorstellen.«

Der Kellner brachte die zweite Runde und wir stießen an.

»Ich habe mit dem Kassettenrekorder die Hitparade aufgenommen. Und dann …«

»… hat der Moderator ins Ende reingequatscht«, ergänzte Daniel lachend. »Oh ja, daran erinnere ich mich auch noch.«

Während wir in seligen Erinnerungen schwelgten, wechselte der DJ gekonnt zum nächsten Song.

»Oh, dieses Lied habe ich geliebt!« Ich wippte noch ein wenig heftiger mit dem Bein und begann, leise mitzusingen. Ich war zwar nicht die begnadetste Sängerin, aber ich konnte mich nicht mehr zurückhalten.

Daniel sah mir schmunzelnd zu. »Nicht zu übersehen.«

Es war, als hätte dieser Tag beschlossen, sich einen Orden zu verdienen. Ich hatte lauter wunderschöne Tage gehabt, aber dieser Abend toppte alles. Wir hatten so viel Spaß mit den alten, wohlvertrauten Songs. Jeder einzelne schien eine Erinnerung zu wecken, die lange vergessen geschlummert hatte. Und dann ertönte ein Intro, auf das ich insgeheim die ganze Zeit gewartet hatte.

»Was?«, fragte Daniel, als er mein Gesicht sah. Vermutlich amüsierte er sich darüber, dass meine Fähigkeit, debil zu grinsen, immer noch weiter ausbaufähig war.

»Dieses Lied«, sagte ich und schloss kurz die Augen.

»*Boys Don't Cry* von *The Cure*«, warf Daniel ein.

Ich öffnete die Augen wieder und beugte mich ganz nah zu ihm. »Dazu wurde ich zum ersten Mal geküsst!«

»Zu *The Cure*?«

»Ja! Das war perfekt. Und der Kerl hat definitiv nicht geweint in dem Moment«, verriet ich mit einem Grinsen.

»Du weißt noch, zu welchem Lied du zum ersten Mal geküsst wurdest?«

»Na hör mal! Erinnerst du dich nicht an deinen ersten Kuss?«

Er runzelte kurz nachdenklich die Stirn. »Doch, schon. Aber nicht, was dabei im Hintergrund lief.«

»Aber an das Mädchen?«

»Natürlich. So viele waren es schließlich nicht.«

Kapitel 37

»Zu schade, dass wir in Frankreich sind«, bemerkte ich ein paar Lieder später mit einem leisen Seufzen.

»Was? Wieso das denn plötzlich?«

»Weil die hier bestimmt keine deutschen Titel spielen. Dann wäre der Abend rundum perfekt.«

»Nun, ich finde, das ist er auch so«, sagte Daniel und einmal mehr wurde ich von absolut übertriebenen Glücksgefühlen geflutet.

»Stimmt. Oh, diesen Song habe ich auch schon ewig nicht mehr gehört.«

»*Wake Me Up Before You Go-Go* von *Wham*! Die haben tatsächlich nicht nur einen einzigen Weihnachtssong gemacht.«

»Weshalb weißt du bei jedem Lied, wer das gesungen hat?«

Er zuckte mit den Achseln. »Keine Ahnung. Ist halt so.«

»Ich weiß das bei kaum einem. Ich meine, ich kenne die Songs, aber all die alten Bands?« Auch ich hob kurz die Schultern. »Wer singt den?«, fragte ich dann, als der DJ zum nächsten Titel überblendete.

»Die *Pointer Sisters*«, sagte er prompt.

»Unglaublich. Oh, salut.« Ich richtete meine Aufmerksamkeit auf den Kellner, der eben wieder an unserem Tisch aufgetaucht war, und hob das leere Glas. »Encore une«, bestellte ich Nachschub und lächelte den jungen Mann an. »Die sind unverschämt bien.« Dann deutete ich auf Daniels Glas. »Oh, und für ihn noch une bière, s'il vous plaît«, fügte ich dann gekonnt an. »Oder heißt es un bière?«, erkundigte ich mich flüsternd in Daniels Richtung. »Diese vertrackten Artikel. Das konnte ich mir noch nie merken.«

»War schon richtig. Dein Französisch nimmt ganz neue Formen an«, stellte Daniel amüsiert fest. »Diese Drinks haben es wohl in sich.«

»Er hat das Wichtigste verstanden und darauf kommt es am Ende doch an, oder?«

Vielleicht hatten diese Drinks tatsächlich etwas mehr Dampf als gut gewesen wäre und es hätte mir zu denken geben sollen, dass ich meinen Vorsatz, etwas weniger zu plappern, so fix zur Seite gewischt hatte. Wenn es mir überhaupt aufgefallen wäre. Doch ich hatte aktuell keine Zeit, um über solche Dinge nachzudenken, weil ich vollauf damit beschäftigt war, mit Daniel zu lachen und all den großartigen alten Hits zu lauschen.

Als der Kellner mit den Getränken kam und wie selbstverständlich den kleinen Teller mit der Rechnung vor Daniel abstellte, griff ich rasch danach.

»Oh nein. Du hast eben bezahlt. Diese Runde geht auf moi.« Beim letzten Wort sah ich den jungen Mann an und deutete gleichzeitig auf mich. »Gleichberechtigung, vous kappé?«

Nickend und gleichbleibend freundlich lächelnd, nahm er mein Geld entgegen und dankte vermutlich seinem Schöpfer, dass er den Unsinn nicht verstehen musste, den diese angetüddelte Deutsche da von sich gab. Daniel hingegen konnte fast nicht mehr aufhören zu lachen.

»Es heißt comprend, nicht kappé. Ich bezweifle, dass es dieses Wort gibt.«

»Aber es klingt gut. Und französisch.« Ich hob das Glas zum Toast. »Salut.«

»Santé«, erwiderte er lachend.

»Oder so, Hauptsache prost. Oh, den Song kenne ich. Das ist *Elton John.*« Ich drehte den Kopf zur Bühne und sah kurz zum DJ, der in seinen verrückten nachgemachten Achzigerjahre-Klamotten hinter dem Mischpult tanzte.

Daniel begnügte sich für den Moment damit, sich still über mich zu amüsieren. Ich hingegen war jetzt richtig in Fahrt und nahm einen viel zu großen Schluck. Diese Gläser sahen immer so riesig aus und der Cocktail war zu lecker. Und ehe man sich versah, waren sie wieder leer. Weil da nämlich in Wahrheit kaum Cocktails drin waren, sondern massenhaft crushed Eis, das ja gar nicht zählte, sinnierte ich. Normalerweise hätte ich auch nie solche Mengen von dem Zeug getrunken, allein schon der horrenden Preise wegen, aber heute war nichts normal und zudem hatte ich mir das doch auch mal verdient. Einer von Lenis Lieblingssprüchen, den ich irgendwann übernommen hatte, war *Gönn dir!* Auch gerne in der Variante *Na, du gönnst dir heute.* Anfangs hatte mich das total verrückt gemacht, weil das doch kein richtiger Satz war. Aber wie es so ist: Man muss manche Dinge nur oft genug sehen oder hören, um sich nicht nur daran zu gewöhnen, sondern sie irgendwann sogar charmant und lässig zu finden. Und außerdem war das doch eigentlich eine schöne Botschaft. Viel schöner als *Du hattest doch schon ein Stück Kuchen, muss das zweite wirklich sein?* Nein, stattdessen war man gut und nett zu sich und erkannte an, dass man sich auch mal verwöhnen und belohnen und lieben durfte. Und wenn schon kein anderer dahinterkam, dass ich toll war und wert, geliebt zu werden, dann würde ich das eben selbst tun.

Ich hätte mir ewig was gönnen können. Den restlichen Abend saßen wir dicht an dicht, um uns besser gegenseitig ins Ohr brüllen zu können. Unsere Arme berührten sich dabei, was irgendwie die Auswirkungen des Alkohols zu verstärken schien. Ich legte im Eifer des Gefechts immer wieder meine Hand auf Daniels und wenn ich es schaffte, vor ihm den Interpreten des eben angespielten Songs zu erraten, freute ich mich wie eine Schneekönigin. Er war so nett, sich zurückzuhalten und meinem Gehirn die Chance zu geben, in alten Schubladen zu wühlen und dann triumphierend einen Bandnamen herauszukramen, doch in neunzig Prozent der Fälle war das vergebliche Liebesmüh. Am Ende war er es, der mir sagen musste, wer diesen Titel gesungen hatte. Ich steuerte dann ein paar Anekdoten bei, die ich mit dem entsprechenden Lied verband. In dieser Hinsicht waren die Schubladen bei mir nämlich recht gut gefüllt.

»Bei dem hatte ich meinen ersten Absturz. Und meinen einzigen«, gestand ich zum Beispiel.

»Nur einen einzigen? Kaum vorstellbar«, gab Daniel frech zurück.

»Nur einen einzigen wirklich üblen. Einen, bei dem du am nächsten Tag deine beste Freundin fragen musst, was du getrieben hast, und betest, dass du dich nicht für alle Zeiten blamiert hast.«

»Ah. So ein Absturz.«

Wir lauschten, was der DJ als Nächstes auflegen würde. Zu meinem Entsetzen kam zuerst die Ansage, dass dieses Lied der finale Song sein würde. Dann gab er uns einen Moment Zeit zu erraten, was es sein könnte.

»*Michael Jackson*«, tippte Daniel. »Der war unbestritten der King dieses Jahrzehnts.«

»Oder *David Bowie*. Nein, ich weiß! Der finale Countdown von Dingens.«

»*Europe* hieß die Band. Stimmt, das würde passen.«

Neugierig lauschten wir auf die ersten Noten. Dann seufzte ich und stützte mein Kinn auf.

»Beide falsch. Der Song ist von *Foreigner*«, stellte Daniel fest.

»Der lief damals auf meinem Walkman rauf und runter«, gab ich versonnen zu und überließ mich für einen Moment meinen Erinnerungen. »Bis heute habe ich immer das Meer vor Augen, wenn ich ihn höre.« *Und Torsten,* fügte ich im Stillen hinzu.

»Das Meer?«

»Ja. Den habe ich in Dauerschleife gehört, bis das Band aufgab und sich verhedderte. Scheiße, das kennen die heute gar nicht mehr. Dieses Gefühl, wenn deine Lieblingskassette einen Kabelsalat hatte und für immer verloren war.«

Daniel grinste wissend.

»Das war in diesem Urlaub«, sinnierte ich weiter und summte dann den Refrain mit. »Shit, damals hatte ich auch nur im Kopf, dass ich endlich wissen wollte, was love ist.«

»Und du hast es herausgefunden.«

»Beinahe. Wie gesagt, ich war zu feige, um das Geheimnis endgültig zu ergründen.«

»Aber mittlerweile hast du es gelüftet.«

Ich sah ihn an und nickte. »Ja, das habe ich.«

Auf dem Heimweg drehte ich noch einmal richtig auf. Ich wollte diese seltsamen Empfindungen verscheuchen, die mich überkommen hatten, als Daniel fragte, ob ich nun wisse, was Liebe sei. Und dieses Kribbeln, das mich erfasst hatte, als ich dabei in seine Augen sah. Ich wusste viel zu viel über die Liebe und gleichzeitig gar nichts. Ich wusste, dass sie wunderbar sein konnte, dich komplett ausknocken konnte, und dass sie verletzte. Dass sie dich zu einem dämlich grinsenden Wesen machte, dir die Worte stahl, dich einzigartig machte und hilflos. Ich wusste, dass sie ganz oft unerwidert blieb und dass sie dich zu Hoffnungen verführte, die sich nie erfüllen würden. Und dass sie dafür sorgte, dass dein Herz bis zum Hals klopfte, nur weil du einen Blick aufgefangen hattest, in den du viel zu viel hineininterpretieren konntest.

Um diese Gedanken aus dem Kopf zu verjagen und weil ich wirklich in Bestform war, machte ich mich wieder ein bisschen zum Affen.

»Das Einzige, was fehlte, waren die Lieder der Neuen Deutschen Welle, oder? *Nena* zum Beispiel, die lief bei uns auf jeder Party.«

»Und *Extrabreit. Ideal,* die fand ich toll. Und dann war da noch *Trio.*«

»*Trio*!« Ich lachte. »Wenn man das heute hört, denkt man doch auch, wir waren bescheuert.«

»Stimmt. Aber das war doch das Geniale. Irgendwie war alles möglich, selbst wenn es bescheuert war.«

»Vor allem war es einfach gute Laune. Lieder darüber, dass man sich was wünschen durfte, dass man einfach glücklich sein durfte. Sich was gönnen, verstehst du? Und einfach sagen, was man will. Dieses eine Lied, wie habe ich das gefeiert.«

»Welches genau? Mir scheint, du hast damals alles gefeiert.«

»Das über Mädchen. *Weil ich ein Mädchen bin,* so hieß das! Wo sie singt, dass er einfach mal rüberkommen soll und so. Und dass sie das darf, weil sie ein Mädchen ist.«

Ich stimmte den Refrain an. Ich hatte ein paar Schwierigkeiten mit den Stellen, an denen beim »Mädchen« die Stimme der Sängerin nach oben kiekste, gab aber mein Bestes. Als ich dann die Strophen singen wollte, musste ich mir mit einigen *Lalalas* aushelfen. Ich konnte mich einfach nicht mehr erinnern, wie es nach der Stelle mit dem wundervollen Hintern und dem Kerl, der an dem Hintern dran war, weiterging. Daniel wusste es auch nicht, behauptete er zumindest.

»Zudem war *Lucilectric* erst in den Neunzigerjahren«, belehrte er mich freundlich.

»Egal, es war ein cooler Song. Alle waren coole Songs. Und es war eine tolle Zeit.«

»Stimmt. Sie machen was mit uns, diese Lieder. Man fühlt sich beinahe wieder jung und wild.«

»Wenn ich jemals ein echtes Date haben werde, dann bestehe ich darauf, auf eine Achtzigerjahre-Party zu gehen«, verkündete ich spontan.

»Ein echtes Date?«

»Ja. Nicht so ein Übungsding wie unseres.«

»Wir hatten ein Übungsdate?«

»Ein bisschen.« Ich wurde rot, aber mein Mundwerk machte fröhlich weiter. »Komm schon, wir können das beide gut gebrauchen. Wir sind beide hoffnungslos aus der Übung.« Ich warf ihm einen, wie ich hoffte, frechen Blick zu und stolperte prompt.

»Du bist vor allem beschwipst.« Daniel griff nach meinem Arm und verhinderte, dass ich ernstlich ins Schlingern geriet.

»Das sind nur diese Schuhe«, sagte ich und schielte zu meinen Flipflops.

»Klar. Na komm«, er legte den Arm um meine Schulter. »Ich bring dich nach Hause. Es ist nicht mehr weit.«

»Aber egal, was es war, es war ein toller Abend, oder?«

»Ja. Ich hatte sehr viel Spaß.«

»Ich auch«, gab ich zufrieden zurück. »Schade, dass dieser Urlaub bald zu Ende ist. Ich werde dich wirklich vermissen.«

Daniel blieb einen Moment stumm. »Ich werde dich auch vermissen, Anna.«

Der Satz klang noch nach, als wir um die Ecke bogen und vor meinem Häuschen standen. Plötzlich war ich verlegen und versuchte, in meinem benebelten Gehirn einen Plan zu entwickeln, was ich jetzt tun oder sagen sollte.

Daniel wusste es offenbar eher als ich. »Danke für diesen Abend. Es war das beste Übungsdate, das ich je hatte.«

»Es war das einzige«, platzte ich heraus und klang ein wenig streng dabei.

Daniel lachte. »Stimmt. Aber selbst wenn nicht, dann wäre das hier das beste gewesen.«

»Danke«, sagte ich und verlor den Kampf mit meinem alkoholisierten Gehirn. Ich gab es auf, darauf zu hoffen, dass es noch einen vernünftigen Vorschlag in die Runde warf, und ließ das Denken einfach komplett sein. Stattdessen folgte ich meinem Bauch und dem, was ich schon eine ganze Weile tun wollte. Ich drehte mich zu Daniel um und sah ihn an. *Weil ich ein Mädchen bin,* schoss es mir durch den Kopf. Dann stellte ich mich auf die Zehenspitzen und küsste ihn.

KAPITEL 38

Am nächsten Morgen wünschte ich mir, dass ich entweder gar nichts getrunken hätte oder aber so viel, dass ich heute einen gnädigen Blackout erleben dürfte. Stattdessen wusste ich noch alles, was passiert war. Und das beruhigte mich absolut nicht.

Scheiße, ich habe ihn geküsst!

Ich starrte auf die Nachricht und hoffte, dass Nanni bereits wach war. Schließlich war heute Sonntag, da schlief sie gerne mal aus. Und dass sie mir umgehend antwortete und mir sagen würde, was ich jetzt tun sollte. Die Haken wurden blau und ich hielt die Luft an.

Anna, du Luder! Ich habe es doch gewusst! Aber was soll mir dieses unflätige Wort sagen? Küsst er so schlecht?

Keine Ahnung! Es war nicht sooo ein Kuss. Nur ein winzig kleiner.

Aber nichtsdestotrotz ein wunderschöner, hätte ich anfügen können. Vor allem einer, der mir zeigte, dass ich erstens mehr davon wollte, und zweitens seither an nichts anderes denken konnte. Und er drittens … ich biss mir auf die Lippen.

Obwohl ich auf das Handy starrte und darauf wartete, dass Nanni aufhörte zu schreiben und eine Nachricht eintraf, erschrak ich fast zu Tode, als es stattdessen einen eingehenden Anruf anzeigte.

»So was geht nicht per Textnachricht. Ich tippe mich hier dumm und dämlich. Und zudem habe ich nicht viel Zeit, wir sind gleich eingeladen und ich bin noch nicht fertig. Also, erzähl, und zwar alles.«

»Nanni!«

»Wer sonst? Dein neuer Lover?«

Ich konnte sie grinsen hören.

»Er ist nicht mein neuer Lover.«

»Und was ist er dann? Jetzt erzähl schon! Du hast ihn geküsst?«

Ich nickte, obwohl sie das nicht sehen konnte. »Ja«, gestand ich mit einem Seufzen.

»Anna! Wie cool ist das denn? Weshalb klingst du, als wäre das was Schlechtes?«

»Weil es das vermutlich ist.«

»Obwohl er dich geküsst hat?«

»Er hat mich nicht geküsst. Er hat mich ihn küssen lassen.«

»Und dann?«

»Dann hat er *Danke* gesagt und *schlaf gut* und ist gegangen.« Ich fuhr mit der freien Hand in mein Haar und raufte es.

»Oh«, sagte Nanni.

»Eben!«

»Und hattest du das Gefühl, dass es ihm nicht gefällt?«

»Keine Ahnung!« Ich stieß die Luft aus. »Hm, ich hatte das Gefühl, dass ihm der Kuss gefallen hat. Aber eben nur so lange, wie er dauerte. Und das war echt nicht lange«, gestand ich. »Es war keiner von denen, die klein anfangen und sich dann ausdehnen. Er fing kurz an und hörte einfach wieder auf. Und er hat sich richtig angefühlt, für eine Sekunde. Und dann war er vorbei und er ist gegangen und es hat sich nicht mehr richtig angefühlt.«

»Wirkte er abweisend?«

»Nein! Nein, er wirkte …« Ich dachte nach. »Überrumpelt? Ratlos? Gott, vielleicht war er auch einfach nur höflich?«

»Keiner küsst aus Höflichkeit«, befand Nanni und kicherte dann. »Echt jetzt.«

»Und was mache ich nun?«

»Keine Ahnung. Ihn noch einmal küssen?«

»Das ist nicht hilfreich.«

»Weshalb nicht? Du hast noch einen Tag. Dann reist ihr ab, oder?«

»Leider.«

»Eben. Also, was hast du zu verlieren? Geh ran und gönn dir.«

»Ich fürchte, das will er nicht.«

»Das wirst du dann merken. Im Ernst, Anna. Du bist Single, und das ist eine tolle Chance. Und du magst ihn, oder?«

»Leider«, sagte ich erneut.

»Nicht leider. Ich meine das ernst. Trau dich und schau einfach, was passiert. Für mich klingt das alles nämlich so, als ob da einiges möglich wäre. Mach nicht alte Fehler zweimal, Anna, und jammre dann hinterher, weil du zu feige warst.«

»Das sagt sich so leicht.«

»Küssen ist leicht.« Ich hörte, wie im Hintergrund nach Nanni gerufen wurde. »Hör zu, Süße, es tut mir leid, aber ich muss Schluss machen. Ich muss noch irgendwie diese Ringe unter den Augen kaschieren und aus diesem Mopp auf meinem Kopf eine Frisur zaubern und dabei in zehn Minuten abfahrbereit im Auto sitzen.«

»Kein Problem. Stress dich nicht. Du siehst immer gut aus, selbst mit Augenringen. Und danke fürs Zuhören«, setzte ich hinzu.

»Immer gerne«, gab sie fröhlich zurück. »Wir hören uns. Genieße den Tag.« Den letzten Satz sang sie beinahe.

»Du auch«, konnte ich noch wünschen, dann hatte sie schon aufgelegt.

Nanni hatte recht. Ich war ungebunden, erwachsen, frei. Ich würde diesen Mann nie wieder sehen, wenn der Urlaub endete. Und ich hatte verdammt viel Lust, noch ein wenig mehr zu küssen. Daniel hatte zwar nicht unbedingt so reagiert, wie ich mir das gewünscht hätte, aber er war auch nicht schreiend davongelaufen. Im Film oder einem meiner Bücher hätte er die Gelegenheit anders wahrgenommen, das sicher. Da hätte er meinen kurzen, fast scheuen Kuss zwar wie in der Realität erlebt, aber dann, in der kurzen Pause, die darauf folgte, als sich unsere Lippen wieder lösten und einen winzigen Moment noch dicht aneinander verharrten, als warteten sie ab, was nun kommen würde, nun, da hätte er nach diesem Augenblick die Initiative ergriffen und ihn fortgesetzt. Ausgedehnt. Vertieft. In meinem Leben jedoch, das so gar nichts von einem Roman hatte, war es anders gekommen. Da hatte er gelächelt, so kurz, dass ich mir nicht sicher war, ob mir das schwache Licht einen Streich spielte. Dann hatte er mir mit weicher Stimme eine gute Nacht gewünscht und war gegangen. Gegangen, nicht gerannt, ein gutes Zeichen. Mit den Händen in den Taschen seiner Shorts und in entspanntem Schritt, leider ohne sich noch einmal umzudrehen. Noch ein gutes Zeichen, beschloss ich trotzig. Kein ängstlicher Blick über die Schulter, ob ich ihm nachsetzte und ihn erneut überfallen würde. Und außerdem, was konnte mir schon passieren? Er könnte keine Fortsetzung wollen, was blöd wäre, aber zu überleben. Nein, ich würde mich heute nicht im Haus verkriechen. Ich würde die kostbaren verbliebenen Stunden ausnutzen. Und leider waren es nur noch Stunden, der Tag der Heimreise stand mittlerweile wie ein dunkler Schatten im Raum. Morgen war es bereits soweit, unser letzter Urlaubstag. Der leider kein Tag mehr war, weil ich ja um zehn ausgecheckt haben musste. Und da eine lange Heimfahrt anstand, war man gut beraten, dann auch loszufahren. Vor allem, wenn man wie ich die Strecke alleine bewerkstelligen musste. Daniel und Sina hatten noch einen weiteren Tag hier, ehe auch sie sich auf die Rückreise machen würden. Es war also meine große Chance, heute das Ding einzutüten. Oder eben nicht und dann morgen verschwinden zu können. Und deshalb würde ich einfach mal mutig sein.

Ich packte entschlossen meine Badesachen zusammen, um ein letztes Mal meine morgendlichen Runden durch den Pool zu drehen. Wie würde ich das vermissen! Wie würde ich den Spaziergang hin zum Schwimmbad vermissen mit dem Wissen, dass ich mir gleich etwas Gutes tat und direkt meine Sporteinheit abhaken könnte. Und wie würde ich es vermissen, danach zurückzuschlendern, mit müden Armen, aber einem super Gewissen und voller Vorfreude auf den restlichen Tag. Ich genoss deshalb jede Minute ganz bewusst, erfreute mich an der Sonne, die auf dem Wasser glitzerte, betrachtete die Palmen, die rings um den Pool wuchsen. Spürte die Wärme auf meiner Haut, als ich zurückging. Fühlte das Glück, das sanft in mir brodelte. Verdrängte das dumpfe Gefühl, dass dies alles bald endete. Und konzentrierte mich darauf, das Problem mit dem Küssen so lange nicht zu beachten, bis es sich sozusagen vor mir aufbaute.

»Morgen«, schnauzte Leni mich mit Unheil verkündendem Unterton an, als ich auf unsere Terrasse trat. Auf ihrem Teller lag ein halbes zermatschtes Croissant.

»Guten Morgen«, gab ich ein wenig überrascht zurück. »Stimmt was nicht mit dem?« Ich deutete auf das Gebäck.

»Keinen Hunger.«

»Was ist denn los?« Ich sah sie aufmerksam an. Wenn Leni nur noch in Halbsätzen sprach, war meistens irgendetwas vorgefallen, was ihr gründlich und dauerhaft die Laune verhagelte.

»Das ist doch scheiße«, raunzte sie wenig hilfreich.

»Und was genau?«, hakte ich vorsichtig nach.

»Dass wir morgen schon fahren. Sina ist noch einen Tag länger hier. Und es waren gar keine vierzehn Tage, nur dreizehn. Höchstens.«

Ich seufzte. »Ich weiß.«

»Können wir nicht verlängern?«

»Nein. Du weißt, dass wir uns das nicht leisten können und ich auch wieder arbeiten muss. Und selbst wenn, die sind voll. An der Rezeption hängt nach wie vor das Ausgebucht-Schild.«

»So ein Mist.«

Da konnte ich nicht wirklich widersprechen.

»Aber wir werden den letzten Tag genießen, ja? Wir werden es uns noch einmal gut gehen lassen. Wir gehen noch mal an den Strand und heute Abend packen wir in Windeseile zusammen. Und hinterher können wir noch mal alle gemeinsam etwas unternehmen. Ein Spieleabend vielleicht?«

Leni brummte unzufrieden. Ich tätschelte ihre Schulter und ging mir dann einen Kaffee holen. Ich wusste, dass meine Worte keinen echten Trost darstellten, denn ich verstand sie nur zu gut. Wenn Daniel und Sina morgen ebenfalls abreisen würden, wäre es besser zu ertragen. Doch Grämen brachte nichts, entschied ich und trat wieder hinaus in die Sonne. Und mich von ihrer Laune anstecken zu lassen, auch nicht. Deshalb setzte ich mich hin, legte die Beine auf den freien Stuhl und schloss die Augen. Und träumte davon, was heute noch alles passieren könnte.

Eine halbe Stunde später waren wir am Strand. Ich sah bereits vom Zugang aus, dass Daniel schon da war; mittlerweile erkannte ich seinen Sonnenschirm von Weitem. Ich holte tief Luft und versuchte mein plötzlich wie wild klopfendes Herz zu beruhigen. Leni ging mit zügigem Schritt und ihrem Schwimmreifen im Arm voraus und ich folgte wie stets mit dem übrigen Zeug.

Ich hatte bei meinen morgendlichen Runden im Pool gedanklich verschiedene Szenarien durchgespielt, wie sich dieses Zusammentreffen abspielen könnte. In meinem liebsten hatte er mich mit einem Blick angesehen, der jedes weitere Wort überflüssig machte, und seine Hände hatten meinen Körper gestreift, als er mir galant die Strandtasche abnahm. In dem vermutlich realistischeren hatte er etwas verlegen gewirkt und so getan, als wäre nichts gewesen. In dem, welches ich am wenigsten mochte, hatte er sich geräuspert und dann dazu angesetzt, mir zu erklären, dass es ihm leidtat, was gestern passiert war. In keinem davon war der Platz jedoch verwaist gewesen. Ich legte das Handtuch auf die Liege, die in den letzten Tagen meine geworden war, und sah mich verstohlen um. Leni hatte ihr Badetuch ebenfalls ausgebreitet und das Shirt abgestreift.

»Ich geh zu Sina ins Wasser.«

Ich nickte. »Viel Spaß.«

Sollte ich es ihr nachtun? Einfach ins Meer hinausmarschieren und zu Daniel gehen und … Und dann was? Vielleicht sollte ich erst mal den Sonnenschirm aufstellen und mir einen Plan zurechtlegen.

Ich bemühte mich, den Ständer in den Sand zu graben, was gar nicht so einfach war. In den letzten Tagen hatte ich das abgenommen bekommen, aber zu Beginn hatte es doch auch irgendwie geklappt. Vielleicht, weil meine Hände damals nicht vor Aufregung gezittert hatten?

Probeweise steckte ich den Schirm hinein. War ja heute nicht so windig, da sollte es doch auch dann halten, wenn der Ständer nicht ganz so tief eingegraben war, oder? Und diese minimale Neigung, sodass er ein wenig schief stand, war doch auch gut. So warf er noch besser Schatten. Ich ließ los, trat einen Schritt zurück und stellte zufrieden fest, dass alles an Ort und Stelle blieb. Na also, passt doch, würde Nanni jetzt sagen. Ich drehte mich um und zog mir ein letztes Mal mein Strandkleidchen über den Kopf. Vielleicht würde ich doch zu Daniel ins Wasser gehen. In diesem Moment bekam ich einen Schlag auf den Schädel, der mich einen saftigen Fluch ausstoßen ließ, während ich kurz in die Knie ging.

»Scheiße!« Ich spürte, wie der Schirm neben mir in den Sand plumpste und versuchte, meinen Kopf aus dem verhedderten Kleid zu befreien. Ich hatte vor Schreck nämlich mit den Armen gerudert und mich dabei irgendwie selbst in diesem Teil verwickelt und gefangen. *Zum Glück bin ich alleine, dann ist es nicht ganz so peinlich,* dachte ich just in den Moment, als ich hinter mir eine sehr bekannte Stimme hörte.

»Anna? Alles klar? Ist dir was passiert?«

KAPITEL 39

»Alles gut!« Das Kleid hatte nachgegeben und ich damit freie Sicht auf Daniel, der mit besorgter Miene den Sonnenschirm festhielt. »Hi«, setzte ich hinzu und war ziemlich dankbar, dass mein beschämter Gesichtsausdruck ohne Probleme auf den Unfall mit dem Schirm zurückzuführen war und nicht darauf, ihm einfach nur gegenüberzustehen.

»Hallo.« Er verstummte kurz, dann fuhr er fort. »Ich habe es kommen sehen. Aber ich war nicht schnell genug.«

»Tja, du kennst mich doch. Eine klassische Anna-Situation.« Ich rieb mir den Kopf. Tat zwar nicht wirklich schlimm weh, war aber gut gegen die Verlegenheit, die mich gerade immer mehr packte.

Daniel lachte zögernd. »Ich werde den mal aufbauen, ja?«

Ich nickte nur, als er sich hinkniete und den Erdspieß entschlossen in den Boden drehte. Wie viel Konzentration brauchte diese Arbeit? Sehr viel, wie mir schien. Dann richtete er sich wieder auf und sah, wie ich mir immer noch meinen nutzlosen Kopf rieb.

»Kopfschmerzen?«

»Kaum der Rede wert.«

»Vielleicht war es doch ein Cocktail zu viel?«

Ich brauchte nur eine Sekunde, um das richtig zu verstehen. Langsam nickte ich und grinste sehr schief.

»Vermutlich. Die waren einfach zu stark.« Ich holte tief Luft und machte den Mund wieder auf, ehe ich darüber nachdenken konnte. »Ich hoffe, ich war nicht zu peinlich? Es gibt doch nichts, wofür ich mich entschuldigen müsste, oder?«

»Nein, das gibt es nicht. Du warst einfach nur sehr gut drauf.«

Sehr gut drauf, nun ja. So konnte man das auch nennen. Vor allem war ich nicht schwer von Begriff. Er wollte nicht darüber reden, was passiert war. Und ich bekam hier sozusagen auf dem Silbertablett präsentiert, dass ich doch praktischerweise einen kleinen Blackout haben konnte und uns beiden damit ein paar Peinlichkeiten ersparen würde. Es war klar, was das hieß, und deshalb beschloss ich mitzuspielen. Und diesen letzten Tag mit ihm zu genießen.

»Also«, begann ich und holte tief Luft. Dann drehte ich mich zu ihm um und legte das beste Lächeln auf, das ich gerade zustande brachte. »Es ist so weit. Ich muss jetzt mit all den letzten Dingen beginnen.«

»Was?« Daniel war sichtlich überrascht. Und ein wenig erleichtert, dass die Gefahr gebannt war. Zumindest meinte ich, das von seiner Miene ablesen zu können.

»Ich muss jetzt ganz bewusst alles zum letzten Mal machen. Zum letzten Mal einen Kaffee am Meer trinken. Zum letzten Mal ins Wasser gehen. Zum letzten Mal picknicken.«

»Ernsthaft?«

Ich nickte nachdrücklich. »Ja, das ist so ein Ding bei mir.«

»Und wenn du später noch einen zweiten Kaffee willst? Oder am Abend noch einmal ins Meer springen möchtest?«

»Dann mache ich das. Eine Wiederholung ist nicht verboten. Es geht nur darum«, ich überlegte, wie ich das erklären sollte. »Es geht nur darum, das noch einmal wertzuschätzen, was man hat. Wie lecker eine Tasse Kaffee am Strand schmeckt. Wie erfrischend das Wasser ist und wie das Meer auf der Haut riecht. In den ersten Tagen nimmt man das ganz bewusst wahr. Dann wird es schnell zur Gewohnheit. Heute will ich es einfach noch einmal feiern und genießen.«

»Eine schöne Idee. Womit fangen wir an?«

»Wir?«

»Nun, ich gehöre doch hoffentlich auch zu den Erinnerungen, die es wert sind, konserviert zu werden?«

»Auf alle Fälle.« Plötzlich war mein Herz wieder leichter. Und wenn schon, dann war ich eben nicht die Richtige für ihn und diese Sache mit der Küsserei hatte sich erledigt. Aber dennoch war jeder Augenblick in seiner Gesellschaft kostbar. »Und deine Liege erst recht. Ich glaube, ich beginne damit, dass ich mich noch einmal ganz bewusst faul darauf niederlasse.«

Ich weiß nicht, woran es lag, dass Daniel aus diesen letzten Erinnerungen so einen Riesenwirbel machte, aber ich hatte einen Verdacht. Ich war in meinen Teenagerjahren in so manchen liebenswerten Kerl verknallt gewesen. Grundsätzlich fiel es mir nicht schwer, neue Menschen kennenzulernen, damals noch weniger als heute. Und wie das so ist, lernte man sich kennen, fand sich sympathisch, hatte Spaß. Und irgendwann merkte ich, dass ich ihn vielleicht etwas mehr als nur nett fand. Leider war das dann immer die Stelle, an der sich unsere Empfindungen nicht länger deckten. Die Jungs fanden auch mich nett und sie mochten meinen Humor, meine unkomplizierte Art. Aber sie wollten nicht mehr von mir. Und ab und zu hatte es dann ein paar kleine, peinliche Momente gegeben, als das beinahe zu einem Problem wurde. Bis ich sie spüren ließ, dass eine platonische Freundschaft absolut okay war. Danach lief es wieder wie geschmiert. Was sollte ich auch sonst tun? Ich entwickelte ein Gespür für die Untertöne, um die herausfiltern zu können, die sich mehr vorstellen konnten. Leider waren die deutlich in der Unterzahl. Es war immer Nanni gewesen, die mehr Bewerber als Bedarf hatte. In meinem Fall war es stets umgekehrt. Und nun meinte ich in Daniels Verhalten ebendiese Erleichterung wieder zu spüren. Wir hatten für ein paar Sekunden den Weg der reinen Freundschaft verlassen und uns auf den anderen Pfad begeben, auf dem er nicht weitergehen wollte. Ich war mir sicher, dass er mich als Freundin wirklich mochte und nun einfach erleichtert war, dass wir ohne großes Drama wieder dort weitermachten, wo wir vor ein paar Gläsern viel zu starkem Cocktail aufgehört hatten. Auf alle Fälle bemühte er sich redlich, meine Mission »letzte und beste Erinnerungen« zu unterstützen.

»Der letzte Kaffee kann doch nicht aus Pappbechern getrunken werden«, behauptete er und lud mich in das schicke Strandlokal ein, an dem wir bei unseren Spaziergängen schon ein paar Mal vorbeigekommen waren. Eine breite Holzterrasse mit kleinen Tischen lockte mit einem grandiosen Blick auf das Meer. Wir hatten uns bisher mit der schlichten Strandbar begnügt, die vom Campingplatz betrieben wurde. Die war nicht viel mehr als eine Hütte und hatte zwar ein paar Hocker am Tresen vorzuweisen, aber keine Tische zum Hinsetzen. Heute jedoch ließen wir uns in dem schicken Ambiente der bisher verschmähten Bar zu einem Platz in der ersten Reihe geleiten und uns auf die breiten, bequemen Stühle sinken.

»Der letzte Kaffee muss doch was Besonderes sein«, sagte Daniel wieder und ich lachte.

Später packte er eine große Packung Chips aus und legte sie neben mein geschnittenes Obst.

»Das letzte Essen am Strand verdient doch eine kleine Sünde«, behauptete er und riss die Tüte auf.

Schließlich gingen wir noch einmal ins Wasser. Die Spätsommersonne stand mittlerweile recht schräg am Horizont und ich hatte eben seufzend festgestellt, dass ich demnächst aufbrechen musste, um zu packen. Ich wollte heute Abend schon alles in den Koffern und Kisten haben, damit ich morgen früh nicht zu viel Stress hatte.

»Ihr kommt heute Abend zu uns«, hatte er verkündet. »Ich werde noch einmal den Grill anwerfen. Und dazu holen wir einfach ein paar Pommes, was denkt ihr?«

Die Mädels waren begeistert und ich nickte ebenfalls. Ich würde auch trockenes Brot essen, fuhr es mir durch den Kopf.

Zuvor jedoch wollte ich noch ein letztes Mal in die Wellen tauchen. Wir gingen hinab ans Wasser und obwohl ich mich wirklich bemühte, schaffte ich es auch dieses Mal nicht, unterzutauchen, ohne zu fluchen. Die anderen lachten, dann paddelten die Mädels auf ihren Reifen davon. Daniel verließ mich, um wie immer zu schwimmen, und ich drehte mich auf den Rücken, um ein letztes Mal in die Sonne zu blinzeln und toter Mann zu spielen. Bis mir eine Ladung Wasser ins Gesicht spritzte und ich prustend die Balance verlor. Ehe ich jedoch untergehen konnte, wurde ich gepackt und festgehalten. Und sah direkt in Daniels Gesicht, in seine frech blitzenden Augen.

»Was war das denn?«, entrüstete ich mich, um zu überspielen, wie schön es war, von ihm gehalten zu werden.

»Nun«, er lockerte seinen Griff und wartete, bis ich sicher stand, ehe er mich ganz losließ. »Das letzte Bad muss doch etwas ganz Besonderes sein.«

»Du bist doof«, gab ich zurück und spritzte nun meinerseits eine großzügige Ladung in sein Gesicht.

Er nahm es laut lachend hin. »Es ist einfach zu verlockend, wenn du so auf dem Wasser treibst. Hör auf! Ich tu es nie wieder, versprochen.«

Die Mädels retteten Daniel vor weiteren Attacken. Sie tauchten plötzlich neben uns auf, mit aufgeregt funkelnden Augen und roten Wangen.

»Mam, kann ich heute bei Sina schlafen?«

»Was?« Ich ließ die Hand, die eben wieder Wasser in Richtung Daniel schaufeln wollte, sinken.

»Kann ich heute bei ihr schlafen? Sie hat doch zwei Betten und wir könnten so lange quatschen, wie wir wollen.«

Ich sah überrascht zu Daniel.

»Bitte, Paps«, mischte sich Sina ein.

Daniel zuckte mit den Schultern.

»Theoretisch schon«, begann er und die beiden jubelten los. »Aber ich weiß nicht, was Anna dazu sagt.«

Tja, was würde Anna schon sagen? Ich war ja nicht lebensmüde und würde jetzt noch Nein sagen.

»Ihr müsst halt morgen früh aufstehen. Weil wir ja abreisen.«

»Kein Problem«, versicherte Leni strahlend. »Cool. Dann geh ich jetzt duschen und pack meine Sachen. Und danach komme ich zu dir, ja?« Sie sah Sina an.

»Ich komme mit«, beschloss ich und sah mich noch einmal im Wasser um. »Packen war mein Stichwort, fürchte ich.«

Kapitel 40

»Und? Alles fertig verstaut?«, erkundigte sich Daniel, als wir beim Abendessen saßen.

Ich nickte nachdenklich. »Ja, alles versorgt. Bis auf ein paar Dinge, die wir noch brauchen.«

»Und die Koffer schon im Wagen?«

Ich schüttelte den Kopf. Das war zwar der Plan gewesen, aber die Zeit war dann doch zu knapp geworden. Und wichtiger als das Gepäck war es mir erschienen, mich noch einmal hübsch herzurichten.

»Nein, das mache ich morgen früh. Ist ja nicht so viel.« Einen Moment dachte ich an die vorangegangenen Urlaube. Familienurlaube. Mit vier Personen war die Gepäckfrage durchaus etwas anspruchsvoller gewesen. Martin hatte sich stets darüber gewundert, was alles mitmusste, und hatte prophezeit, dass die Hälfte davon überflüssig sei. Und das Beladen des Autos hatte ihn immer vor eine Herausforderung gestellt. Koffer-Tetris nannte Martin es und jedes Teil musste exakt eingepasst werden, damit am Ende alles seinen Platz fand. Nun, ich musste ihm im Nachhinein recht geben, man kam tatsächlich mit weniger zurecht. Dieses Jahr, im Wissen, dass ich selbst alles unterbringen musste und dass ich auch dieses Jahr keine eleganten Schuhe tragen würde, wenn ich auf dem Campingplatz herumschlenderte, hatte ich das Gepäck deutlich knapper halten können.

»Wir könnten es nach dem Essen erledigen. Wir verbinden es mit einem kleinen Verdauungsspaziergang«, schlug er vor.

»Genau, macht das. Und lasst euch Zeit damit.« Sina grinste uns an.

»Was habt ihr vor? Wir stören euch doch nicht, wenn wir hier draußen sitzen«, gab Daniel zurück.

»Um ehrlich zu sein, schon ein wenig. Die Wände sind so dünn, dass man alles hört.«

Ich musste schmunzeln. Ich konnte die beiden verstehen. In ihrem Alter gab es immer ein paar Geheimnisse, die man sich anvertrauen wollte. Und oft genug wurde das unter lautem Gekicher und noch lauteren Ausrufen gemacht.

»Das wäre nett, Daniel«, sagte ich deshalb und legte kurz meine Hand auf seine, weil er immer noch etwas misstrauisch wirkte. »Und dann könnten wir auch meine letzte Flasche Wein trinken. Ein Stück weniger, das ich einpacken muss.«

Das Abendessen verlief ein letztes Mal in einer fröhlichen Runde. Wir hatten es uns heute recht einfach gemacht und uns für Würstchen entschieden, dazu die fertig gekauften Pommes und einen sehr gemischten Salat aus den Bestandsresten. Und doch schmeckte es wie das beste Gourmetessen, weil die Gesellschaft so wohltuend war. Der Abend war warm und eine leichte Brise sorgte für angenehme Abkühlung. Und das Licht gab ein letztes Mal alles, war sanft und golden und einfach wunderschön.

»Ich werde das alles so vermissen! Diese Luft, die gemeinsamen Mahlzeiten und dieses Licht. Wir sollten noch einmal ans Meer gehen, was denkt ihr? Ein letzter Blick auf das Wasser in der Abendsonne.«

»Ja.« Leni war sofort begeistert. »Und Bilder machen.«

Sina nickte mit strahlenden Augen und auch Daniel stimmte zu. In Rekordzeit räumten wir den Tisch ab und verfrachteten das Geschirr in die Spülmaschine. Bisher hatten die Mädels diese Aufgabe übernommen, doch heute nahmen wir ihnen diese Pflicht ab, damit die beiden ihren Look checken konnten. Ich verdrehte lachend die Augen, als sie das sagten, checkte dann aber selbst schnell im Selfiemodus meinen Lippenstift, als ich einen Moment alleine auf der Terrasse war.

Das Licht abends am Meer ist etwas, was man nicht beschreiben kann, sondern erleben muss. Der Himmel war wie in einem kitschigen Film, durchzogen von rosaroten und goldenen Schleiern. Die Haut bekam diesen warmen Bronzeton, der direkt fünf Jahre wegschummelte, und das Haar Lichtreflexe, die es unter normalen Bedingungen nicht hatte. Und jedes Jahr staunten wir, wenn wir die Bilder der ersten Tage und die der letzten verglichen. Wie braun die Haut geworden war, selbst bei uns, die wir nicht allzu schnell Farbe annahmen. Wie erholt man aussah, wie glücklich die Augen blitzten.

»Und, willst du auch Bilder machen?«, fragte Daniel, als wir eine Weile den Mädels zugesehen hatten, die mit geübten Posen und meinem Selfiestick Fotos schossen. Er grinste frech und ich wusste, dass er an den Abend dachte, als wir uns kennengelernt hatten.

»Und dir wieder eine erstklassige Show bieten? Ich denke nicht.«

»Seit wann bist du so schüchtern?«

Das fragte ich mich auch. Ich hätte nämlich zu gerne ein paar Bilder gemacht, war aber seltsam gehemmt. Ich käme mir blöd vor, wenn er mich dabei beobachtete.

»Keine Ahnung. Vielleicht werde ich endlich erwachsen.«

»Das wäre schade. Und es ist auch schade, dieses Licht nicht auszunutzen.« Er hob sein Handy in die Höhe. »Darf ich?«

»Was? Nein!« Ich lachte übertrieben laut auf. »Auf gar keinen Fall. Erfahrungsgemäß muss ich neunzehn von zwanzig Bildern wieder löschen, weil ich zu dämlich darauf aussehe.«

»Dann gib mir deines. Na los, mach schon. Dieses Strahlen sollte festgehalten werden und du darfst auch alle wieder löschen, die dir nicht gefallen.«

Ich sah ihn an und da war kein Spott mehr in seinem Gesicht. Was soll's, dachte ich und reichte ihm mein Handy. Ein Fehler, wie ich kurz darauf feststellte, denn nun kam ich mir noch dämlicher vor, wie ich hier stand und er mich knipste.

»Das genügt«, sagte ich deshalb und streckte die Hand aus.

»Das sind noch keine zwanzig. Gib mir eine Chance.«

Ich warf einen Blick zu unseren Mädels, die nach wie vor mit großem Eifer bei der Sache waren. Ich sah, wie sich Leni in Pose stellte und abdrückte und seufzte.

»Mir fehlt einfach das Model-Gen. Wenn Leni Selfies macht, dann ist nahezu jedes ein Treffer. Von wem das Mädchen das nur hat.«

»Eindeutig von ihrer Mutter.«

Überrascht drehte ich ihm den Kopf zu. »Werde bloß nicht zu schleimig auf deine alten Tage.«

Daniel lachte und über mein Gesicht zog sich ein Grinsen.

»Perfekt!« Daniel ließ endlich das Handy sinken und reichte es mir. »Und jetzt sag noch einmal, dass dich die Kamera nicht liebt.«

Ich nahm ihm das Gerät ab und brauchte einen Moment, ehe ich meine Augen von den seinen lösen und auf den Bildschirm blicken konnte.

»Oh«, sagte ich dann und spürte, wie sich ein seltsames Gefühl in mir ausbreitete.

»Hab ich zu viel versprochen?«

Ich schüttelte den Kopf. Er hatte recht, es war ein tolles Bild. Meine Augen strahlten, meine Haut schimmerte golden im Licht und sogar mein Haar sah gesund und glänzend aus wie nie. Und auf meinem Gesicht lag der Ausdruck puren Glücks.

»Soll ich noch ein paar machen?«

Wieder schüttelte ich den Kopf. »Nein. Das hier ist großartig. Jedes weitere würde dagegen verlieren. Wir können uns das also ersparen. Dafür mache ich jetzt ein paar von dir.«

»Eines reicht«, entgegnete er lachend und stellte sich ungezwungen in Pose. »Ich bin nicht so eitel.«

»Hey! Ich bin auch nicht eitel! Nur ein ganz klein wenig kritisch, was Fotos von mir angeht.« Ich hob mein Handy und drückte auf den Auslöser. Daniel lachte wie erwartet und ich zoomte sein Gesicht heran und drückte ein weiteres Mal ab. Dann ließ ich das Handy sinken und starrte auf das Bild.

»Und? Überlegst du, ob du mich auch löschen solltest?«

»Nein. Es ist toll. Schau es dir an.«

Er trat neben mich und betrachtete das Bild. »Nett.«

»Nett? Du siehst toll aus.« Ich sah das amüsierte Zucken um die Mundwinkel und machte eine verlegene Geste mit der Schulter. »Ist doch so, oder?«

Er grinste, dann nahm er mir das Handy ab und legte seinen Arm um meine Schulter. »Was denkst du, wie gut wir erst zusammen aussehen werden?«

Ich konnte gar nicht anders, als in die Kamera zu strahlen. Egal wie bescheuert ich aussehen würde, von diesen Bildern würde ich keines löschen, schwor ich mir spontan. Ich ließ mich sogar dazu hinreißen, den seltsamen Duckface-Mund zu machen, von dem ich wusste, dass man damit garantiert immer blöd aussah. Daniel tat es mir nach und wie zwei alberne Teenager posierten wir und lachten uns dabei fast kaputt. Das lockte die Mädels an.

»Was macht ihr denn? Das sieht total albern aus.«

»Soll es auch«, rief ich übermütig und verzog den Mund noch ein wenig mehr. Obwohl ich ewig so hätte weitermachen können, setzte ich dann hinzu: »Kommt her. Wir sollten auch ein Gruppenbild machen.«

Leni sah Sina an, die mit der Schulter zuckte.

»Aber nur, wenn du aufhörst, so peinliche Grimassen zu ziehen.«

»Wenn es sein muss.« Ich grinste breit und streckte dann einen Arm nach ihr aus. »Beeilt euch. Die Sonne ist gleich weg und dann wird es ruckzuck dunkel. Das wäre doch schade.«

Leni nickte und holte schon ihr Handy aus dem Stick, um ihn dann mir zu reichen. Ich positionierte meines darin und legte einen Arm um Lenis Schulter. Daniel tat dasselbe mit Sina. Sein anderer Arm zog mich wieder an sich. Die Sonne warf ihren Schein auf unsere strahlenden Gesichter und ich streckte meine Hand ein letztes Mal aus, um ein Bild zu machen. Dann verblasste das Licht, als hätte jemand einen Schalter umgelegt. Ich ließ den Stick in dem Augenblick sinken, als Daniel seinen Arm wegzog.

»Du musst mir unbedingt eines dieser Fotos schicken. Als Erinnerung an diesen Urlaub«, bat er.

»Ich habe nicht einmal deine Handynummer.«

»Kein Problem«, mischte sich Leni ein. »Ich schicke sie Sina, die kann sie weiterleiten.«

Daniel nickte nach einer kleinen Pause und mir blieb nichts anderes übrig, als es ebenfalls zu tun.

»Oder so«, murmelte ich und es war, als wäre mit der Sonne auch ein wenig die ausgelassene Stimmung verschwunden.

Leni bemerkte nicht, dass sie mir eben die perfekte Chance, an seine Nummer zu kommen, vermasselt hatte. Wir hatten sie bisher nicht ausgetauscht, weil es einfach keine Notwendigkeit gegeben hatte. Wir hatten uns wie selbstverständlich jeden Tag getroffen. Und vermutlich gab es auch nun keine Notwendigkeit, denn der Urlaub war so gut wie vorbei und damit war es das dann.

»Können wir gehen?« Leni hatte bereits ihre Flipflops eingesammelt und sah mich abwartend an.

Wieder nickte ich. »Klar.«

Ich warf einen letzten Blick auf das Meer und holte tief Luft. Noch ein Abschied, noch ein letztes Mal. Bisher fand ich diesen Moment immer am schwierigsten, wenn ich am Strand stand und wusste, dass es ein Jahr dauern würde, ehe ich diesen Anblick erneut genießen konnte. Dieses Jahr jedoch war es anders. Auch schlimm und traurig, ohne Frage. Und doch wusste ich, dass mir noch ein weit schwierigerer Abschied bevorstand. Und einer, der vermutlich endgültiger war als der vom Meer.

Kapitel 41

»Und? Geht ihr jetzt das Auto packen?« Leni sah uns beinahe herausfordernd an, als wir uns der Abzweigung näherten, die zu unserem Häuschen führte.

»Der Wink kam schon beim ersten Mal an. Wir haben verstanden, dass ihr alleine sein wollt. Aber nach Packen steht mir der Sinn leider gerade gar nicht.«

»Dann macht was anderes. Euch wird doch etwas einfallen.« Sie stieß Sina in die Seite. »Hauptsache, sie sitzen nicht vor unserer Schlafzimmertür, als wären wir Babys.«

»Ich hätte mir nie träumen lassen, dass ich einmal den Zeiten hinterhertrauere, als man keinen Schritt alleine machen konnte«, sagte ich mit einem übertriebenen Seufzer und sah Daniel an. »Na los, verschwinden wir und lassen den beiden ihre Privatsphäre. Aber stell dir bitte den Wecker. Du weißt, dass wir früh losmüssen und dass du versprochen hast, mir beim Putzen zu helfen.«

Leni nickte und verdrehte dabei die Augen. »Ja-ha«.

»Dann ab mit euch. Und habt viel Spaß.«

»Gleichfalls«, wünschte Leni und hakte sich bei Sina unter.

Die beiden verschwanden fröhlich plaudernd und wir machten uns deutlich langsamer auf den Weg zu meinem Häuschen.

»Mein Angebot steht. Wir können das eben in deinen Wagen laden. Dann hast du morgen weniger zu tun.«

Ich sah auf die beiden Koffer, die Badetasche, den zusammengeknüllten Schwimmring samt Schirm und Badematte und die zwei Boxen mit den übrig gebliebenen Lebensmitteln und dem restlichen Kram. Dann nickte ich. Er hatte recht, es würde morgen deutlich schneller gehen und zudem war ein wenig Beschäftigung immer gut. Als wir alles weggebracht hatten, was ich an der Tür aufgestapelt hatte, sah sich Daniel um und bemerkte die Reisetasche, die mit Bedacht etwas abseits gestanden hatte.

»Was ist mit der? Soll ich die auch noch eben zum Auto bringen?«

Ich schüttelte den Kopf.

»Da kommt morgen noch der Rest rein.« Ich sah mich in unserem Häuschen um. Es schien schon sehr viel weniger unseres zu sein. »Danke. Das war sehr nett von dir.«

Er winkte ab.

»So, und jetzt? Ein letztes Glas Wein?«

Daniel nickte. »Irgendwie müssen wir die Zeit ja rumbringen, bis ich mich zu Hause blicken lassen darf.«

Wir hatten es uns eben mit dem Wein gemütlich gemacht, als sich mein Handy meldete. Automatisch griff ich danach und sah, dass eine neue Nachricht eingegangen war.

Und? Hast du schon erneut geküsst? Sei bloß nicht wieder so feige! Wehe, du kommst heim und ich erlebe hier Torsten 2.0. Ich will nicht wieder hören, dass du dich nicht getraut hast. Du bist eine Frau in den besten Jahren! Benimm dich so.

»Was Wichtiges?«, wollte Daniel wissen.

Ich schüttelte den Kopf und musste mir trotz allem ein Grinsen verkneifen. Und mir schnell was überlegen.

»Das ist nur Louis. Er will wissen, ob er noch etwas einkaufen muss, weil wir ja morgen wieder heimkommen.«

Das hatte er tatsächlich heute gefragt, daher war es nur eine kleine Lüge. Ich hatte diese Nachricht mit gemischten Gefühlen gelesen. Wie schwer hatte ich mich damit getan, ihn alleine zu lassen, zum ersten Mal in seinem Leben. Und in meinem. Und wie schnell hatte ich vergessen, mich übertrieben um ihn zu sorgen. Ich spürte, dass er zurechtkam, aber ich hatte mich auch zu gerne ablenken lassen. Und zudem zeigte diese Anfrage, dass er wirklich erwachsen wurde, selbstständig und dazu auch noch umsichtig.

»Wie aufmerksam von ihm.«

Ich nickte.

»Du kannst ihm ruhig zurückschreiben.«

»Klar. Mach ich.«

Nein, das habe ich nicht. Und dabei wird es auch bleiben, also setz mir nicht ständig Flausen in den Kopf, du Doofe!

»So, erledigt.« Ich legte das Handy auf den Tisch, sicherheitshalber mit dem Display nach unten.

»Ein seltsamer Gedanke«, begann Daniel nachdenklich und ich erröte prompt, weil ich immer noch beim Küssen war. »Ich kann mir das gar nicht vorstellen.«

»Nein?«, erwiderte ich vage und überlegte, wovon er wohl gerade sprach. Nicht vom Küssen, hoffte ich.

»Nein«, bestätigte er und lächelte. »Dass ich irgendwann verreise und Sina alleine zu Hause bleibt …«

»Ja«, rief ich vielleicht etwas zu munter. »Das ist keine leichte Sache. Aber irgendwann müssen wir loslassen. Die Zeit vergeht und wir müssen lernen, damit umzugehen. Ich meine«, ich kratzte mich verlegen am Kopf. Ich hatte immer noch das Gefühl, das wir von verschiedenen Dingen sprachen. »Sie werden erwachsen, und das ist gut so.«

»Vermisst du ihn?«

»Ja. Ja, das tue ich.«

»Dann freust du dich sicher darauf, ihn morgen wieder zu sehen.«

Ich nickte. »Das ist das Gute daran. Man freut sich sogar, dass der Urlaub zu Ende geht, weil man sie dann wieder sieht.«

Daniel nahm einen Schluck Wein und lehnte sich in seinem Stuhl zurück. »Die letzten Tage sind so schnell vergangen, oder?«

»Allerdings. Wenn man sich überlegt, wie lange es im Alltag dauert, bis endlich Freitag ist. Und hier blinzelst du einmal und schon ist eine Woche vorbei.«

»Nun, ein wenig mehr hast du durchaus getan. Aufregende Fotoshootings absolviert zum Beispiel.«

Ich lachte und verdrehte die Augen.

»Und du hast mich dazu gebracht, mit Sina zu reden.«

Ich wölbte interessiert die Augenbrauen.

»Nun ja, anders zu reden. Darüber, was sie fühlt und was sie sich gewünscht hätte.«

»Das freut mich.«

»Es war gut. Das hätten wir schon lange tun sollen. Ich war nur zu feige und oft auch zu beschäftigt damit, einfach nur das Leben zu organisieren. Und ich dachte immer, ich muss für sie stark sein. Vermutlich muss ich das auch, aber ich habe in den letzten Tagen verstanden, dass das nicht heißt, dass ich keine Schwächen zugeben darf.«

»Das klingt, als hättet ihr ein richtig gutes Gespräch geführt.«

»Das haben wir.« Daniel wirkte für seine Verhältnisse beinahe aufgekratzt. »Es ist verrückt. Im Grunde haben wir beide in den letzten Jahren versucht, uns gegenseitig zu schützen. Und dabei haben wir all die Dinge verschwiegen, von denen wir dachten, dass sie den anderen verletzen. Jeder von uns wollte für den anderen stark sein und vor allem immer glücklich wirken. Aus Angst, dass der andere denkt, unzulänglich zu sein. Es ist schwer, das in Worte zu fassen. Und ich muss zugeben, dass mich das ziemlich nachdenklich gemacht hat. Sina ist noch so jung und doch ist sie mir so unglaublich erwachsen vorgekommen. Es gibt so vieles, was sie bewegt und worüber sie sich Gedanken macht. Ich glaube, dass wir beide einen wichtigen Schritt getan haben.«

Ich hob mein Glas. »Darauf trinken wir. Auf wichtige Schritte und Schwächen, die eigentlich Stärken sind.«

Wir stießen an und nahmen dann beide einen Schluck.

»Und hast du sie bei der Gelegenheit auch gefragt, ob sie bereits …« Ich wackelte vielsagend mit meinen Augenbrauen.

»Nein!« Daniel klang fast entsetzt. »Hetz mich nicht. Ich fange erst damit an, offener zu werden. Ich brauche noch Steigerungsmöglichkeiten.«

Ich grinste. »Gute Einstellung. Und manche Dinge will man zwar wissen, aber man möchte sie nicht hören.«

Er kommentierte diese Feststellung mit einem seltsamen Geräusch, das gleichzeitig ein Lachen und ein Seufzen zu sein schien.

»Weißt du, was wir nie vergessen dürfen? Uns zurückzuerinnern. Daran zu denken, wie es war, sechzehn zu sein. Was wir so getrieben haben und was wir uns erträumt haben. Dass man in diesem Alter Erfahrungen sammeln muss, die wertvoll sind für die Entwicklung. Dass man lernen muss, Entscheidungen zu treffen und dann damit zu leben. Und dass man Fehler macht. Dass man auch mal eine Entscheidung trifft, die nicht richtig ist, und dass so was ebenfalls zum Leben gehört. Und wie wichtig es damals war, zu wissen, dass man im Notfall aufgefangen wird, wenn ein Fehler zu schwer wiegt. Dass da jemand ist, an den man sich wenden kann, falls man Rat braucht. Und zwar, ohne sich erst rechtfertigen zu müssen. Als Louis beispielsweise seinen Führerschein gemacht hat, habe ich mir jeden Tag in Erinnerung gerufen, wie ich damals diese schreckliche Delle in das Auto meines Vaters gefahren habe. Ich hatte solche Angst, dass ich den Wagen nie mehr bekommen werde und er mir eine Riesenstandpauke hält. Und was hat er gemacht? Schaut mich an, fragt, ob mir etwas passiert ist, und dann hat er genickt. *Dann ist es gut. Das ist nur eine Delle, das bekommt man wieder raus,* hat er gesagt und ist zurück ins Haus gegangen. Damals fand ich es cool, aber erst heute weiß ich, wie großartig diese Reaktion war und wie einfach es wäre, sich erst mal aufzuregen und ein bisschen rumzubrüllen. Es blieb übrigens bei der einen Schramme, ich war nie mehr so unachtsam wie an jenem Tag.«

»Das klingt, als hättest du tolle Eltern.«

»Die habe ich. Und ich habe auch eine ordentliche Strafpredigt bekommen wegen der Delle. Aber erst später. Als die Zeit dafür reif war.«

Wir lachten.

»Ich weiß, das klingt so leicht. Und ich weiß auch, dass ich selbst weit davon entfernt bin, perfekt zu sein. Ich habe zwar die Theorie voll drauf, im Gefecht des Lebens allerdings …« Ich zuckte mit den Achseln. »Da mache ich auch nicht alles richtig. Aber das müssen wir gar nicht. Hauptsache, wir geben unser Bestes.« Ich griff nach meinem Glas und drehte es in den Händen, während ich überlegte, ob ich weiterreden sollte. Es war der letzte Abend und eigentlich wollte ich am liebsten hier sitzen und einfach lachen und über etwas völlig Belangloses reden. Und das, was mir auf der Zunge lag, gehörte eher nicht in diese Kategorie. »Und wir dürfen bei alledem nicht vergessen, auch an uns zu denken. Unsere Bucketlist, erinnerst du dich? Irgendwann sind sie nämlich groß und gehen ihre eigenen Wege. Und wir bleiben zurück. Dann sollte es in unserem Leben noch etwas anderes geben. Und auch, solange sie bei uns sind, uns brauchen, ist es hilfreich, an sich selbst zu denken. Eltern zu sein ist toll, aber es ist der anstrengendste Job der Welt. Es hilft, wenn man glücklich ist, das weiß ich leider aus eigener Erfahrung. Auch wir haben das Recht darauf, einen Rückhalt zu haben. Auch wir dürfen Wünsche haben.«

Kapitel 42

Ich hatte befürchtet, dass Daniel hinter meinen Worten das sah, was sie wohl auch waren: eine Aufforderung, jetzt auf die Schnelle doch noch damit anzufangen, an sich zu denken und sein eigenes Leben, seine Bedürfnisse und Wünsche in den Mittelpunkt zu rücken. Oder seine Gelüste, selbst das wäre mir im Moment ausreichend gewesen. Der Gedanke, dass dies der letzte Abend war, an dem ich ihn sehen würde, hatte mich mit aller Macht überwältigt und ich wollte einfach nicht, dass es so endete. Ich wollte so vieles, aber ich hätte mich mit einer einzigen Nacht begnügt. Mit einem Kuss. Mit etwas, das mir bestätigt hätte, dass ich eben doch ein ganz klein wenig mehr gewesen war als nur der lustige Pausenclown, der ihm die Zeit vertrieb, in der seine Tochter Besseres zu tun gehabt hatte. Stattdessen sagte er etwas, was mich noch mehr erschreckte.

»Das klingt wie die perfekten Abschiedsworte.«

Das sollten sie nicht sein, dachte ich und fühlte kurzzeitig Panik in mir aufsteigen, als ich überlegte, was ich darauf antworten sollte. Ich wusste es noch immer nicht, als er sich bereits erhoben hatte. Zögernd stand ich ebenfalls auf.

»Das war kein Rauswurf«, versicherte ich endlich.

»Das weiß ich.« Seine Stimme klang weich und trotzdem vorsichtig.

Ich schluckte. »Tja, dann …«

»Tja, dann«, wiederholte er und steckte die Hände in die Hosentasche wie ein verlegener Teenager. »Ich wünsche dir, dass du dein Glück findest, Anna.«

»Das wünsche ich dir auch. Und danke! Danke für die letzten Tage.«

»Ich habe zu danken.«

Wieder trat Schweigen ein, so peinlich, wie es zwischen uns nie gewesen war. Er machte einen kleinen Schritt nach hinten und automatisch ging ich einen großen auf ihn zu.

»Daniel …« Ich hob kurz die Schultern, als wollte ich mich jetzt schon dafür entschuldigen, was ich gleich tun würde. Aber im Ernst, er konnte doch nicht so ohne Weiteres gehen. Nicht mal dann, wenn meine Gefühle anders gewesen wären, durfte er das tun. »Ach, komm schon her, du dummer Kerl.« Ich schlang einfach meine Arme um ihn und drückte fest zu. »Pass auf dich auf. Und mach weiter so. Such dein Glück und vor allem: Finde es! Du hast es verdient.«

Endlich spürte ich, dass Daniel meine Umarmung erwiderte. »Du auch. Du wirst nicht lange suchen müssen. Du bist eine tolle Frau, Anna.«

Wie so oft überspielte ich meine Gefühle mit einem lockeren Spruch. »Ja, das bin ich. Und großartig darin, tolle Reden zu schwingen und so zu tun, als wüsste ich alles.«

»Mach dich nicht kleiner, als du bist. Du bist toll und du hast so eine Art, das Leben mit Humor zu nehmen und immer etwas zu finden, über das du lachen kannst.«

»Und wenn ich nichts finde, dann nehme ich mich. Da gibt es immer etwas, worüber man sich amüsieren kann. Oder ich mache Selfies und lasse mich dabei retten.« Ich lachte übertrieben heiter.

»Dann war das gar kein Unfall, sondern eine Masche, um Kontakt zu knüpfen?«

»Nein, es war einfach …« *Glück,* dachte ich und schüttelte in Gedanken kurz den Kopf. »Pech. Mein Leben.

Schicksal«, fügte ich dann leiser an und mein Lachen verebbte.

»Schicksal«, wiederholte Daniel und sah mich nachdenklich an. Wir standen immer noch dicht beieinander, auch wenn ich meine Arme von ihm gelöst hatte.

»Mein Schicksal«, sagte ich rasch. »Dass ich eben immer ein wenig peinlich bin.«

»Du bist nicht peinlich. Ein bisschen verrückt vielleicht.« Nun lag die Andeutung eines Lächelns in seiner Stimme. »Und ziemlich direkt. Neugierig würde ich auch gelten lassen. Aber nie peinlich.«

»Nicht mal, wenn ich in Felsen festklemme oder zu viel getrunken habe und laut mitsinge, obwohl ich den halben Text durch *hmnananahm* ersetze?«

»Nicht mal, wenn du betrunken bist.« Wieder hatte sich eine neue Modulation eingeschlichen. Nun klangen die Worte so sanft, so schön, dass mein Gehirn einmal mehr einfach aussetzte. Es beschränkte sich darauf, seufzend in meinem Schädel herumzulungern und ihn anzuschmachten, und vernachlässigte sträflich seine Aufgabe, mein Mundwerk zu kontrollieren.

»Ich war zwar zu betrunken, um mich an Liedtexte zu erinnern, aber ich war nicht so betrunken, dass ich nicht mehr wusste, was ich tat. Weder als ich es tat noch hinterher.«

»Anna«, begann er, aber ich fiel ihm ins Wort.

»Bitte, ich will, dass du das weißt. Wir, nein, *ich* rede hier ständig von Mut und davon, dass man Chancen nutzen soll. Ich mache einen auf tough, aber in Wahrheit bin ich zu feige, um zu sagen, was ich denke, und ich verstecke mich hinter meinem vorlauten Mundwerk. Um dann zu kneifen, wenn es ernst wird. Aber dieses Mal will ich nicht kneifen. Das ist mir zu wichtig und dazu mag ich dich zu gerne.« Ich wurde mit jedem Wort leiser. »Und ich wollte, dass du das weißt. Ich erinnere mich an alles, was ich getan habe. Und ich bereue nichts davon«, setzte ich ein wenig trotzig hinzu, weil er nun, da er etwas sagen sollte, einfach weiter schwieg. »Tja, das war es, was ich klarstellen wollte. Nun bin ich doch peinlich geworden.«

»Nein. Es ist nicht peinlich, zu seinen Gefühlen zu stehen. Das war es doch, was du mir die ganze Zeit gepredigt hast.«

Ich machte den Mund auf, um zu antworten, obwohl ich nicht wusste, was ich sagen sollte. Ich hatte alles gesagt und mich maximal blamiert.

»Es ist eher peinlich, wenn man zu feige ist, zu seinen Gefühlen zu stehen.«

Wieder machte ich den Mund auf und zu wie ein Fisch auf dem Trockenen, doch Daniel legte mir einen Finger auf die Lippen.

»Ich kann das nicht so gut wie du. Du musst mir etwas Zeit lassen.«

Ich nickte überrascht.

»Ich mag dich auch, Anna«, begann er dann und schien jedes Wort suchen zu müssen.

Mein Herz begann, schneller zu schlagen, aber leider vor Angst. Das war der klassische *Aber*-Auftakt, den ich in meinem Leben schon viel zu oft gehört hatte. *Ich mag dich auch, aber eben nicht so.* Vor lauter Herzklopfen und unschönen Erinnerungen verpasste ich beinahe, wie er weitermachte.

»Und ich bereue ebenfalls nichts. Nun ja, eines vielleicht.«

»Mmh«, machte ich, weil mein Gehirn plötzlich wie leer gefegt war. Oder es war abgestorben, weil ich den Atem anhalten musste und er sich sehr viel Zeit ließ, bis er weitersprach.

»Ich bereue es, dass ich dich nicht zurückgeküsst habe.«

»Oh«, entwischte es mir und mein Herz legte noch einmal eine Schippe zu, während ich nach Luft japste.

»Ich hätte es einfach tun sollen, anstatt darüber nachzudenken. Aber du hattest getrunken und da ist deine Bucketlist und …«

»Meine Liste?«, fuhr ich ungläubig dazwischen. »Du hast mich nicht geküsst, weil ich mir einen neuen Mann in meinem Leben wünsche?« Wieder machte mein Herz einen Satz und erneut war das Schlagen schmerzhaft. Einen winzigen Moment war ich versucht, ihm zu versichern, dass er keine Verpflichtungen eingehen würde, aber mein Mund war zu trocken, um etwas zu sagen.

»Nein! Ich habe dich nicht geküsst, weil du deine verpatzte Urlaubsaffäre zu einem Ende bringen willst.« Er sah mein fassungsloses Gesicht und sprach weiter. »Du hast davon erzählt. Von diesem Urlaub, als du deinen ersten Freund hattest. Und dass du es bis heute bereust, damals nicht mutiger gewesen zu sein.«

Ich nickte verstehend. »Und du hast gedacht, dass es mir nur darum geht?«

Er zuckte wieder nur mit seiner Schulter, ein entschuldigendes Lächeln um die Lippen.

»Wow«, sagte ich und fühlte mich unpassenderweise ein ganz klein wenig geschmeichelt. »Du hast wirklich geglaubt, ich könnte so eine Frau sein?«

»Du hast oft genug so getan.«

»So getan, ganz genau. Aber dass du das glaubst! Ausgerechnet ich?«

»Und wieso auch nicht«, sagte er leise.

»Dann sollte ich …«, begann ich mit neuem Mut und wollte eben gestehen, dass ich es ja mal versuchen könnte, so eine Frau zu sein, als er mich erneut unterbrach.

»Es gab noch einen anderen Grund.«

Seine Stimme ließ mich aufhorchen. Obwohl wir die ganze Zeit dicht beieinandergestanden hatten, neigte er sich nun noch ein wenig näher zu mir.

»Die letzten Tage mit dir … nun, die waren schön. Ich habe meine Zeit nicht mit dir verbracht, um mich abzulenken, oder weil ich sonst alleine gewesen wäre. Ich komme gut mit Einsamkeit zurecht. Ich habe sie mit dir verbracht, weil du wie eine Naturgewalt in mein Leben gebrochen bist und jeder Tag neu und spannend war. Ich habe es getan, weil ich es genossen habe. Auch wenn du mich dazu gezwungen hast, über einiges nachzudenken, das ich bisher immer zur Seite geschoben habe.«

Ich wollte einwenden, dass ich ihn nie zu etwas gezwungen hatte oder dass das zumindest nicht meine Absicht gewesen sei, aber seine Finger, die sich wieder auf meinen Mund legten, verhinderten es.

»Ich habe mich verändert in diesen wenigen Tagen. Mehr als in all den Jahren zuvor. Und dann, als du mich einfach geküsst hast, da wurde mir klar, weshalb. Ich habe erkannt, dass ich endlich wirklich bereit bin, wieder zu leben. Wieder Gefühle für einen anderen Menschen zuzulassen. Es war, um ehrlich zu sein, ein Schock. Es hat mich überrumpelt und es hat mir Angst gemacht. Weil ich nicht wollte, dass ich diese Gefühle für jemanden habe, den ich sofort wieder verlieren würde.«

Wenn ich bisher gedacht hatte, mein Herz mache einen ungesunden Radau, dann war das gar nichts gegen das, was es jetzt veranstaltete. Das war ganz sicher nicht gesund und ich sollte dringend etwas dagegen tun.

»Und wenn du mich nicht verlieren würdest?«

»Besteht denn die Chance?«

Ich lachte auf. Nun ja, es könnte auch ein Keuchen gewesen sein, das sich als Lachen verkleidete, oder ein Laut, der in etwa wie »Ähehehe« klang und somit das absolut Dämlichste war, was man auf so eine Frage erwidern konnte. Weil mir das selbst schnell klar wurde, legte ich nach.

»Diese Chance besteht total.«

Seine Finger, die von meinen Lippen zu meiner Wange gewandert waren, begannen sanft meine Haut zu streicheln und ohne bewusstes Zutun schloss ich die Augen und legte den Kopf leicht schief, neigte ich mich ihnen entgegen.

»Das sind großartige Neuigkeiten«, sagte Daniel und ich erschauderte, weil seine Stimme wie im Kino klang. Rau, leise und herztötend.

»Das heißt«, begann ich und öffnete meine Augen wieder. Ich fand seine und trotz der mickrigen Lichtverhältnisse konnte ich die Wärme darin sehen. »Das heißt, wenn ich dich jetzt einfach wieder überraschend küssen würde, dann müsste mir das nicht peinlich sein und du würdest mich vielleicht sogar zurückküssen?«

Seine Mundwinkel zuckten amüsiert. Das änderte sich aber, als ich mich ihm langsam näherte, ohne den Blickkontakt abzubrechen. Er ließ mich eine Sekunde lang im Unklaren und ich konnte bereits seinen Atem spüren, vermeinte, die Wärme seiner Lippen zu erahnen, als er endlich antwortete.

»Ich würde dich definitiv zurückküssen.«

KAPITEL 43

Oh! Mein! Gott! Martin, an den ich in diesem Moment nicht wirklich dachte, hatte ja immer wieder versichert, dass ich zu Theatralik und Übertreibungen neigen würde. Besonders im Zusammenhang mit seinem Ehebruch, aber egal. Er hatte sogar ein wenig recht damit, ich hatte einen Hang, ab und zu mal etwas *too much* zu sein. Daniel hingegen war beinahe sträflich, was Understatement anging. Ja, er küsste zurück und er tat es so wunderbar, wie ich mir das nicht hätte erträumen können. Aber dann … Es war, als hätte man einem halb verdursteten Menschen nicht nur eine Flasche Wasser gereicht, sondern direkt zehn Kisten vor ihm aufgestapelt. Dieser Kuss, der so zart begann und bereits damit mein geschundenes Herz maximal belastete, wechselte nämlich plötzlich in eine komplett andere Tonart. Aus den sanften Berührungen wurde ein Sturm, dem nichts standhalten konnte. Nicht, dass ich mir deswegen gerade Gedanken machen konnte. Auch ich küsste nämlich mittlerweile nicht länger sittsam zurückhaltend. Ich ließ mich nur zu gerne mitreißen und bekam gar nicht genug von seinen Händen, seinen Lippen, seinem Drängen. Ich konnte nicht mehr denken oder sprechen, weil ich nur noch damit beschäftigt war, zu fühlen. Ich hätte sonst nämlich ein kleines Stoßgebet eingebaut und wem auch immer von Herzen gedankt, dass Leni nicht hier war. Und ich hätte mich vielleicht ängstlich gefragt, ob ich träumte und mir dann schreckliche Sorgen gemacht, dass ich gleich aufwachen und das Beste verpassen würde. Das hier war weder etwas, das mir passierte, noch etwas, das ich je ernsthaft zu tun gedacht hatte. Man kann darüber mit seiner besten Freundin reden, dass man heimlich von solch einer Situation träumte, aber man wusste dabei insgeheim, dass man es nie tun würde. Selbst wenn man bereits zwei Flaschen Wein getrunken hatte und sich großartig und toll und mutig fühlte, wusste man, dass man sich das nie trauen würde und irgendeinen dämlichen Rückzieher machen würde. Ich hätte mich gefragt, wer denn bitte diese Frau war, die in meinem Körper steckte und nicht die Reißleine zog, obwohl sie das gar nicht tun wollte, nur um sich dann hinterher selbst dafür in den Hintern zu treten. Und ich hätte schon absolut gar nicht den Mut gehabt, ihn irgendwann in Richtung Tür zu ziehen, weil wir uns gewaltigen Ärger einhandeln würden, wenn wir hier draußen auf der Terrasse noch lange so weitermachten.

»Scheiße«, murmelte ich eine Weile später. Natürlich genau in dem Moment, als ich meinem Gehirn befehlen wollte, jetzt endlich wieder seine Arbeit aufzunehmen und einmal dafür zu sorgen, dass ich nicht das Falsche sagte. Immerhin klang es richtig. Es klang gut und zufrieden und ein wenig frivol und eher nach »Scheeeeeeiße«.

Daniel schlug die Augen auf. Er hatte sie übrigens nicht geschlossen, um sich ein erholsames Nickerchen zu gönnen oder so, sondern mit einem absolut befriedigten Geräusch und einem Lächeln auf dem Gesicht, in das ich mich augenblicklich verliebt hätte, wäre ich das nicht eh schon längst gewesen.

»So schlimm?«, fragte er und klang zum Glück nicht besorgt, sondern ähnlich zufrieden wie ich.

»So gut«, gestand ich und angelte nach der Decke, die bisher keine wirkliche Rolle gespielt hatte, außer hektisch zur Seite gekickt zu werden.

»Das«, sagte er und betonte das Wort nachdrücklich, »das hatte ich wirklich nicht im Sinn.«

»Bereust du es?«

Er schüttelte den Kopf. »Nein. Wie könnte ich. Ich konnte es mir nur nicht vorstellen, dass wir so den Kopf verlieren.«

»Tja, einmal losgelassen«, sagte ich, wurde dann aber ernst. »Ich konnte es mir auch nicht vorstellen. Nicht, dass wir direkt hier landen, egal was ich vielleicht gesagt habe. Aber ich bereue es ebenfalls nicht.«

Daniel lächelte, dann zog er mich an sich und küsste mich. Dieses Mal war es ein zärtlicher Kuss, der sich so schön anfühlte, dass ich mir wünschte, er würde nie enden. Dass wir einfach für den Rest unseres Lebens so weitermachten und uns keine Gedanken mehr machen mussten. Und dass mein Gehirn nicht die Gelegenheit bekam, sich zu fragen, ob er wohl ein wenig geschwindelt hatte, als er sagte, er habe dies schon seit Jahren nicht mehr getan. Eines war sicher, verlernt hatte er es nicht.

Dann endete der Kuss natürlich doch, weil man selbst im perfektesten Augenblick nicht einfach immer so weitermachen konnte. Und weil der Körper, dieser miese Verräter, dir im unpassendsten Moment klarmachen musste, dass du dich zwar wie sechzehn fühlen kannst, es aber dennoch nicht mehr bist.

»Wo willst du hin?«

Ich machte eine verlegene Miene und huschte schnell zur Tür hinaus. Noch unangenehmer, als in diesem Moment plötzlich dringend zur Toilette zu müssen, fand ich gerade nur, hier so gänzlich unbekleidet zu stehen. Gut, das war ich schon eine Weile, aber nun hatte er die Muße, mich auch wirklich zu betrachten.

»Bin gleich wieder da«, rief ich bereits aus dem Wohnraum und legte noch mal einen Zahn zu.

Auf dem Rückweg verfluchte ich die Tatsache, dass ich so gründlich aufgeräumt hatte und nirgends mehr etwas herumlag, was ich mir eben überstreifen konnte. Noch mehr tat ich das, als ich wieder ins Schlafzimmer kam und Daniel nicht mehr im Bett lag, sondern bereits in seinen Shorts darauf saß. Ich angelte nach meinem Kleid, das glücklicherweise an der Tür lag, und zog es einfach über. Könnte frivol sein, dachte ich, so komplett ohne Unterwäsche. Oder doch noch der Auftakt zu einer peinlichen Situation. Daniel sagte nichts, streckte aber seine Arme nach mir aus und ich rutschte neben ihn auf die Bettkante.

»Und nun?«, fragte ich und zupfte am Saum seiner Shorts.

»Ich sollte mich auf den Weg machen.«

Ich nickte stumm.

»Es wäre besser, wenn ich mit ein wenig Radau heimkomme und dabei gehört werde.«

Wieder so ein Satz, der meinem Herzen nicht guttat.

»Die Mädchen sollten es nicht so erfahren«, fuhr er fort und neigte sich über mich, um mich zu küssen.

»Nicht so?« Dankbarkeit flutete durch meinen Körper, gepaart mit jeder Menge Glück.

»Nun, vielleicht sagen wir es ihnen lieber in Ruhe.«

»Gute Idee«, stieß ich erleichtert aus. »Das heißt, es gibt etwas, was wir ihnen zu sagen haben?«

»Nein?«

»Doch«, gestand ich selig. »Das ist nur meine dumme Angst, dass du es dir doch anders überlegt haben könntest.«

»Wenn ich mich für etwas entschieden habe, dann bleibe ich dabei.«

»Was wird Sina sagen?« Für einen Moment überschattete Angst mein Glück.

»Sie wird sich freuen. Sie mag dich. Sie hat sogar angedeutet, dass wir beide gut zueinanderpassen. Und sie wird sich freuen, dass sie Leni auch in Zukunft häufiger sehen wird.«

»Das ist ein nicht zu unterschätzender Bonus«, gab ich zu.

»Das hier ist mir wichtig, Anna. Ich will diese Chance nutzen. Ich möchte nichts überstürzen und ich möchte uns Zeit geben. Aber ich will, dass es weitergeht. Wir werden es ihnen also sagen und dann«, er holte tief Luft. »Wir wohnen nicht allzu weit auseinander. Wir können uns an den Wochenenden sehen. Wir können telefonieren. Wenn es nach mir geht, werden wir all dies tun.«

Ich nickte zustimmend. »Das klingt nach einem guten Plan. Er hat nur einen Haken.«

»Und der wäre?«

»Ich habe deine Telefonnummer immer noch nicht.«

Auch wenn ich wusste, dass er recht hatte, fiel es mir schwer, ihn jetzt einfach so ziehen zu lassen. Als Daniel sein Shirt anzog und mit diesem wunderschönen Blick auf mich herabsah, seufzte ich laut und griff nach seinen Händen.

»Geh noch nicht«, bat ich ihn.

»Ich komme wieder«, versprach er und lächelte.

»Wir sehen uns doch morgen noch einmal?«

»Natürlich. Ich werde hier sein, um dir mit dem Rest zu helfen. Und dann werden wir alle zusammen frühstücken.«

»Ich will nicht abreisen. Jetzt schon gar nicht.«

Er lächelte und betrachtete mich einen Augenblick lang, als wäre ich etwas ganz Wunderbares.

»Es wird ein schrecklich langer Tag sein ohne euch. Ohne dich. Niemand, der mir die Ohren abquatscht.«

»Daran wirst du dich gewöhnen müssen.«

»Das bekomme ich hin. Und jetzt gehe ich, damit du schlafen kannst. Du hast morgen eine lange Fahrt vor dir und solltest ausgeruht sein.«

Ich stand auf und nahm seine Hand und gemeinsam gingen wir die paar Schritte bis zur Tür. Der Platz lag ruhig da, nur spärlich beleuchtet von einigen Weglampen, die dauerhaft brannten. Die Luft war deutlich frischer als zu Beginn unseres Urlaubs und es war so still, dass man das Meer hören konnte. Himmel, war es erst heute Abend gewesen, dass wir dort Bilder gemacht hatten?

Ich blieb in der Tür stehen, während Daniel die drei Stufen der Holztreppe hinabging. Dann drehte er sich um und ich musste mich nur ein wenig bücken, um mit ihm auf einer Höhe zu sein.

»Bis morgen früh.«

»Bis morgen früh«, gab ich glücklich zurück. »Und komm gut heim.«

Er lachte. »Die paar Meter werde ich schaffen. Danke, Anna«, sagte er dann und klang plötzlich ernst und hoheitsvoll. »Es war ein wundervoller Abend.«

Ich kicherte. Plötzlich fühlte ich mich so jung und glücklich und voller Leben, obwohl ich eigentlich müde war.

»Das klingt gut. Und ziemlich verwegen. So, als hätten wir uns ein kleines Abenteuer gegönnt und nun ziehst du wieder ab.«

»Also genau das, was du immer erleben wolltest. Und, fühlt es sich so an, wie du dir das vorgestellt hast?«

»Nein«, sagte ich und gab ihm einen letzten Kuss. Dann trat ich einen winzigen Schritt zurück, nur um sicherzugehen, dass ich ihn wirklich gehen ließ. »Es fühlt sich sogar noch besser an. Vermutlich, weil ich weiß, dass es doch kein kleines Abenteuer war.«

»Sondern das größte, das uns passieren konnte?«

»Absolut. Und jetzt verschwinde, ehe ich mich völlig erniedrige und dich anbettele zu bleiben.«

KAPITEL 44

Obwohl ich dachte, dass ich in dieser Nacht keine Sekunde schlafen würde, tat ich es doch. Und zwar so gut und tief wie schon lange nicht mehr. Und auch wenn es nur wenige Stunden waren, wachte ich nicht nur glücklich, sondern voller Tatendrang auf, als der Wecker viel zu früh klingelte. Einen wunderbaren Moment lang dachte ich nur daran, was in der vergangenen Nacht passiert war – bis mir wieder einfiel, dass ich heute abreisen musste. Egal, sagte ich mir, als ich unter die Dusche hüpfte. Es wäre viel schlimmer, heute abzureisen, wenn es nicht passiert wäre. Zudem nutzte es nichts, jetzt einen dramatischen Anfall zu bekommen. Stattdessen beschloss ich, mich darauf zu freuen, was noch kommen würde. Nun ja, zumindest auf das, was nach dem Putzen kommen würde. Der Nachteil dieser Mobile Homes war, dass man die entweder selbst sauber machte oder aber eine unverschämt hohe Summe dafür zahlte, sie eben nicht zu reinigen. Nanni, die immer bestens informiert war, hatte zwar in den letzten Jahren herausgefunden, dass man das mit der Putzerei nicht ganz so ernst nehmen musste, aber ganz ohne ging es halt auch nicht.

»Die putzen eh jedes Haus noch einmal. Das können die sich doch gar nicht leisten, das nicht zu tun. Wenn du die entscheidenden Stellen sauber machst und den Boden fegst, dann reicht das völlig«, hatte sie immer wieder behauptet.

Ich fand das einsichtig, denn auch ich hatte beobachtet, dass der Putztrupp wirklich in jedes Haus ging, das leer stand. Im Ernst, so viele Leute zahlten bestimmt nicht dafür, es nicht selbst zu tun. Immerhin sprachen wir hier von einer Summe, die nahezu einem Tagessatz an Miete gleichkam. Ich hatte bisher dennoch immer wie eine Wilde gebohnert und geputzt, aber dieses Jahr beschloss ich, es auch mal etwas lässiger anzugehen. Die Spiegel, die Toilette, das Spülbecken, der Boden. Dann seufzte ich. Also wieder beinahe alles.

Ich sah auf die Uhr und bemerkte, dass Leni jede Minute hier eintreffen musste. Ob Daniel sie begleitete? Er hatte versprochen zu helfen und ich wusste, dass er es nicht gesagt hätte, wenn er es nicht ernst gemeint hätte. Bis die beiden kamen, würde ich mir noch schnell einen Kaffee gönnen und dann schon mal die Betten abziehen, überlegte ich. Ich trat just mit der Kaffeetasse auf die Terrasse, als ich Schritte hörte und Daniel um die Ecke bog.

»Guten Morgen«, sagte er und ich grinste sofort wie ein Backfisch, der seinem Idol gegenübersteht.

»Guten Morgen.« Ich stellte die Tasse ab und sah zu, wie er auf die leicht erhöhte Terrasse stieg. Er kam auf mich zu und automatisch warf ich einen Blick zur Ecke, wo Leni doch jeden Moment auftauchen musste.

»Ist das alles? Einfach guten Morgen?«, fragte Daniel mit einem frechen Grinsen und war jetzt so nahe bei mir, dass er mich umstandslos in seine Arme ziehen konnte.

»Wo ist Leni?«, fragte ich zurück und war ein ganz klein wenig nervös, weil er viel zu entspannt war.

»Noch im Bett.« Er machte ein warnendes Gesicht, dass ich erst zuhören sollte, und sprach dann weiter. »Ich habe ihr gesagt, dass das klargeht und ich jede Schuld auf mich nehme, falls du es nicht okay findest. Sie hat doch schon alles gepackt und ich habe angeboten, dir an ihrer Stelle beim Feudeln zu helfen. Dafür kümmern sich die beiden nachher um das Frühstück.« Er lächelte frech und zog mich noch ein wenig enger an sich. »Zwei Fliegen mit einer Klappe. Leni findet mich ganz toll, weil sie nicht putzen muss, und ich kann dich noch einmal ganz für mich alleine haben.«

Noch nie hatte ich so viel Spaß beim Putzen gehabt. Und noch nie hatte ich es dabei so wenig genau genommen. Und noch gar nie war ich so stolz gewesen, dass ich es überhaupt machte, denn es gab durchaus ein paar sehr überzeugende Argumente, es einfach bleiben zu lassen. Ich hätte beinahe zum ersten Mal wirklich darauf gepfiffen und die Kaution sausen lassen, ich muss es zugeben. Nur die Angst, dass Leni doch auftauchte, getrieben von einem schlechten Gewissen und erzogen von einer Mutter, die ewig gepredigt hatte, dass man Versprechen einzuhalten habe und sich nicht irgendwie aus der Affäre schleichen durfte, hielt mich davon ab, das Bett doch noch nicht abzuziehen und es stattdessen ein letztes Mal so richtig zu zerwühlen. Und trotzdem war ich in diesen Minuten einfach nur glücklich. Jedes Mal, wenn wir aufeinandertrafen, lachten wir und nutzten die Gelegenheit, uns zu küssen, zu umarmen, uns kurz zu berühren. Und das kleine Häuschen bot ausreichend Gelegenheiten, um aufeinanderzutreffen, wie ich zufrieden feststellte. Dann stand ich einen Moment still in der Tür zu Lenis Zimmer, die Bettwäsche zusammengeknüllt im Arm, und betrachtete Daniel, der eben summend die Edelstahlspüle trocken rieb. Glück durchflutete mich, so unfassbares Glück, dass dieser Mann hier war, dass ich ihn gefunden hatte unter all den Millionen Menschen und dass er dasselbe empfand wie ich. Er sah auf, lächelte und ich löste mich, nur um zu ihm zu eilen und ihn einmal mehr zu küssen. Er legte seine Arme um mich, zog mich fest an seinen Körper und hatte die Sache mit dem Zurückküssen inzwischen richtig gut drauf.

Schließlich fegte ich noch den Boden, während er auf der Terrasse den Wäscheständer zusammenklappte und die Stühle gegen den Tisch lehnte. Dann war es endgültig so weit.

»Das war's. Wir sind fertig.« Ich lehnte den Besen an die Wand und verschränkte die Arme vor der Brust.

»Die letzten Sachen sind auch schon im Wagen.«

Ich nickte. Dann hieß es jetzt also, Abschied nehmen.

»Ich habe Sina eben eine Nachricht geschickt, dass wir gleich kommen. Der Kaffee sollte bereits in Arbeit sein.«

Ich warf einen Blick auf die Uhr. »Perfekt. Dann werde ich jetzt auschecken, die Schlüssel abgeben und den Wagen aus dem Areal fahren.«

Daniel schloss sich mir an. Wir parkten mein Auto vor der Schranke zum Campingplatz und gingen in die Rezeption. Dann nahm Daniel meine Hand und wir schlenderten ein letztes Mal in den kleinen Supermarkt, um Baguette und Croissants zu holen. Daniel ließ meine Hand nur los, um zu bezahlen, und griff wieder nach ihr, als wir langsam in Richtung seines Häuschens spazierten. Kurz bevor wir abbiegen mussten, blieb er stehen und zog mich noch einmal an sich.

»Ich werde dich vermissen«, gestand er und lächelte traurig.

»Und ich dich erst.«

»Wir telefonieren jeden Tag, versprochen.«

Ich nickte.

»Und wir werden uns am Wochenende sehen.«

Ich nickte wieder.

»Na dann, gehen wir. Sie werden warten.«

Anstatt erneut zu nicken, küsste ich ihn noch ein letztes Mal. Es war ein sehr sanfter Kuss und obwohl ich mir vorgenommen hatte, ihn ganz bewusst zu erleben und ihm den Letztes-Mal–Stempel aufzudrücken, versank ich einen Moment so darin, dass ich gar nichts denken konnte. Dann gingen wir weiter und als er an der Ecke meine Hand losließ, war mir trotz des warmen Morgens einen Moment kalt.

»Das ist so unfair. Ich will nicht gehen.« Leni, die beim Frühstück noch munter mit Sina gekichert hatte, war jetzt äußerst ungnädig.

»Ich weiß. Ich will auch nicht gehen, aber so ist es eben. Irgendwann ist immer der letzte Tag.«

»Dieser Urlaub war so schnell vorbei«, sagte das Mädchen, das sich anfangs gefürchtet hatte, vierzehn Tage alleine mit seiner alten Mutter nicht überleben zu können. Dann wandte sie sich Sina zu, die ebenfalls ein ernstes Gesicht machte. »Wir texten, ja?«

»Und wir telefonieren. Ruf mich heute Abend an, wenn du daheim bist.«

»Mach ich.«

»Und am Wochenende komme ich zu dir.« Sina sah zu ihrem Vater. »Das war doch dein Ernst, dass ich sie besuchen darf, oder?«

Daniel nickte. »Natürlich.«

Die beiden sahen schon ein wenig fröhlicher aus.

»Und Sina darf bei mir übernachten.« Jetzt war es Leni, die mich fixierte.

»Natürlich. Ich freue mich darauf.«

»Ihr könnt ja dann einen Kaffee trinken gehen oder was essen«, meinte Leni gönnerhaft und sah uns an. »Ihr habt euch ja auch ganz gut verstanden, oder?«

Ich nickte und konnte mir ein Grinsen nicht verkneifen. »Das ist eine hervorragende Idee. Am besten beides, ihr wisst ja, wie verfressen ich bin.«

Auch Daniel grinste. »Ich werde ausreichend Zeit mitbringen.«

»Ich fürchte, Zeit ist unser Stichwort.« Ich riss mich von seinem Gesicht los und rieb mir die Hände. Wir hatten das Frühstück schon viel zu lange ausgedehnt, aber keiner von uns wollte es wirklich beenden. Und ich hatte es so sehr genossen, dem Geplauder der Mädchen zu lauschen, die trotz der kurzen Nacht, die sie offensichtlich gehabt hatten, recht munter waren. Noch mehr hatte ich es genossen, Daniels Bein an meinem zu spüren, zu wissen, dass diese Berührung kein Zufall war, sondern Absicht. Seine Hand, die sich verstohlen unter den Tisch schlich und für einen Moment auf meinem Schenkel ruhte. Seine Blicke, sein Lachen, seine Präsenz. »Wir sollten so langsam wirklich los.«

Leni verzog das Gesicht und umarmte Sina ein letztes Mal. Dann sah sie Daniel an und schien einen Moment zu überlegen. Er vollführte eine aufmunternde Bewegung mit dem Kopf, lächelte und breitete die Arme aus und spontan schlang sie ihre um ihn. Nur kurz, aber es gab mir ein gutes Gefühl und die nicht völlig unbegründete Hoffnung, dass die Nachricht, die ich ihr bis zum nächsten Wochenende überbringen wollte, nicht ganz so dramatische Reaktionen hervorrufen würde. Dann zog ich Sina an meine Mutterbrust.

»Pass auf dich auf. Es war schön, dich kennenzulernen.«

»Fand ich auch.«

»Es war auch nett, dich kennenzulernen.« Es war so weit, nun stand ich vor Daniel und stupste ihn verlegen an die Brust, während die Mädchen kichernd zusahen.

»Das war es«, bestätigte er.

»Na dann …« Ich sah Daniel immer noch an und verzog den Mund. »Danke für alles.«

»Na komm schon her, Anna.« Daniel zog mich in seine Arme, wie er es eben mit Leni getan hatte. Es war eine sehr freundschaftliche Umarmung und dennoch war ich froh, noch einmal seinen Geruch einzuatmen. »Fahr vorsichtig, ja?«

»Natürlich. Du kennst mich doch. Immer vorsichtig und mit Bedacht.«

Er lachte und der Moment war vorbei. Ich trat einen Schritt zurück, griff nach meiner Tasche und sah mich ein letztes Mal um. Was für eine Wende hatte mein Leben hier genommen auf dieser Holzterrasse, auf diesen Plastikstühlen, unter diesem Himmel. Dann nickte ich Leni aufmunternd zu. Ein allerletzter Blick, ein letztes Winken, dann waren wir um die Ecke und auf dem Weg.

»Weißt du, ich hatte ja eigentlich keine richtige Lust auf diesen Urlaub«, gestand Leni plötzlich. »So ganz alleine mit dir und ohne Louis.«

Sie verschwieg ihren Vater, was ich verstand. Bestimmt vermisste ein Bereich ihres Herzens auch ihn, nur dass ihr Kopf das nicht zulassen wollte. Ich würde meinen Teil dazu beitragen, dass sich das irgendwann wieder ein wenig relativierte. Egal was er getan hatte, er blieb ihr Vater und sie sollte ihm verzeihen können, dass er uns im Stich gelassen hatte. Und begreifen, dass es vor allem ich gewesen war, die er verlassen hatte.

»Also, schon Lust auf einen Urlaub, aber ich hatte Angst, dass er nicht so toll wird. Und nun war es, glaube ich, der schönste in meinem Leben.« Lenis Stimme klang nachdenklich und zugleich zufrieden.

»Nun ja, wir hatten durchaus schon ein paar schöne Urlaube«, wandte ich halbherzig ein. Dann sah ich sie an und bemerkte ihr schiefes Grinsen. »Aber es war bestimmt einer der schönsten. Und ein ganz besonderer, den wir nie vergessen werden.«

Kapitel 45

»Ich kann es nicht fassen! Noch vor wenigen Tagen bin ich bis spätnachts im Kleid herumspaziert, und jetzt? Kaum ist die Sonne untergegangen, wird es richtig kalt.« Ich zog meine Sweatjacke enger um mich.

»Ich kann ganz andere Dinge nicht fassen«, erwiderte Nanni und feixte ungeniert. »Zum Beispiel, dass meine beste Freundin mir noch vor wenigen Tagen versichert hat, dass es keinerlei Küsse geben wird. Und kaum sitzt sie hier, gesteht sie mir noch ganz andere Dinge.«

Ich senkte verlegen den Blick, wohl wissend, dass sich mein Gesicht dennoch mit einem zufriedenen Lächeln überzog.

»Ich will ihn kennenlernen«, sagte Nanni bestimmt. »Das ist dir doch klar.«

»Natürlich. Und das wirst du. Wir könnten am Sonntag brunchen, was meinst du?«

Sie nickte langsam und ihre Augen verloren den schelmischen Glanz.

»Oder ein anderes Mal, wenn es euch nicht passt. Wir haben ja Zeit. Er wird noch öfter hier sein«, konnte ich mir nicht verkneifen.

»Du gibst ganz schön Gas.«

»Auf was soll ich denn warten? Wir wollen es ausprobieren und nachdem ich es den Kindern gesagt habe …«

»Und? Wie haben sie es aufgenommen?«

»Erstaunlich gut. Nun ja, Leni kennt Daniel und sie mag ihn sehr. Und natürlich ist sie davon begeistert, dass sie Sina nun regelmäßig sehen wird. Die beiden haben sich gesucht und gefunden. Sie erinnern mich an uns, weißt du? Das passt einfach. Leni hat sogar gestanden, dass sie und Sina am letzten Abend darüber gesprochen hatten, wie cool es wäre, wenn wir beide uns näherkommen. Ganz eigennützig, weil sie sich dann regelmäßig sehen, aber für uns ist das ein klarer Bonus. Vor allem für Daniel. Er war so erleichtert, als ihm Sina einfach um den Hals fiel und sich ehrlich freute, dass er nicht mehr alleine ist.« Ich musste lächeln, als ich an das Gespräch zurückdachte. Daniel hatte wie ich direkt nach dem Urlaub mit seiner Tochter gesprochen und ihr gestanden, dass ich mehr für ihn sein könnte als eine Urlaubsbekanntschaft. Wie ich hatte er sich ein wenig vage gehalten und nicht direkt hinausposaunt, dass wir bereits in der Kiste gelandet waren. Aber wir hatten klargemacht, dass wir uns zueinander hingezogen fühlten und uns eine gemeinsame Zukunft vorstellen konnten, und waren damit auf offene Ohren gestoßen. Auch wenn diese gemeinsame Zukunft erst mal nur am Wochenende stattfinden würde. Es war für uns beide keine Option, unsere Leben komplett auf den Kopf zu stellen. Daniel hatte seine Firma, ich meinen Job. Die Mädels hatten ihre Schulen, ihre Freundinnen, ihr Umfeld. In dieser Hinsicht wollten wir es deshalb langsam angehen lassen. Irgendwann würde sich eine Lösung aufzeigen. Wir würden es merken, wenn der Zeitpunkt kam. Bis dahin würden wir die Wochenenden ausnutzen und mal hier und mal dort sein.

»Und es ist hilfreich, dass Martin …« Ich seufzte. »Nun ja, dass er derjenige war, der ging. Sie denken, dass ich ein Recht darauf habe, mir ebenfalls einen neuen Partner zu suchen. Weißt du, dass Louis sogar froh ist? Er hat sich tatsächlich Gedanken gemacht, weil er bald studieren will und dann in eine andere Stadt zieht. Ob er mich alleine lassen kann oder ob ich es so empfinde, dass er mich nun auch im Stich lässt.«

»Wie nett. Er ist wirklich ein junger Mann geworden und ein toller noch dazu. Zumindest mit unseren Kindern haben wir alles richtig gemacht.«

»Das meiste«, sagte ich mit einem Zwinkern. »Und wenigstens hast du dir keinen Ehebrecher ausgesucht.«

Nanni seufzte. »Nein, das habe ich nicht.«

»Ist es immer noch nicht besser?«, fragte ich vorsichtig.

Nanni wich meinem Blick aus. Sie langte nach ihrem Glas, drehte es aber nur in den Händen. »Er ist so fertig. Manchmal liegt er den ganzen Tag nur auf dem Sofa und schaut fern. Ich weiß nicht, wie ich ihm helfen soll.«

»Immer noch? Ich hatte gehofft, dass er so langsam wieder auf die Beine kommt. Er ist ja schon eine ganze Weile aus dem Job raus.«

»Er merkt jetzt erst, wie kaputt er ist.«

»Es tut mir leid. Ist sicher nicht einfach, oder?«

Sie schüttelte den Kopf. »Nein, ganz und gar nicht. Aber das gehört auch dazu, oder? Dass man solche Zeiten durchsteht?«

»Ihr schafft das. Ihr gehört zusammen. Und wenn du eine Pause brauchst oder jemanden, der einfach zuhört, dann weißt du, wo du mich findest.«

»Danke. Also«, sagte sie dann und ihre Stimme klang bemüht heiter. »Wir treffen uns am Sonntag zum Brunch. Ich freu mich darauf, deinen Daniel kennenzulernen.«

Ich freute mich ebenfalls darauf, ihn nach und nach all meinen Bekannten vorzustellen. Und ich freute mich darauf, in Zukunft ein Teil seines Lebens zu sein.

»Sina kann bei mir im Zimmer schlafen, oder?«

»Klar«, sagte ich.

»Und Daniel?«, fragte sie listig.

»Hm«, machte ich und betrachtete das Handtuch, das ich eben zusammenfaltete, mit deutlich mehr Aufmerksamkeit, als es gebraucht hätte.

»Komm schon, Mam. Wir sind keine Babys mehr. Wir wissen Bescheid.«

»Na dann«, sagte ich und legte das Wäschestück sorgsam auf den Stapel. Dann hob ich den Blick und musste doch grinsen.

»Ich mag ihn«, sagte Leni und grinste ebenfalls. »Und vor allem finde ich es cool, dass ich jetzt doch noch eine Schwester bekomme.«

»Tja, da siehst du es mal wieder: Ich tue einfach alles für euch.«

Leni verdrehte die Augen, dann gab sie mir einen schnellen Wangenkuss. »Ich freu mich für dich, Mam.«

Ich sah ihr nach, wie sie aus dem Zimmer sauste, und machte mich wieder über den Wäschekorb her. Noch ein Vorteil dieses aufregenden neuen Lebens: Man hatte unter der Woche sehr viel mehr Motivation, die Hausarbeit zu erledigen, damit man am Wochenende nichts anderes tun musste, als zu genießen.

Ich hatte trotz Lenis coolem Spruch dennoch eine Extra-Bettdecke und ein Kissen zurechtgelegt, um Daniel das Sofa anzubieten. Wir hatten nicht darüber gesprochen, wo er schlafen würde. Irgendwie schien das für ihn keine Frage zu sein, die wir besprechen mussten, und ich hoffte einfach, dass Sina ebenso lässig reagieren würde wie Leni. Um jedoch nicht gleich wieder in einem Fettnäpfchen zu landen – und in diesem Falle einem sehr peinlichen – wollte ich für alle Eventualitäten gerüstet sein. Und dann war es so weit. Das Auto hielt und zum ersten Mal standen Daniel und seine Tochter vor der Tür. Mein Herz begann schon wieder, wie verrückt zu klopfen. Dann sah ich ihre Übernachtungstaschen und es klopfte noch ein wenig mehr.

»Kommt rein. Ich freu mich so, dass ihr da seid.«

»Hallo.« Sina grinste breit, dann schlang sie zu meiner Freude spontan ihre Arme um mich und drückte zu. »Ich freu mich auch«, versicherte sie und ich wusste instinktiv, dass sie nicht nur ihren Besuch meinte. Dann ließ sie mich los und fiel Leni um den Hals.

»Anna«, sagte Daniel, der geduldig abgewartet hatte, und ließ dieses wunderschöne Lächeln aufblitzen, das ich so vermisst hatte.

Kurzzeitig war ich fast verlegen. Ich hatte ihn noch nie in langen Hosen gesehen und ebenso wenig in einem Jackett. Er sah aus wie Daniel und doch anders. Und fast noch besser.

»Hey«, sagte ich und ging einen Schritt auf ihn zu. »Schön, dich zu sehen.«

Einen Moment lang fühlte ich mich wieder wie damals mit fünfzehn. Es war ein seltsamer Moment, weil ich ihm um den Hals fallen wollte und mich doch ein wenig gehemmt fühlte. Wegen den Mädels und weil wir uns seit dieser einen Nacht nicht mehr gesehen hatten. Weil wir nicht mehr unbeschwert in der Sonne saßen, sondern im echten Leben angekommen waren.

»Ah, macht es nicht peinlicher, als es ist«, rief Leni frech und kicherte. »Komm, wir verschwinden lieber.« Sie deutete mit dem Kopf zur Tür ihres Zimmers und verschwand dann genau dorthin, Sina im Schlepptau.

Ich verzog den Mund zu einer meiner Falten machenden Grimassen, die ich mir einfach nicht abgewöhnen konnte. Daniel zeigte sich der Situation gewachsener. Er streckte die Arme aus und zog mich einfach an den Platz, an den ich von nun an gehörte.

»Jetzt aber erst mal hallo.«

Ich brauchte zum Glück nicht mehr zu antworten und durfte ihn endlich küssen.

»Es ist doch ein wenig gewöhnungsbedürftig«, gab ich dann zu und sah zu ihm auf.

»Mich zu küssen?«

»Die Mädels«, sagte ich und lachte. »Dich zu küssen, damit kann ich erstaunlich gut umgehen.«

»Das höre ich gerne. Und alles andere wird schon bald normal sein.«

»Für mich nicht«, gab ich zu. »Ich hoffe, dass es nie normal sein wird. Den Fehler habe ich einmal gemacht, etwas als normal zu betrachten, was eigentlich etwas ganz Besonderes sein sollte.«

»Wir werden schlauer sein und wissen, was wir haben«, versprach er. »Ich zumindest weiß ganz genau, was ich an dir habe. Welches Glück es war, dass ausgerechnet du dich in diesem Felsen festgeklemmt hast.«

»Hör auf! Werde ich mir das für den Rest meines Lebens anhören müssen?«

»Natürlich. Es ist eine tolle Kennenlerngeschichte und sie ist weit witziger als eine Party oder dass wir uns eine lange Zugfahrt miteinander vertreiben mussten.«

»Wir mussten uns einen Urlaub vertreiben.«

»Nein. Wir hätten es auch alleine schön gehabt. Wir mussten gar nichts. Ich wollte mit dir Zeit verbringen, seitdem ich dich gerettet hatte.« Er grinste frech. »Auch wenn es wirklich schwer war, dich dort rauszubekommen.«

»Aber nur, weil der Spalt so klein war. Nicht, weil ich vielleicht etwas zu schwer bin, hoffe ich.«

»Nein«, sagte er so übertrieben eifrig, dass ich lachen musste. »Also, zeig mir dein Zuhause. Wo soll das hin?« Er deutete auf seine Tasche.

»Nun, das weiß ich noch nicht. Sina schläft bei Leni.«

»Und ich? Sag jetzt nicht, du hast das Gästezimmer hergerichtet?«

»Ich habe gar keines. Ich kann dir nur die Couch anbieten oder aber«, ich zuckte mit den Achseln, so als täte mir das jetzt leid.

»Dann werde ich wohl in den sauren Apfel beißen müssen.«

Ich runzelte erschrocken die Stirn. Das mit der Couch war doch kein ernst gemeintes Angebot gewesen.

»Die Couch«, sagte er und grinste dann zufrieden ob meines Schreckens. »Kommt gar nicht infrage. Die Mädels müssten nur aus dem Zimmer kommen, um zu sehen, dass ich mich davongeschlichen habe. Und das würde ich tun.«

Erleichtert lachte ich auf. »Es tut mir leid. Ich war einfach unsicher, ob wir schon so weit sind.«

»Ob ich schon so weit bin, meinst du? Das bin ich. Ich weiß, dass es gut und richtig ist. Ich habe viel zu lange getrauert. Obwohl«, er zog mich wieder an sich und küsste mich, mit deutlich mehr Elan als zuvor. »Vermutlich stimmt das nicht. Ich habe so lange gewartet, bis die Richtige kam.«

Im Ernst, welche Frau würde in diesem Moment nicht vor Glück strahlen? Das war etwas, was ich gerne sein würde. Die Richtige. Nicht die Schönste, die Klügste, die Charmanteste. All das war ich nicht. Ich war mal dies und mal das und vor allem immer Anna. Und die wollte ich bleiben und genau so die Richtige sein. Und endlich standen die Chancen gut, dass ich das schaffen würde.

»Dann komm. Ich zeig dir, wo die Tasche hinmuss.« Ich griff eifrig nach seiner Hand. Während ich ihn mitzog in mein Schlafzimmer, sprudelte das Glück ungehemmt aus mir heraus.

»In einer halben Stunde sollte Louis hier sein, der hat gleich Feierabend. Ich habe ihm schon von dir erzählt und Leni hat noch viel mehr erzählt. Er freut sich darauf, dich kennenzulernen. Oh, und am Sonntag kommen meine Freundin Nanni und ihr Mann Stefan zum Brunch. Du musst sie unbedingt kennenlernen! Sie ist schon ganz wild darauf!«

Daniel lachte. »Es geht schon wieder los. Plappern und Pläne.«

Ich zuckte die Achseln. »Du hast gewusst, auf was du dich eingelassen hast.«

»Das habe ich. Und ich will es kein bisschen anders. Du musst nur eines lernen.«

»Und was?«, fragte ich und sah ihn überrascht an.

»Zwischen all dem Plappern und Planen genügend Auszeiten einzubauen.«

»Damit du dich von mir erholen kannst?«

»Damit wir das tun können.« Er beugte sich vor und küsste mich.

Ich musste nicht lange überlegen. Das war etwas, womit ich mich sicherlich arrangieren konnte, dachte ich. Dann legte ich meine Arme um seinen Hals und intensivierte den Kuss. Daniel ließ die Tasche fallen, damit auch er mich festhalten konnte, und tatsächlich vergaß ich Louis und Nanni und den Brunch. Ich stellte mich auf die Zehenspitzen, um noch etwas näher an ihn heranzurücken. Leider war ich noch nie eine Ballerina und verlor ein wenig die Balance. Was nicht schlimm gewesen wäre, hätte da nicht Daniels Tasche gelegen. Die war es, die mich letztendlich ganz aus dem Gleichgewicht brachte. Er versuchte zwar, es auszubalancieren, aber es kam einfach zu überraschend und nein, es war nicht, weil ich doch zu schwer war und ihn deshalb mitriss. Auf alle Fälle gerieten wir ins Schlingern und landeten polternd und laut lachend auf dem Bett.

»Ernsthaft jetzt?«, schrie Leni durch die Wand. »Es ist zwar okay, dass ihr euch gefunden habt, aber mitten am Tag?«

Ich kicherte.

»Das war nur die Tasche. Und deine Mutter, die darübergefallen ist«, rief Daniel zurück.

»Oh, ich vergaß.« Ich nutzte die Gelegenheit, dass wir nun schon einmal auf dem Bett gelandet waren, und rückte näher an ihn heran. »Du bist ja der prüde große Bruder.«

Daniel verdrehte die Augen. »Es war ein Fehler, dir das zu erzählen. Vergisst du das nie?«

»Nicht, solange du dich an diese Felsspalte erinnern kannst. Hey, ich könnte ein gutes Wort für dich einlegen.

Und deiner Schwägerin versichern, dass du am Ende doch nicht so prüde warst, wie sie dir unterstellt. Und dass du ebenfalls ein aktives Sexleben aufgenommen hast und …«

»Untersteh dich. Manche Dinge muss man nicht ausplaudern. Sie werden es auch so mitbekommen.«

»Vor allem will ich es mitbekommen«, gab ich zu und errötete dann wieder wie ein Teenager. »Du weißt ja, in unserem Alter lässt das Gedächtnis rapide nach. Ich frage mich manchmal wirklich, ob es tatsächlich passiert ist oder ich mir das nur eingebildet habe.«

Er runzelte die Stirn und schien einen Moment ernstlich in Sorge zu sein.

»Ich werde es also überprüfen müssen, ob es wirklich so toll war, wie ich mir einbilde. Mein ganz echtes Abenteuer am Meer.« Ich strich ihm mit der Hand über die Wange.

»Ich dachte, wir sind uns einig, dass ich nicht nur dein Abenteuer am Meer war.«

»Das sind wir.«

»Gut. Dann sollten wir jetzt langsam aufstehen. Hast du nicht gesagt, dass Louis gleich kommen wird? Ich würde ungern bei unserer ersten Begegnung in deinem Bett erwischt werden.«

»Prüder …«, begann ich, doch Daniel unterbrach mich.

»Und du bist zügellos und genusssüchtig.« Er schenkte mir noch einen letzten Kuss, dann stand er auf und streckte mir seine Hand entgegen.

»Das hast du doch gewusst.« Ich ließ mich von ihm auf die Beine ziehen, beglückt von seinem erheiterten Lachen.

»Langweilig wird es mit dir nie, was?«

»Nie, versprochen. Schlimm?«

Er schüttelte den Kopf. »Im Gegenteil. Ich freue mich darauf, zu erleben, was dir noch alles einfallen wird.«

Draußen waren Schlüssel zu hören, dann eine Tür, die ins Schloss fiel.

»Das muss Louis sein. Bereit?«, versicherte ich mich.

»Bereit.«

»Gut, dann los. Ach, und Daniel?«

Er sah mich fragend an. Ich holte tief Luft und drückte seine Hand. Einen Moment schloss ich die Augen. Und als ich sie wieder öffnete, da lag ein ganz neuer Glanz in ihnen, dessen war ich mir sicher. Kein Übermut und keine Witzeleien, sondern einfach nur Glück und Vorfreude auf alles, was mich erwartete.

»Willkommen in meinem Leben.«

BEVOR WIR UNS VERABSCHIEDEN ...

... möchte ich mich ganz herzlich bei Ihnen bedanken, dass Sie Anna bei diesem Urlaub am Meer Gesellschaft geleistet haben. Ich hoffe, dass Sie beim Lesen genauso viel Spaß hatten wie ich beim Schreiben dieser Geschichte. Wenn Ihnen das Buch gefallen hat, würde ich mich über eine Rezension sehr freuen.

Wenn Sie gerne noch mehr romantische Geschichten miterleben möchten, dann **folgen Sie mir auch gerne auf Amazon**. Sie werden dann informiert, wenn ein neues Buch erscheint.

- Suchen Sie einfach auf Amazon.de oder in der Amazon App nach diesem Buch.
- Klicken Sie auf den Autorennamen, um zur Autorenseite zu gelangen.
- Klicken Sie dort einfach auf den **Folgen-Button**.

Oder scannen sie einfach diesen QR-Code, um direkt auf die Autorenseite zu gelangen:

WEITERE BÜCHER DER AUTORIN:

- Verdammt, es könnte Liebe sein (Little Lovemere 1)
- Wenn's dumm läuft, ist es Liebe (Little Lovemere 2)
- Und so was nennt sich Fest der Liebe (Little Lovemere 3)
- Die vermutlich beste schlechteste Idee ever (Das vermutlich beste Team ever 1)
- Der vermutlich beste schlechteste Kuss ever (Das vermutlich beste Team ever 2)
- Kisses in London Drei Worte
- Kisses in London Drei Dates
- Kisses in London Drei Hochzeiten (Okay, zweieinhalb)
- Vorlaute Blumen und andere Eskalationen
- Verliebte Bücher und andere Schlamassel
- Tanzende Törtchen und andere Herausforderungen
- Beschwipste Früchtchen und andere Weihnachtskatastrophen
- Flamingo-Sommer
- Kolibri-Sommer
- Kakadu-Sommer
- Alles nur Ansichtssache ?!
- Alles nur Familiensache ?!
- Alles nur Vertrauenssache ?!
- Diese Sache mit Paris
- Von Muthasen, Fellnasen und dem ganz normalen Wahnsinn mit der Liebe
- 99 Tage mit Julie
- Verwünscht - Manchmal ist das Falsche richtig
- Drei Väter sind dann doch zu viel
- Maxi - Wer will schon einen Mann mit Porsche?
- Das Christkind wohnt in Hütte 7
- Das Glück wohnt in der Hütte 7
- Die Liebe wohnt in Hütte 7
- Believe - Mit dir kamen die Wunder (Sammelband)

IMPRESSUM

1. Auflage Mai 2023

Cover-/Umschlaggestaltung:

Buchgewand Coverdesign | www.buch-gewand.de

unter Verwendung von Motiven von

stock.adobe.com: neapol, korkeng, Elena, MarinaErmakova, Good Goods, АнастасияГевко, TWINS DESIGN STUDIO, AllyRay, depositphotos.com: KatBuslaeva, NinaNovikova, nami_s@mail.ru

Korrektorat: Doris Eichhorn-Zeller | www.perfekte-texte-coburg.de

ISBN: 9798394324727
Imprint: Independently published

Franziska Erhard
Rosenstr. 21
76337 Waldbronn
franziska.erhard@gmx.de

Printed in Poland
by Amazon Fulfillment
Poland Sp. z o.o., Wrocław

25642551R00172